가슴으로도 쓰고 손끝으로도 써라

가슴으로도 쓰고 손끝으로도 써라

초판 1쇄 발행 2009년 3월 3일
초판 16쇄 발행 2021년 11월 22일
개정 1판 1쇄 인쇄 2023년 3월 13일
개정 1판 1쇄 발행 2023년 3월 17일

지은이 안도현
펴낸이 이상훈
편집인 김수영
본부장 정진항
문학팀 최해경 김다인 하상민
마케팅 김한성 조재성 박신영 김효진 김애린 오민정
사업지원 정혜진 엄세영

펴낸곳 (주)한겨레엔 www.hanibook.co.kr
등록 2006년 1월 4일 제313-2006-00003호
주소 서울시 마포구 창전로 70 (신수동) 화수목빌딩 5층
전화 02-6383-1602~3
팩스 02-6383-1610
대표메일 munhak@hanien.co.kr

ISBN 979-11-6040-964-2 03810

• 값은 뒤표지에 있습니다.
• 파본은 구입하신 서점에서 바꾸어 드립니다.

가슴으로도 쓰고 손끝으로도 써라

안도현의 시작법 詩作法

한겨레출판

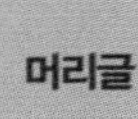

머리글

영혼의 생산자로서 시인이 된다는 일

시에 미혹되어 살아온 지 30년이다. 여전히 시는 알 수 없는 물음표이고, 도저히 알지 못할 허공의 깊이다. 그래서 나는 시를 무엇이라고 말할 자신이 없으므로 다만 '시적인 것'을 탐색하는 것으로 소임의 일부를 다하고자 한다. '시적인 것'의 탐색이야말로 시로 들어가는 가장 이상적인 접근 방식이라 믿는다. 그것은 고정되어 있지 않고 유동적이기 때문에 모든 시적 담론의 변화에 기민하게 대처할 수 있다. 그 누구라도 시의 성채를 위해 '시적인 것'을 반죽하거나 구부러뜨릴 수도 있다. 이 책은 내 누추한 시 창작 강의노트 속의 '시적인 것'을 추려 정리한 것이다.

우리나라만큼 시인이 많은 나라도 흔치 않을 것이다. 수천 명의 시인이 책상 앞에 웅크리고 앉아 있는 시의 나라라면 적어도 시적인 일들이 곳곳에 넘쳐나야 마땅하다. 하지만 날이 갈수록 비시적인 생각과 행동이 우리 사회를 지배하며 움직이는 이 현실을 어떻게 설명해야 할까? 시인이 되는 일을 단순히 개인적 명예와 욕망을 채우는 장신구로 활용하려는 사람들은 왜 또 그렇게 많을까? 혹시 글 쓰는 자의 태도에 어처구니없는 문제가 있었던 것은 아닐까?

시를 쓰는 기술과 훈련뿐만 아니라 영혼의 생산자로서 시인이 된다는 일이 무엇인가를 여기에서 조금 따져보고 싶었다. 특히 조선 후기의 문인들 가운데 정약용, 박지원, 이덕무 등의 촘촘하고 감동적인 산문을 읽고 배운 바가 많다. 여기에다 중국시론의 유구한 토론 과정은 흥미로운 시사점을 던져주었다. 이 과정에서 서구로부터 들어온 근대적 시학의 결핍을 동아시아 시학의 전통으로 메울 수도 있으리라는 작은 기대감이 생겨났다. 이 책에서는 그것들을 바탕으로 우리의 시 창작방법과 글쓰기 전반에 대해 아주 기초적인 점검을 시도해보고자 하였다.

2008년 5월 중순부터 11월 말까지 「한겨레」에 연재한 원고에다 대폭 손질을 가하고 내용을 보탰다. 시인들에게 일일이 허락을 구하지도 못하고 시들을 함부로 인용한 죄가 크다. 독자들께 시작법과 더불어 한국어로 쓴 시의 정수를 맛보는 즐거움을 과외로 선사하고 싶었다. 이 책의 모든 오류는 나의 것이고, 질책은 여러분의 것이다. 미흡한 것은 눈에 띄는 대로 차차 바로잡아 가려고 한다.

2009년 봄

안도현

|1|

한 줄을 쓰기 전에 백 줄을 읽어라

많이 쓰기 전에, 많이 생각하기 전에, 제발 많이 읽어라.
시집을 백 권 읽은 사람, 열 권 읽은 사람, 단 한 권도 읽지 않은 사람 중에
시를 가장 잘 쓸 사람은 누구이겠는가?
나는 시 창작 강의 첫 시간에 반드시 읽어야 할 시집 목록을 프린트해서 학생들에게 나눠준다.
모두 200권쯤 된다. 내가 강의하는 건물에는 국악과가 있어
가야금이나 거문고 따위를 들고 오르내리는 학생들이 자주 보인다.
시를 쓰는 사람에게는 시집이 악기다.

술 · 연애 · 시집

좋은 글을 쓰려면 어떻게 해야 할까? 다독多讀 · 다작多作 · 다상량多商量, 즉 많이 읽고, 많이 쓰고, 많이 생각하라는 이 세 마디의 가르침은 10세기 중국 북송 때의 문인 구양수歐陽脩가 남긴 말이다. 자그마치 천 년 동안 귀에 못이 박히도록 들었다. 때로 글쓰기를 가르치는 사람에 따라서 이 세 가지의 순서를 편의대로 바꾸기도 한다. 어떻게 하든 틀린 말은 아니다. 하지만 세 가지를 한꺼번에 하기엔 실로 벅차기 짝이 없다. 시간도 많지 않다.

나는 시를 쓰려는 당신에게 색다른 세 가지를 주문하려고 한다.

첫째, 술을 많이 마셔라. 그렇다고 혼자 마시면 안 된다. 술이란 타인과의 소통을 위한 매개이지 주정을 부리기 위한 약물이 아닌 것이다. 술을 마시면서 당신은 지루한 일상 너머를 꿈꾸는 행운을 얻을 수도 있다. 함께 마시는 사람의 눈을 찬찬히 들여다볼 수도 있다. 시인은 일상이라는 유리그릇을 박살내는 자가 아니다. 유리그릇에 다만 빗금을 긋는 자임을 명심하고 마셔라. 한 편의 시를 쓰려거든 백 잔의 술을 마신 다음에 쓰라. 그렇다고 해서 술이 깨지 않은 비몽사몽의 시간에 펜을 잡아서는 절대로 안 된다. '취중진담'이라는 말은 있어도 '취중진문'이라는 말은 없다. 나는 지금도

'주력酒力은 필력筆力' 이라는, 세상에 있지도 않은 말로 학생들을 꼬드겨 술잔을 권한다(단, 마시기 싫어하는 사람한테는 권하지 않으며, 그런 사람하고는 상종할 일이 별로 생기지 않는다).

둘째, 연애를 많이 하라. 천하의 바람둥이가 되라는 말이 아니다. 무릇 모든 연애는 나 아닌 것들에 대한 관심에서 출발한다. 연애시절에는 나뭇잎 떨어지는 소리 하나에도 예민하게 반응하고, 연애의 상대와 자신과의 관계를 통해 수없이 많은 관계의 그물들이 복잡하게 뒤얽힌다는 것을 생각하고, 훌륭한 연애의 방식을 찾기 위해 모든 관찰력과 상상력을 동원하기 마련이다. 연애는 시간과 공을 아주 집중적으로 들여야 하는 삶의 형식 중의 하나인 것이다. 연애감정도 없이 시를 쓰려고 대드는 일은 굳은 벽에 일없이 머리를 부딪치는 것과 같다. 담쟁이넝쿨을 생각해보라. 담쟁이넝쿨은 담을 어루만지며, 담에 매달리며, 담하고 연애하면서 담을 타고 오른다.

셋째, 시 한 줄을 쓰기 전에 백 줄을 읽어라. 많이 쓰기 전에, 많이 생각하기 전에, 제발 많이 읽어라. 시집을 백 권 읽은 사람, 열 권 읽은 사람, 단 한 권도 읽지 않은 사람 중에 시를 가장 잘 쓸 사람은 누구이겠는가? 초보자가 쓴 시의 성패는 분명히 독서량에 비례한다. 여기에서 시를 많이 읽는다는 것은 쓰기의 준비 단계이며 원동력이라고 할 수 있다. 좋은 시를 접하지 않고서는 좋은 시를 선별할 수 없으며, 좋은 시를 쓸 수도 없다.

조선시대 학자들도 좋은 문장은 읽기에서 나온다고 가르쳤다. 허목許穆은 "글을 짓는다는 것은 본래 다른 길이 있지 않고, 찾아보고 스스로 익숙하게 익혀 밖으로 표현한 것"일 뿐이라고 했다. 그는 매일같이 책을 읽으며 옛사람의 글을 외우고 읊어야 나중에 자신만의 말과 글이 드러난다고 하였다. 조선 후기 실학자 최한기崔漢綺도 "문장은 하루아침에 쌓을 수 있는 잔

재주가 아니라 오랜 세월 노력이 쌓여야 한다"면서 독서의 중요성을 강조하였다. 추사 김정희金正喜는 글씨를 잘 쓰려면 "오천 권의 문자가 가슴에 있어야 한다"는 말로 책읽기를 장려했다. 다산 정약용丁若鏞은 유배지 강진에서 두 아들에게 편지를 보내면서 "너희들이 독서하는 것은 내 목숨을 살려주는 것"이라면서 폐족으로서 책읽기를 통해 집안을 일으키라고 당부했다. 또 다산은 문장 공부를 하러 찾아온 변지의라는 사람에게 이렇게 일러 주었다.

> 사람이 글을 쓰는 것은 나무에 꽃이 피는 것과 같다. 나무를 심는 사람은 가장 먼저 뿌리를 북돋우고 줄기를 바로잡는 일에 힘써야 한다. 그러고 나서 진액이 오르고 가지와 잎이 돋아나면 꽃을 피울 수 있게 된다. 나무를 애써 가꾸지 않고서 갑작스레 꽃을 얻는 일은 절대 일어나지 않는다. 나무의 뿌리를 북돋아주듯 진실한 마음으로 온갖 정성을 쏟고, 줄기를 바로잡듯 부지런히 실천하며 수양하고, 진액이 오르듯 독서에 힘쓰고, 가지와 잎이 돋아나듯 널리 보고 들으며 두루 돌아다녀야 한다. 그렇게 해서 깨달은 것을 헤아려 표현한다면, 그것이 바로 좋은 글이요, 사람들이 칭찬을 아끼지 않는 훌륭한 문장이 된다. 이것이야말로 참다운 문장이라고 할 수 있다. 문장은 성급하게 마음먹는다고 해서 갑자기 이루어지는 것이 아니다.[1]

나는 시 창작 강의 첫 시간에 반드시 읽어야 할 시집 목록을 프린트해서

---

1 정약용, 『국역 다산시문집』, 임승표 외 편역, 민족문화추진회, 1997, 309쪽.

학생들에게 나눠준다. 모두 200권쯤 된다(해마다 목록이 바뀌기 때문에 여기에 다 옮길 수는 없다). 목록을 받아든 학생들의 입이 딱 벌어진다. '어느 세월에?' 하는 표정들이다. 내가 강의하는 건물에는 국악과가 있어 가야금이나 거문고 따위를 들고 오르내리는 학생들이 자주 보인다. 시를 쓰는 사람에게는 시집이 악기다. 시집은 악기처럼 비싸지 않고, 무겁지 않고, 고장이 나지도 않는다. 시집을 읽기 위해서는 연주 연습을 하듯 특정한 시간과 장소를 정하지 않아도 된다. 언제, 어디에서든 가방에서 잠깐 꺼내 읽을 수 있다.

고등학교 때는 시집을 읽다가 마음에 쏙 드는 시를 만나면 노트에 적어 두었다. 그렇게 필사한 시가 대학노트 세 권에 가득하였다. 지금도 문예지를 읽다가 좋은 시를 만나면 반드시 따로 옮겨 적어 둔다. 내가 가르치는 학생들에게도 필사를 권한다. 아니, 거의 강요한다. 한 학기를 마칠 때쯤이면 수백 편의 시가 적힌 자기만의 시집이 오롯이 남으니, 꿩 먹고 알 먹는 격이다.

다양한 시를 읽는 것은 다양한 음식을 맛보는 것과 같다. 나는 음식 만드는 일을 좋아하는데, 이것은 내가 요리에 자신이 있기 때문이 아니다. 나는 음식을 먹으면서 거기에 들어간 재료와 음식의 빛깔과 요리방법에 대해 꼼꼼하게 생각을 많이 하는 편이다. 그래서 한 번 먹어본 특이한 음식은 집에서 혼자 요리를 할 수 있을 정도가 된다. 음식을 먹는 행위는 훌륭한 관찰의 소재가 되고, 그 기억은 또한 멋진 시의 재료가 되는 것이다. 맛있는 음식을 많이 먹어본 사람이 맛있는 음식을 만들 줄 아는 법이다. 즉 맛있는 시를 많이 음미해본 사람이 맛있는 시를 쓸 수 있는 이치와 같다.

소리로 세상 읽기

그런데 막상 주위에 시 한 편도 시집 한 권도 옆에 없다면 어찌해야 하나? 그때는 귀를 열고 들으면 된다. 세상의 여러 소리를 듣는 행위도 책을 읽는 행위와 별로 다를 게 없다.

열무 삼십 단을 이고
시장에 간 우리 엄마
안 오시네, 해는 시든 지 오래
나는 찬밥처럼 방에 담겨
아무리 천천히 숙제를 해도
엄마 안 오시네, 배추잎 같은 발소리 타박타박
안 들리네, 어둡고 무서워
금간 창 틈으로 고요히 빗소리
빈방에 혼자 엎드려 훌쩍거리던

아주 먼 옛날
지금도 내 눈시울을 뜨겁게 하는
그 시절, 내 유년의 윗목

— 기형도, 「엄마 걱정」 전문[2]

이 시의 어린 화자는 찬밥처럼 오도카니 방에 담겨 열무를 팔러 시장에 간 엄마를 기다리고 있다. 간절하게 엄마를 기다리는 행위는 엄마의 배추

2 기형도, 『입 속의 검은 잎』, 문학과지성사, 1991, 127쪽.

잎 같은 발소리를 기다리는 일이다. 그러나 그 소리는 환청일 뿐 화자의 귀에는 들리지 않는다. 엄마의 발소리 대신에 숙제를 하는 동안 금간 유리창 틈으로 가는 빗소리만 들릴 뿐이다. 화자의 외로움과 공포는 빗소리를 더욱 크게 받아들였을 것이고, 빈방에 혼자 엎드려 훌쩍거리던 자신의 울음소리로 현재의 처지를 확인한다. 이 어린 화자는 혼자 방 안에서 귀를 통해 들리는 모든 소리로 세상을 인지하고 상상한다. 이처럼 귀로 소리를 듣는 일은 세상을 읽는 일과 다름없다. 다음 시도 보기 드물게 청각 이미지를 매우 적극적으로 수용한 시다.

내 세상 뜰 때
우선 두 손과 두 발, 그리고 입을 가지고 가리.
어둑해진 눈도 소중히 거풀 덮어 지니고 가리.
허나 가을의 어깨를 부축하고
때늦게 오는 저 밤비 소리에
기울이고 있는 귀는 두고 가리.
소리만 듣고도 비 맞는 가을 나무의 이름을 알아맞히는
귀 그냥 두고 가리.

—황동규, 「풍장 27」 전문[3]

밤비 소리를 듣기 위해 세상 뜰 때 귀만 두고 가겠다고 한다. 손과 발과 입과 눈은 가지고 가겠다고 한다. 오직 귀만 두고 가는 이 마음 역시 세상을 귀로 읽으려는 귀한 자세다. 시를 쓰는 사람의 귀는 소리만 듣고도 비

---

3 황동규, 『풍장』, 문학과지성사, 1995, 46쪽

맞는 가을 나무의 이름을 알아맞힐 수 있어야 한다. 그것은 이 세상을 향해 오감을 활짝 열어놓을 때 가능할 것이다. 다시 말하면, 시를 쓰는 일은 세상을 두루 공부하는 일이다. 습작習作이란 단순히 글을 잘 쓰는 연습에 그치는 게 아니라 세상을 부단히 배우고 익히는 일이기 때문이다. '習'은 새의 날개깃을 뜻하는 '羽'와 태양을 뜻하는 '日'의 결합이다. 즉 새가 햇볕 아래 날아오르기를 연습하는 형상이다. 또 해가 떠오를 때 새가 날개를 퍼덕이며 둥지를 떠나가려 한다는 뜻도 된다. 어떻게 해석하든 '習'이란 어린 새가 여러 번 반복해서 날아오르기를 준비하는 과정을 말한다. 여태 할 수 없었던 것을 할 수 있게 되는 과정으로 인해 '習'은 "학습, 공부하다, 배우다"의 뜻으로 의미가 파생되었다. 미숙한 것에서부터 익숙하게 이해하는 과정의 의미로 "숙련되다, 익숙하다, 능하다"의 뜻을 함께 지니게 되었다. 어린 새가 둥지 바깥으로 날아오르기 위해서 부단한 노력이 필요한 것처럼 습작도 노력을 거듭해야 하는 고통스런 작업이다.

그런데 글쓰기의 괴로움이 단지 괴로움으로만 끝이 날까? 창조의 즐거움이란 없는 것일까? 한 편의 시가 명예와 부로 곧바로 치환되는 것은 아니지만, 세상을 공부한 자에게는 새로운 세상에서 사는 즐거움이 보상으로 따라온다. 한 편의 시에는 이제까지와는 전혀 다른, 생각해보지도 못하고, 꿈꾸지도 못했던, 새로운 세상을 살아가게 하는 힘이 분명히 있다. 한 편의 감동적인 시를 읽었을 때 그 설렘으로 밤새 잠을 이루지 못할 때도 있다. 마음에 드는 한 편의 시를 썼을 때 땅을 박차고 솟구치는 자아의 충만감을 느낄 수도 있다. 옛 선조들도 다르지 않았다. 다산은 시를 알고 뜻이 맞는 지인들과 시사詩社를 결성하고 그 모임의 규약을 이렇게 정했다.

살구꽃이 피면 한 차례 모이고, 복숭아꽃이 피면 한 차례 모이고, 한여름에 참외가 익으면 한 차례 모이고, 서늘한 바람이 불어 서지西池에 연꽃이 피면 구경하기 위해 한 차례 모이고, 국화꽃이 피어나면 한 차례 모이고, 겨울에 큰눈이 오면 한 차례 모이고, 세모歲暮에 화분의 매화가 피어나면 한 차례 모인다. 모일 때마다 술과 안주, 붓과 벼루를 준비하여 술을 마시며 시가詩歌를 읊조릴 수 있게 해야 한다. 나이가 가장 어린 사람부터 준비물을 마련토록 하여, 차례대로 가장 나이가 많은 사람에게까지 한 바퀴 돌아가 다 끝나면 다시 시작하여 돌아가게 한다. 그러는 사이에 아들을 낳으면 한턱내고 고을살이를 나가는 사람이 있으면 또 한턱내고 벼슬이 승진한 사람도 한턱내고 아우와 아들 중 과거에 합격한 사람이 있어도 한턱내도록 한다.[4]

아, 당신도 시를 쓰라.

4 정약용, 『다산문학선집』, 박석무 · 정해렴 편역, 현대실학사, 1996, 54쪽.

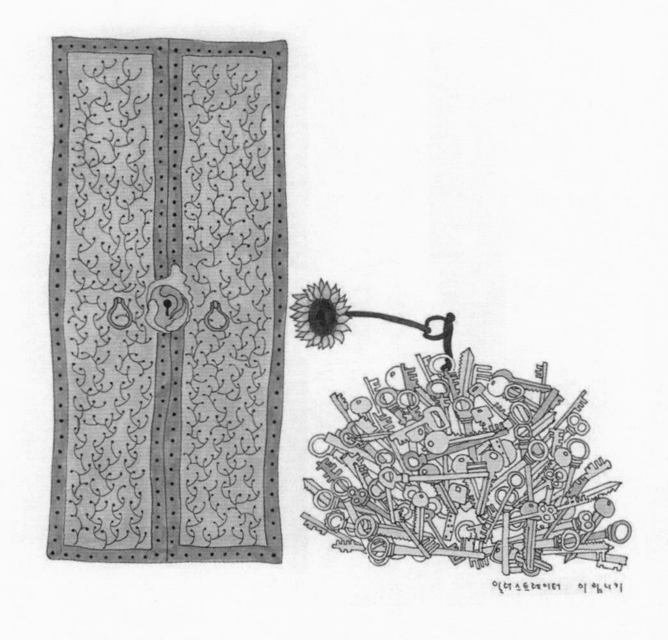

|2|

재능을 믿지 말고 자신의 열정을 믿어라

천재시인이 과연 있을까?
내가 보기에 천부적으로 문학적 재능을 타고난 시인이란 애초부터 없다.
시를 쓰고자 하는 사람이 자신의 문학적 재능에 대해
회의하거나 한탄할 필요는 전혀 없다.
그것은 자신의 게으름을 인정한다는 것과 같다.
시인이 시의 길을 여는 조타수가 되려면
선천적인 재능보다 자신의 열정을 믿어야 한다.

타고난 시인은 없다

1970년대만 해도 아이들이 읽을 만한 잡지가 흔하지 않았다. 시골 초등학교 도서실로 다달이 오던 『어깨동무』는 몇 해 동안 내 마음을 사로잡았다. 나는 도서실에서 책을 정리하는 일을 맡고 있었기 때문에 『어깨동무』가 든 봉투를 처음 개봉하는 일은 내 몫이었다. 정말 한 줄도 빼지 않고 읽었다. 집으로 잡지를 가져가서 읽는 날도 있었다. 물론 도서실 책정리 담당자의 '권력'을 이용한 불법대출이었다. 우리집 건너편 방앗간 할머니는 혼자 살았는데, 내가 슬픈 이야기를 읽어주는 걸 좋아하셨다. 물레를 돌리며 명주실을 뽑는 할머니 옆에서 책을 읽어주면 할머니는 자주 슬피 우셨다. 그 덕분에 나는 누에고치 속의 번데기를 얻어먹거나 가끔 십 원짜리 동전을 두어 개 얻을 수 있었다.

책 읽는 것은 좋아했지만 내가 가장 하기 싫은 것은 글쓰기였다. 독후감이 쓰기 싫어 책을 읽다가 덮어버린 적도 많았다. 매일 일기장 검사를 하는 담임선생님을 만나면 그야말로 죽을 맛이었다. 4학년 여름방학 때 숙제로 쓴 일기를 5학년 여름에는 날짜만 바꿔 제출하기도 했다. 해마다 학교에서 백일장이 열리면 나는 시(운문)를 썼다. 시가 좋아서가 아니라 길이가 짧기 때문에 빨리 쓰고 뛰어놀기 위한 속셈이었다.

중학교 3학년 때 교지에 처음으로 투고한 시는 심혈을 기울여 썼음에도 어찌된 일인지 실리지 않았다. 나는 뭔가 억울하다는 생각을 하면서 혼자 함부로 단정 짓고 말았다. 좋은 시를 고르는 선생님의 안목에 문제가 있다고! 그리하여 고등학교에 가게 되면 문예반에 들어가 시를 써보아야겠다고 마음을 먹었다. 장래에 이름을 날리는 시인이 되지는 못한다고 하더라도 고등학교 교지에 적어도 시 한 편만은 꼭 실리게 되기를 바라면서 말이다. 내 삶의 미래에 대한 설계도를 다시 그리면서 한 사람의 시인으로 살아가는 꿈을 꾸게 된 것은 30여 년 전, 거기서, 그렇게 비롯되었다.

천재시인이 과연 있을까? 내가 보기에 천부적으로 문학적 재능을 타고난 시인이란 애초부터 없다. 어떤 시인의 재능에 대한 찬사는 작품의 예술성에 대한 찬사이지 인간으로서의 천재성을 인정한다는 말이 아니다. 천재시인이라는 말이 랭보의 이름 앞에 붙는 것은 십대 후반의 어린 나이에 경악할 만한 상상력을 보여주었기 때문이고, 이상의 앞에 이 말이 붙는 것은 그의 파격적인 실험정신을 높이 평가하기 때문이다. 천상병 시인을 가리켜 '천상시인'이라고 부르는 것은 생전에 보인 낭만적이고도 기구한 행적에다 그의 이름에서 연상된 말놀이를 결합한 결과이다.

시를 쓰고자 하는 사람이 자신의 문학적 재능에 대해 회의하거나 한탄할 필요는 전혀 없다. 그것은 자신의 게으름을 인정한다는 것과 같다. 『예술가여, 무엇이 두려운가!』라는 책에서는 예술가란 자신의 작업을 지속하는 법을 배운 사람들, 즉 중지하지 않는 법을 배운 자들이라고 규정한다. 예술 창조에 대한 지속성이 곧 예술적 재능이라는 말로 이해해도 좋을 것이다. 이 책은 "자신이 가진 재능이 얼마나 되는지 걱정하는 것보다 더 쓸모없고 흔한 에너지 소모는 없다"고 잘라 말한다. 즉 스스로 창조하고, 스스로를 발전시켜나가지 않으면 눈부신 천성은 망각 속으로 사라져버린다는 것이다. 이 책에서 또 하나 주의 깊게 볼 것은 "자신의 작품으로부터 배워나가며 발전한다"는 대목이다.[5] 시인은 '시를 쓰는 사람' 혹은 '시를 창작하는 사람'을 뜻하지만, 그 창작물을 통해 변화 · 발전하는 존재이다. 한 편의 시는 독자들을 감응시킬 뿐만 아니라 창작자 자신에게도 틀림없이 좋은 공부거리가 된다. 좋은 시든 나쁜 시든 '이미' 창작한 한 편의 시에는 '앞으로' 창작할 시의 방향과 원리가 다 들어 있다. 또한 어렴풋하게나마 시인이 살아가면서 지향해야 할 삶의 지침까지 들어 있다.

시인이라는 존재의 엄숙성은 거기에서 발생한다. 시라는 양식이 원래부터 엄숙하고 고결한 품격을 타고난 것은 아니며, 그리 해야 할 이유도 없다. 그럼에도 예술 창작의 결과물인 시는 하나의 창조적 생명으로서 시인을 간섭하고, 가르치고, 지시하고, 격려하고, 고무하고, 나아가게 하고, 물러서게도 한다. 그래서 한 편의 시를 완성하는 순간, 시인은 자신의 시가 가리키는 방향대로 살아갈 운명에 처하게 된다. 이 무서운 진리 앞에서 시인은 엄숙해질 수밖에 없다.

시인으로서 타고난 재능에 기대어 시를 기다리지 마라. 그리고 재능이 없다고 펜을 내려놓고 한숨을 쉬지도 마라. 그렇게 하면 시는 절대로 운명의 조타수가 되어주지 않는다. 시인 역시 시의 길을 여는 조타수가 되려면 선천적인 재능보다 자신의 열정을 믿어야 한다. 이광웅 시인은 「목숨을 걸고」라는 시에서 "뭐든지/진짜가 되려거든/목숨을 걸고" 해야 한다고 주문

---

5 데이비드 베일즈 · 테드 올랜드, 『예술가여, 무엇이 두려운가!』, 임경아 옮김, 루비박스, 2006, 49~50쪽.

한 바 있다. 열정의 노예가 되어 열정에 복무할 때 우리는 그 열정에 대한 신뢰를 가까스로 재능이라고 부를 수도 있을 것이다.

시중에 '시는 감성으로 쓰고, 소설은 노력으로 쓴다'는 허무맹랑한 말이 있다. '나이가 들면 감성이 무뎌진다'는 출처불명의 유언비어도 떠돈다. 모두 세상을 어지럽히고 선량한 백성을 미혹하게 하여 속이려는 헛소리들이다. 시를 쓰는 당신은 이런 말들에 귀가 어두워져 펜 끝을 흐리지 마라.

몰입의 기술

아무리 짧은 시 한 편을 쓰더라도 단편소설 한 편을 쓰는 것에 버금가는 시간을 투자하고, 자료를 취재하고, 공력을 집중시켜라. 감성이 무뎌졌다 싶으면 나이를 원망하지 말고, 부단히 감성을 훈련하지 않는 자신의 나태를 탓하라. 청년에게는 청년의 감성이 있고, 노년에게는 노년의 감성이 있는 법이다. 감성이란 또 여성의 전유물도 아니어서 남성적인 감성도 얼마든지 발휘될 수 있는 것이다. 부디 열정을 품고 감성을 연습하고, 훈련하라.

생명이 요동치는 계절이면
넌
하나씩 육신肉身의 향기를 벗는다.

온갖 색깔을
고이 펼쳐둔 뒤란으로
물빛 숨소리 한 자락 떨어져 내릴 때

물관부에서 차오르는 긴 몸살의 숨결
저리도 견딜 수 없이 안타까운 떨림이여.

허덕이는 목숨의 한 끝에서
이웃의 웃음을 불러일으켜
줄지어 우리의 사랑이 흐르는
오선五線의 개울.
그곳을 건너는 화음和音을 뿜으며
꽃잎 빗장이 하나둘
풀리는 소리들.
햇볕은 일제히
꽃술을 밝게 흔들고.

별무늬같이 어지러운 꽃이여.
꽃대궁 앓는 목숨의 꽃이여.

이웃들의 더운 영혼 위에
목청을 가꾸어
내일을 노래하는 맘을 가지렴.
내일을 노래하는 맘을 가지렴.

부끄러움을 무릅쓰고 고등학교 때 쓴 시 한 편을 소개한다. 제목은 「개화」다. 십대 후반의 감성을 드러내고 있다고 말하기엔 시어에 좀 징글맞은 구석이 없지 않고, 완벽한 시도 아니다. 꽃잎이 막 열리는 순간을 그리기 위해 그 당시에는 말의 선택에 꽤 고심을 했던 것 같다. '육신 · 색깔 · 물빛 · 숨소리 · 물관부 · 몸살 · 숨결 · 떨림 · 빗장 · 목청'과 같은 명사들,

'요동치는 · 벗는다 · 차오르는 · 허덕이는 · 불러일으켜 · 뿜으며 · 풀리며 · 흔들고' 와 같은 용언들의 매혹에 빠져 미궁을 헤매듯 어지럽던 기억이 난다.

하나의 제재를 택한 뒤에 그것을 집중적으로 궁리하는 동안 감성은 자연스럽게 훈련이 된다. 시어와 제목의 유기적 관계를 따져보고, 시어와 시어 사이의 충돌을 살피는 일, 시적인 대상과 자아와의 거리를 조정하는 일들이 모두 감성의 훈련에 도움이 될 수 있다. 뛰어난 요리사는 음식의 재료와 재료의 어울림에 예민하게 주목하는 자임을 잊지 말자.

특정한 제재에 맞닥뜨렸을 때, 그것을 어떻게 장악할 것인가? 중국의 시인 아이칭艾青이 그의 『시론』에서 한 말은 음미할 만하다. "제재를 완전히 장악해야 비로소 예술세계의 통치영역을 확대하게 된다. 무릇 당신이 눈동자로 본 것, 귀로 들은 모든 것을 빠짐없이 당신의 사상체계 속에 잘 짜 두어서, 언제 떨어질지 모르는 명령에 대기하고 있어야 한다. 당신의 감각과 사유가 한 제재로부터 습격을 당할 때, 한바탕의 격투를 치르게 하라. 그 제재가 완전히 굴복할 때까지 싸움을 계속하게 하라."[6]

이 싸움의 과정은 몰입에 의해서만 가능할 것이다. 그렇게 본다면 몰입은 글쓰기의 중요한 바탕이면서 기술이라고 할 수 있다. 시는 온전하게 몰입할 때 온다. 시에 투자하는 물리적인 시간의 길이가 아니라 몰입하는 시간의 깊이가 중요하다. 단 한 시간이라도 시에 집중적으로 몰입해보라. 당신은 알지 못하는 사이에 열정적인 인간으로 성장해 있을지 모른다. 그러

---

6 아이칭은 중국의 현대 시인이다. 1936년에 첫 시집 『따옌허-나의 유모』를 발표하면서 중국 민중의 열광적인 주목을 받았다. 1996년 작고한 후에도 그는 '중국 현대 서정시의 거장' 으로 평가를 받고 있다. 이 책에 인용하는 아이칭의 시론은 『들판에 불을 놓아』(유성준 옮김, 한울, 1986)를 따랐다.

니 몰입을 열정의 이음동의어라고 불러도 좋을 것이다.

몰입과 집중 끝에 얻는 도道를 『장자』에서도 가르치고 있다. 포정이 소를 잡는 유명한 고사다.

> 포정이 문혜군을 위해 소를 잡았다. 그 손을 놀리고, 어깨를 받치고, 발로 딛고, 무릎을 굽히는 모양이나 또 쪼록쪼록 싹싹 하는 칼 쓰는 소리라든지가 모두 음률에 맞지 않는 것이 없었다. 그 몸놀림은 상림의 춤과 어울리고, 그 칼 쓰는 소리는 경수의 장단과도 맞았다. 문혜군이 이를 보고 감탄했다.
>
> "아 참으로 훌륭하구나. 기술이 대체 이렇게까지 미칠 수 있는 것인가?"
>
> 포정은 칼을 놓고 말했다.
>
> "내가 좋아하는 것은 도로서, 그것은 기술에 앞섭니다. 옛날 내가 처음으로 소를 잡기 시작할 때엔 눈에 보이는 것이 소밖에 없었습니다. 그러다가 삼 년이 지난 뒤에는 소를 본 적이 통 없었고, 지금에는 오직 마음으로 일할 뿐 눈으로는 보지 않습니다. 곧 손발이나 눈 따위의 기관은 멈춰버리고 마음만이 작용합니다. 소 몸뚱이 속의 자연스런 본래의 이치를 따릅니다. 뼈와 살이 붙어 있는 큰 틈바귀를 젖힐 때나, 뼈마디가 이어져 있는 큰 구멍에 칼을 넣는 일들은 모두 소가 생긴 그대로를 좇아 하기 때문에 내 기술은 아직 한 번도 뼈와 살이 맺힌 곳에서도 칼이 다치지 않도록 합니다. 하물며 큰 뼈다귀이겠습니까? 솜씨 있는 백정은 일 년에 한 번 칼을 바꾸는데 그것은 살을 베기 때문이요, 보통 백정은 한 달에 한 번 칼을 바꾸는데 그것은 뼈

다귀에 부딪혀 칼을 부러뜨리기 때문입니다. 그러나 내 칼은 이제 십구 년이나 지났고 잡은 소가 수천 마리에 이르는데도 그 칼날이 막 숫돌에 간 것과 다름이 없습니다. 뼈마디에는 틈이 있고 칼날은 두께가 없습니다. 두께가 없는 것을 틈이 있는 곳에 집어넣기 때문에 넓고넓어 칼날을 놀리는 데에 충분한 여유가 있습니다."[7]

도가 기술에 앞선다는 말은 기술의 숙련과 연마가 도에 이르는 길이라는 말이다. '소가 생긴 그대로'를 따라 칼을 움직이기 때문에 두께가 없는 칼은 뼈마디와 살 사이의 틈을 여지없이 찾아낸다. 이것은 잡다한 사념을 벗어던지고 육체와 정신을 오로지 한곳으로 집중할 때 이르게 되는 경지라 할 것이다.

---

7 장자, 『장자』(김달진 전집 4), 김달진 옮김, 문학동네, 1999, 45~46쪽.

|3|

시마詩魔와 동숙할 준비를 하라

시인이란, 우주가 불러주는 노래를 받아쓰는 사람이다.
언제, 어디서든 메모지와 펜을 챙기고 받아쓸 준비를 하라.
잠들기 5분전쯤 기발한 생각이 머리를 스치고 지나갈 때,
'아, 내일 아침에 꼭 그것을 써야지!' 하고 생각만 하고 잠들어버리지 말라.
영감은 받아 적어 두지 않으면 아침까지 우리를 기다려주지 않는다.

똥하고 친해져야 한다

'똥' 이라는 말은 얼마나 향기로운가! '똥' 이 삶의 실체적 진실이라면 '대변' 은 가식의 언어일 뿐이다. 시는 '대변' 을 '똥' 이라고 말하는 양식이다. 그리하여 시는 '똥' 이라는 말에 녹아 있는 부끄러움까지 독자에게 되돌려주고, 그렇게 함으로써 스스로 즐거워 슬그머니 미소를 띤다.

모름지기 시를 쓰려고 하는 사람은 '똥' 에 유의해야 한다. 절대로 '똥' 을 무시하거나 멀리해서는 안 되며, '똥' 이라는 말만 듣고 코를 싸쥐어서도 안 된다. 똥을 눌 시간을 겸허하게 기다릴 줄 알아야 하고, 똥을 주의 깊게 관찰해야 하며, 똥하고 친해져야 한다. 똥을 사랑하지 않고는 이 세상의 어떤 것도 사랑할 수 없다(똥을 괄시했다가는 얼굴에 똥칠 당하기 쉽다).

지리산 실상사 근처에서 한 보름 지낸 적이 있다. 시집 원고를 정리하기 위해서였다. 번잡한 세상의 일들을 뒤로 밀쳐 두고 싶은 속셈도 없지 않았다. 내가 묵은 곳은 산 중턱의 외딴집이었다. 그 집 뒤로는 인가가 한 채도 없었다. 지리산의 한 능선이 구불구불 펼쳐져 있을 뿐이었다. 방 안의 가재도구라고는 빗자루와 쓰레받기, 휴지통 하나가 전부였다. 인터넷이나 전화도 없었다. 방 한 칸이 집 한 채인 집이었다. 다행히 전기가 들어와서 밤에 책을 읽을 수 있었고, 마당가 수도꼭지에서 흘러나오는 물로 세수를 할 수 있었다. 그 외딴집은 그야말로 꿈에 그리던 집이었다.

밤늦게 글을 쓰다보면 늦잠을 자게 마련이어서 아침밥은 걸렀고, 점심과 저녁은 실상사 공양간에서 얻어먹었다. 그렇게 하루 두 끼를 먹고 이튿날 눈을 뜨면 어김없이 뱃속에서 신호가 왔다. 화장실까지 한참을 걸어내려 가야 하는 게 귀찮아서 매일 뒷산에서 '큰일'을 보기로 마음을 먹었다. 절밥을 먹었으니 땅에게 똥을 돌려주는 일은 당연한 일이 아니겠는가. 삽 한 자루와 휴지만 달랑 들고 숲 속으로 가면 곳곳에 내 똥을 받아줄 자연이 기다리고 있었다.

참으로 오랜만에 나는 산에서 똥을 누는 사람이 되었다. 아, 나는 그 아침의 오묘하고 향기로운 냄새를 잊지 못한다. 그것은 똥 혼자서만 풍기는 냄새가 아니었다. 흙과 똥이 어울려 만들어내는 기막힌 화음이었다. 도시의 화장실은 똥을 감추고 그 냄새를 지워버리려고 애를 쓰지만, 흙은 숨기지 않고 아주 익숙하게 받아들일 줄 안다.

사람의 입장에서도 마찬가지다. 양변기에 눈 죽은 똥은 금세 잊어버리고 만다. 하지만 흙 속에 눈 똥은 쉽게 머리에서 떠나지 않는다. 흙 속에서 똥은 오롯이 살아서 새로운 생명으로 부활하기를 꿈꾸기 때문이다. 이런 생각 덕분에 시 한 편을 얻었다.

뒷산에 들어가 삽으로 구덩이를 팠다 한 뼘이다

쭈그리고 앉아 한 뼘 안에 똥을 누고 비밀의 문을 마개로 잠그듯 흙 한 삽을 덮었다 말 많이 하는 것보다 입 다물고 사는 게 좋겠다

그리하여 감쪽같이 똥은 사라졌다 나는 휘파람을 불며 산을 내려왔다

—똥은 무엇하고 지내나?

하루 내내 똥이 궁금해

생각을 한 뼘 늘였다가 줄였다가 나는 사라진 똥이 궁금해 생각의 구덩이를 한 뼘 팠다가 덮었다가 했다

— 「사라진 똥」 전문[8]

시적인 순간

나는 도라지꽃 앞에서, 싸리꽃 앞에서, 칡꽃 앞에서, 애기원추리꽃 앞에서, 이름도 모를 버섯들 앞에서 매일 똥을 눴다. 그러고는 삽으로 꼭꼭 덮는 것도 잊지 않았다. 절밥을 먹고 똥을 땅에게 돌려주었더니 땅은 또 많은 것을 내게 선물하였다. 매미소리, 새소리, 계곡의 물소리, 소나무를 지나가는 바람소리가 아침마다 나를 응원하는 듯하였다. 실상사 약사전의 부처님께 나도 무엇인가를 바치고 싶었다. 그리하여 시 한 편이 더 씌어졌다.

싸리꽃을 애무하는 山벌의 날갯짓소리 일곱 근

몰래 숨어 퍼뜨리는 칡꽃 향기 육십 평

8 안도현, 『간절하게 참 철없이』, 창비, 2008, 28쪽.

꽃잎 열기 이틀 전 백도라지 줄기의 슬픈 미동微動 두 치 반

외딴집 양철지붕을 두드리는 소낙비의 오랏줄 칠만 구천 발

한 차례 숨죽였다가 다시 우는 매미 울음 서른 되

—「공양」 전문[9]

눈에 보이지 않는 소리와 향기들을 '일곱 근' '육십 평' '두 치 반' '칠만 구천 발' '서른 되'로 계량화한 것은 처음부터 의도한 것이었다. 2007년 7월부터 정부에서는 표준도량형 제도를 시행한다고 밝힌 바 있다. 도량형을 통일함으로써 여러 단위의 혼용에서 오는 국가적 손실을 없애고 그 편리성과 효용을 국민이 누리게 한다는 취지가 그것이다. 이른바 실용적인 필요성 때문에 법적 구속력이 있는 표준도량형을 제시한다는 것이다. 물론 경제적인 가치를 기준으로 볼 때는 백번 옳은 말이다.

그러나 시는 실용과 경제의 반대편에 똬리를 틀고 있는 그 무엇이다. 때로는 어슬렁거림이고, 때로는 삐딱함이고, 때로는 게으름이고, 때로는 어영부영이고, 때로는 하릴없음인 것이다. 시는 실용적이고 도덕적인 가치와는 다른 시적 가치를 요구한다. 그것은 세상의 미학적 가치를 탐구하는 일인데, 우리는 그것을 시작詩作이라고 부르거나 시적 순간을 찾는 일이라고 말한다.

지루하게 반복되는 일상에 묻혀 살다보면 시적인 순간은 쉽게 우리를 찾아오지 않는다. 그렇다고 조바심을 낼 필요는 없다. 영감靈感이나 시상詩想

9 앞의 책, 10쪽.

이 떠오르는 시적 순간은 의외로 곳곳에 산재해 있다. 초보자는 시적 순간이 수시로 입질을 하는데도 그것을 낚아채는 때를 놓쳐버리기 일쑤다. "영감이 오는 순간에 당신은 신과 하나가 될 수 있다. 번득이는 첫 생각과 만나는 순간 당신은 자신이 알고 있던 것보다 더 큰 존재로 변화한다. 우주의 무한한 생명력과 연결되는 순간이기 때문이다. 첫 생각은 바로 지금, 이 순간에 그동안 당신이 겪어온 감정과 사건과 정보가 밑바탕이 되어 발산되는 것이기에 엄청난 에너지에 물들어 있다." 나탈리 골드버그의 말이다.[10]

그렇다. 시인이란, 우주가 불러주는 노래를 받아쓰는 사람이다. 언제, 어디서든 메모지와 펜을 챙기고 받아쓸 준비를 하라. 잠들기 5분 전쯤 기발한 생각이 머리를 스치고 지나갈 때, '아, 내일 아침에 꼭 그것을 써야지!' 하고 생각만 하고 잠들어버리지 말라. 영감은 받아 적어 두지 않으면 아침까지 우리를 기다려주지 않는다. 나도 그렇게 해서 놓친 시가 수십 편이나 된다. 아쉬워해도 소용없다. 그래서 잠자리에 들기 전에 나는 아예 메모지와 펜을 머리맡에 두고 잔다. 화장실에도 놓아 둔다. 속주머니에도 넣어 둔다.

> 한 편의 시가 나오기 전까지 나도 내 안에서 무엇이 나올지 모른다. 궁금해서 기다려진다. 시가 나오기를 기다릴 때 시가 어린애 같다는 생각이 종종 든다. 이 녀석은 성질이 청개구리 같아서 꺼내려 하면 얼른 숨는다. 아무리 좋은 컨디션, 고요한 시간, 알맞은 분위기를 준비해놓고 유혹해도 좀처럼 나오지 않는다. 무관심한 척, 아무도 자기에게 관심이 없는 것처럼 하면, 그때서야 저도 심심하고 궁금하

10 나탈리 골드버그, 『뼛속까지 내려가서 써라』, 권진욱 옮김, 한문화, 2005, 30쪽.

니까 살살 고개를 쳐든다. …… 그러나 시를 잡을 준비가 잘 되어 있다는 것을 알면 그 녀석도 눈치가 빤해서 잡히려고 하지 않는다. 이 녀석은 내가 준비가 안 된 순간을 느닷없이 급습하여 난처한 상황에 빠져 쩔쩔매는 것을 즐기는 것 같다.[11]

김기택이 시를 잡아채는 방식이다. 시가 오는 순간을 기다리며 조바심 내는 시인의 모습이 어린애 같다. 시와 시인과의 대결은 서로 잡고 잡히는 어린애들의 놀이와 다르지 않다. 옛 시인들은 시마詩魔가 있다고 믿었다.[12] 시에 사로잡힌 상태를 말한다. 이 귀신이 몸에 붙으면 아무 일도 할 수가 없고, 몸과 마음이 온통 시에 쏠려 있게 된다. 시를 쓰려고 마음을 먹었을 때, 시를 한창 쓰고 있을 때 당신도 이 귀신을 만나야 한다. 이 귀신과 친해져서 이 귀신이 옮긴 병을 앓아야 한다. 당신도 시마와 동숙할 준비를 하라.

---

11 김기택, 「놀이로서의 시쓰기」, 『시와시학』, 2005년 봄호.

12 이규보의 '시마를 몰아내는 글'이 있다. 그는 시마를 몰아낸다고 했지만 실은 시마를 불러들이고자 하는 간절한 바람을 반어적으로 나타낸 것이다. "동산에 잡풀이 우거져도 베어낼 줄 모르고 집이 기울어져도 바로잡을 줄 모른다. 궁한 귀신이 온 것도 역시 네가 부른 것이고, 귀인에게 오만하고 부유한 사람을 멸시하는 것, 방종하고 거만한 것, 목소리가 공손하지 못하고 얼굴빛이 부드럽지 못한 것, 여색을 대하면 쉽사리 유혹되는 것, 술을 마시면 더욱 거칠게 되는 것은 정말로 네가 그렇게 만든 것이지 어찌 나의 마음이 그랬겠느냐? 그 괴이함을 짖는 개들도 아주 많다. 그래서 나는 너를 미워하며 저주하고 좇게 되니, 네가 빨리 도망하지 않으면 너를 찾아내어 베리라."(『이규보시문선』, 민족문화추진회 편, 솔, 1997, 212쪽) 시인으로 하여금 시를 쓰지 않고는 못 배기게 하는 시적 영감, 즉 시마를 본격적으로 다룬 책으로 『시마, 저주받은 시인들의 벗』(김풍기, 아침이슬, 2002)이 있다.

|4|

익숙하고 편한 것들과는 결별하라

상투성은 시의 가장 큰 적이다.
아무리 아름다운 소재라고 하더라도
시인의 미적 인식에 의해 재발견되지 않으면
그것은 시라고 할 수가 없으며 죽은 인식의 되풀이에 불과하다.
죽은 인식은 죽은 언어를 불러온다.
시인의 가장 큰 임무 중의 하나는 죽은 언어를 구별하여 과감히 버리고
살아 있는 언어와 사투를 벌이는 일이다.

상투성의 그물

만약에 당신이 '가을'을 소재로 한 편의 시를 쓴다고 치자. 당신의 머릿속에 당장 무엇이 떠오르는가? 아마도 가을의 목록은 십중팔구 '낙엽 · 코스모스 · 귀뚜라미 · 단풍잎 · 하늘 · 황금들녘 · 허수아비 · 추석'과 같은 말들일 것이다. 이런 말들이 당신의 상상력을 만나기 위해 머릿속을 왔다갔다 할 것이다.

그러다가 낙엽은 '떨어진다'는 말로 연결되고, 코스모스는 '한들한들'이라는 의태어를 만나고, 귀뚜라미는 '귀뚤귀뚤'이라는 의성어와 결합하며, 단풍잎은 '빨갛게' 물이 들 것이며, 하늘은 '푸른 물감을 뿌리다'는 문장과 조우하며, 황금들녘은 풍요의 이미지를 데리고 올 것이며, 허수아비는 반드시 '참새'를 불러들이고, 추석은 '보름달'로 귀결될 것이다.

이렇게 한심한 조합으로 시의 틀을 짜려고 한다면 그 순간, 그때부터 당신의 시는 망했다고 보면 된다. 발버둥을 쳐도 소용없다. 당신의 시는 상투성의 그물에 스스로 갇힌 꼴이 되고 만 것이다. 상투성은 시의 가장 큰 적이다. 그것은 대상을 피상적으로 인식하면서 생기는 마음의 독버섯과 같다. 겉은 멀쩡한데 우리의 상상력을 마비시키는 독을 품고 있는 것이다.

롤랑 바르트는 "상투적이란, 마치 그것이 자연스러운 듯, 마치 어떤 기적으로 거듭 나타나는 단어가 여러 가지 이유로 각각의 경우마다 적당하다는 듯, 마치 모방하는 것은 더 이상 모방으로 감각될 수 없는 듯, 어떤 마력도 어떤 열광도 없이 반복되는 단어"라고 말했다.[13] 동어반복을 지적한 것이다. 같은 말을 반복하면서도 그 반복의 지겨움을 깨우치지 못하고 그 반복이 진리라고 믿는 게 상투성의 원리다. "기계적인 우리들의 삶 속에 파묻혀 있는 세계를 관찰하고 느끼고 그것을 언어로 드러내는 일"을 오규원은 '미적 인식'이라는 말로 명쾌하게 정리한 바 있다.[14] 아무리 아름다운 소재라고 하더라도 시인의 미적 인식에 의해 재발견되지 않으면 그것은 시라고 할 수가 없으며 죽은 인식의 되풀이에 불과하다. 죽은 인식은 죽은 언어를 불러온다. 시인의 가장 큰 임무 중의 하나는 죽은 언어를 구별하여 과감히 버리고 살아 있는 언어와 사투를 벌이는 일이다.

연탄 이야기를 잠시 하자. 언제부터인가 내 이름 앞에 슬그머니 '연탄시인'이라는 말이 붙어 다니는 것을 보았다. 인터넷 검색을 하다가 처음에는 깜짝 놀랐다. '나무시인'이나 '풀잎시인'이 아니고 하고많은 소재 중에 왜 하필이면 연탄이란 말인가.

연탄재 함부로 발로 차지 마라

너는

누구에게 한번이라도 뜨거운 사람이었느냐

—「너에게 묻는다」 전문[15]

---

13 롤랑 바르트, 『텍스트의 즐거움』, 김명복 옮김, 연세대학교 출판부, 1990, 46쪽.

14 오규원, 『현대시작법』, 문학과지성사, 1990, 27쪽.

15 안도현, 『외롭고 높고 쓸쓸한』, 문학동네, 1994, 11쪽.

아마도 이 시를 비롯해서 연탄을 소재로 몇 편의 시를 쓴 탓일 게다. 애초에 나는 연탄을 소재로 타인에 대한 사랑이나 희생을 쓰려고 했던 게 아니다. 나는 연탄을 내세워 '가을'에 대해 쓰고 싶었다. 아니, '가을'을 쓰려고('가을'을 내 방식으로 인식하려고) 연탄을 끌어들였다는 말이 맞겠다. 옛날에는 여름의 뜨거운 기운이 꺾일 때쯤 제일 먼저 눈에 들어오는 게 연탄이었다. 연탄을 실은 트럭과 리어카가 거리와 골목을 누비기 시작하는 때가 바로 가을이었다.

어릴 적에 내 자취방 부엌에는 늘 연탄이 있었다. 낯선 도시에서 내가 처음 배운 것은 자취방의 연탄불을 꺼뜨리지 않고 제때 갈아주는 일이었다. 연탄의 붉고 푸른 불꽃이 혀를 날름거리며 구들장 속으로 빨려 들어가는 것을 나는 자주 바라보았다. 그 불꽃으로 밥과 국과 라면을 끓였고(몇 번이나 라면 냄비를 뒤엎었고), 양말과 운동화를 말렸고, 양은찜통에다 밤새 물을 데워 아침에 머리를 감았다. 불을 꺼뜨리지 않으려고 자다가 벌떡 일어나 연탄을 갈았고, 연탄구멍을 정확하게 맞추려고 잠이 가득 찬 눈을 비볐고, 그리고 연탄가스를 맡지 않으려고 몇 초 동안은 숨을 참아야 했다.

언덕 위에 있던 그 자취방을 나와 학교로 가려면 가파른 길을 내려가야 했다. 겨울이면 눈 녹은 물이 비탈길을 빙판으로 만들었다. 그런데 그런 아침에는 누군가 어김없이 비탈길에 연탄재를 잘게 부수어 뿌려놓곤 했다. 그 고마운 분이 누구인지는 지금도 모르지만 이 세상에는 나 아닌 다른 사람을 위해 일찍 일어나는 분이 있다는 걸 어렴풋이 알게 된 것도 그 무렵이었다.

그러니까 연탄은 내게 두 가지의 의미를 한꺼번에 선물했다. 하나는 가을이라는 계절을 인식하는 소재로, 또 하나는 타인과의 관계를 성찰하는 상징으로 나에게 온 것이다.

타인에 대한 사랑과 희생의 이미지는 오히려 연탄보다 '촛불'이 더 적합하다고 생각하는 이가 있을지도 모르겠다. 촛불이 연탄보다 더 시적이라고 생각한다면 이 또한 상투성에 굴복한 인식이라고 할 수 있다. 신석정을 비롯해 이미 많은 시인들이 촛불의 자기희생을 노래했다. 지금 와서 그것을 굳이 시라는 형식에 담아야 할 그 어떤 이유도 없다. 상투적인 동어반복만큼 비시적인 것도 없는 것이다. (2008년 여름, 한국의 서울시청 앞 광장을 가득 메운 촛불은 또 다른 의미 규정을 요한다. 그 수십만의 촛불은 단순히 어둠을 밝히는 관념으로서의 촛불이 아니라 시민들의 위대한 연대라는 문화사적인 의미를 내장한 촛불이었다. '골방/촛불' '광장/횃불'이라는 고정관념을 '광장/촛불'로 전환시킴으로써 촛불은 이전과는 전혀 다른 방식과 규모로 한국사회에 새로운 분노를 표시하였다. 촛불이 도심 한복판에서 저항의 들불이 된 것이다.)

세계와의 불화

초등학생들에게 동시를 가르치는 교실에서도 문제는 수없이 발견된다. 2학년 1학기 『쓰기』 교과서에는 말의 재미를 느끼게 하기 위해 반복되는 말이나 흉내 내는 말을 써보라고 하는 단원이 있다. 당신 같으면 다음 괄호 안에 어떤 말을 넣을 것인가?

토끼는 (   ) 뛰어간다.

물론 정답은 '깡충깡충'이다. 그런데 요즘 아이들 중에 과연 토끼가 깡충

깡충 산을 뛰어오르는 모습을 본 아이가 몇이나 될까? 아이들은 대부분 동물원이나 토끼장에서 '엉금엉금' 기어가는 토끼를 본 게 전부일 것이다. 이런 기계적인 동시교육은 '시냇물은 졸졸졸' '새싹은 파릇파릇' '흰 눈은 소복소복' 이라는 표현을 쓰는 것이 시라는, 매우 잘못된 생각을 심어줄 우려가 있다. 표현의 경직성은 사고의 경직성으로 옮아간다. 아이들의 말랑말랑한 머리를 딱딱하게 만드는 이런 나쁜 동시교육을 이제는 한시바삐 집어치워야 한다.

"미美는 언제나 엉뚱하다"고 한 보들레르의 말에 귀를 기울여라. 당신이 다다르고자 하는 미적 인식을 위해 러시아 형식주의자들의 '낯설게 하기' 라는 개념을 창작의 신조로 삼으라.[16] 이문재는 문학청년 시절 '문학개론' 첫 시간에 노교수가 '문학은 인생이다' 라는 문장을 칠판에 쓰는 걸 보고 강의실을 뛰쳐나가고 싶었다고 한다(「내가 만난 류시화」, 『시와시학』, 2004년 봄호).

스무 살 봄날, 나에게 문학은 인생 그 이상이어야 했다. 문학은 인생의 멱살을 휘어잡거나, 인생과 무관한 강렬한 빛이거나 독약 같은 것이어야 했다. 나는 강의실에 들어가지 않았다. 대신 류시화와 어울리며, 고전음악 감상실을 찾았고, 대학로에 죽쳤다. 캠퍼스와 강의는 고루하고 지루했다. 우리에게는 파격이 필요했다. 고정관념과 선입견, 관습과 제도를 뛰어넘는 파천황이 절실했다. 우리는 수업시간에 벌떡 일어나 노래를 불렀고, 본관 앞에서 막걸리에 도시락을 말아먹

---

16 '낯설게 하기' 는 쉬클로프스키 등 러시아 형식주의자들에 의해 처음 사용된 용어다. 관습적인 인식을 벗어나 사물을 낯설게 봄으로써 그 본래의 모습을 되찾고자 한다. 기존의 발상이나 언어 표현기법을 뛰어넘어 참신한 충격을 주는 것을 목적으로 한다. 시에서는 시어와 일상적 언어의 차이를 규명함으로써 발상의 전환을 꾀하는 것 따위가 이에 해당한다.

었다. 글씨를 왼손으로 썼고, 담뱃갑을 거꾸로 뜯었다.

이런 행위를 단순히 문학청년의 치기로 볼 수만은 없다. '시적인 것'을 찾으려는 탐색의 정신은 혼돈과 암흑을 깨뜨리는 파천황破天荒의 정신과 별반 다르지 않다. 그러니 당신이 늘 보고 있으면서도 사실은 보지 못하는 것이 무엇인지 찾아보라. 소소한 것에서부터 삶의 기미를 포착하고 파악하는 습관을 길러라. 사물을 반듯하게 보지 말고 거꾸로 보라. 세상을 걸어 다니면서 보지 말고 때로는 물구나무를 서서 바라보라. 지금부터는 진실이라고 믿고 있던 것들을 의심하고, 아름답다고 여기던 것들과 끊임없이 싸우고, 익숙하고 편한 것들과는 결별을 선언하라. 그러한 과정을 거치지 않으면 한 순간도 미적 인식에 다다를 수 없게 된다.

거창 학동 마을에는
바보 만복이가 사는데요
글쎄 그 동네 시내나 웅덩이에 사는
물고기들은 그 바보한테는
꼼짝도 못해서
그 사람이 물가에 가면 모두
그 앞으로 모여든대요
모여들어서
잡아도 가만 있고
또 잡아도 가만 있고
만복이 하는 대로 그냥
가만히 있다지 뭡니까.
올 가을에는 거기 가서 만복이하고

물가에서 하루종일 놀아볼까 합니다

놀다가 나는 그냥 물고기가 되구요!

정현종의 「바보 만복이」 전문이다.[17] 이 무슨 말인가? 바보가 물고기를 꼼짝 못하게 하는 재주가 있다는 말은 만복이가 바보가 아니라는 말이다. 즉 남들이 그를 (어수룩한 외모나 모자라는 지능이나 우스운 이름을 보고) 바보라고 놀리고 업신여기지만 실제로 만복이는 물고기라는 자연과 소통할 줄 아는 사람이다. 시인은 만복이하고 놀고 싶다는 말을 숨기지 않음으로써 독자들에게도 은근히 일상적 시각을 바꾸고 고정적 관념으로부터 벗어날 것을 요구한다. 그리고 놀다가 물고기가 되겠다고 마지막 행에서 (어처구니없게도) 말한다. 남들은 바보라고 하지만 진실은 바보가 아닌 만복이의 편에 서는 것, 이것이 시인의 길이다(합리적 이성으로 무장한 사람들은 그리하여 시인을 또 바보라고 하겠지).

내 몸의 사방에 플러그가

빠져나와 있다

탯줄 같은 그 플러그들을 매단 채

문을 열고 밖으로 나온다

비린 공기가

플러그 끝에 주렁주렁 매달려 있다

곳곳에서 사람들이

몸 밖에 플러그를 덜렁거리며 걸어간다

---

17 정현종, 『정현종시전집 2』, 문학과지성사, 1999, 28쪽.

세계와의 불화가 에너지인 사람들
사이로 공기를 덧입은 돌들이
둥둥 떠다닌다

이원의 「거리에서」 전문이다.[18] 이 시에 등장하는 '사람'을 '시인'으로 바꾸어 읽어보자. 온몸의 플러그로 전류가 흐르기를 기다리는, 어떻게든 안에서 밖으로 나와야 하는, 세계와의 불화를 자신의 에너지로 알고 살아가는 사람들이 시인이다. 이원의 말처럼 "시적이라는 말을 배반하는 방식을 통해 시적이라는 말을 진화시키는"(『시와 세계』, 2007년 가을호) 사람이 바로 시인이다.

동심론

명나라 말기의 사상가 이지李贄는 '동심설'에서 진정한 인간의 모습은 어린아이의 마음에 있다고 말한다. 그리고 이 세상에서 가장 훌륭한 글은 모두 동심에서 우러나온 것이라고 했다. 그러므로 동심이야말로 '시적인 것'의 본질이라 할 수 있다.

사람의 동심, 즉 진성진정眞性眞情은 어떻게 잃는 것인가? 이제 막 지식이 생기고 세상사를 약간 알게 되면서 사회의 견문이 이목을 통

18 이원, 『그들이 지구를 지배했을 때』, 문학과지성사, 1996, 12쪽.

해서 들어오고 무언의 암시가 내심으로 들어오면 동심이 오염되기 시작한다. 좀더 자라면 대대로 전해지는 도리를 부형父兄과 사장師長이 주입시키고, 이런 교훈들이 들어와 내심을 주재하여 동심을 잃어버린다. 세월이 오래되면 주입받고 느낀 도리와 견문이 나날이 늘어나고 아는 바와 느끼는 바가 나날이 풍부해져, 이에 사람들은 미명美名이 좋은 점을 가져다줄 수 있다는 것을 알게 되어 오로지 미명을 성취할 생각만 한다.[19]

인간은 사회화 과정을 통해 많은 것을 알게 되는데, 이 앎이 동심을 오염시키는 주범이라는 것이다. 이렇게 주입된 도리와 견문으로 이름을 얻게 되면서 동심을 잃어버리고, 좋지 않은 명성은 사회적 지위를 얻는 데 불리하다는 것을 알게 되어 더러운 이름을 덮으려고 하면서 또 동심을 잃게 된다고 이지는 경고한다. 동심을 잃게 만드는 도리와 견문은 사물에 대한 고정관념을 말한다. 혹은 구태의연한 사고, 인습적 가치관의 뜻으로 바꿔 읽어도 좋을 것이다.

토란잎에 구르는 물방울처럼
물고기비늘 반짝이는 건
밤새 바다에 떨어진 별빛
배부르게 먹었기 때문일 거야

— 이재무, 「해돋이」 부분[20]

---

19 옌리에산 · 주지엔구오, 『이탁오 평전』, 홍승직 옮김, 돌베개, 2005, 285쪽.

20 이재무, 『저녁 6시』, 창비, 2007, 26~27쪽.

뜨개질 목도리를 하고 가만히 앉아 있으면 왠지 애인이 등 뒤에서 내 목을 감아올 것만 같다 생각이 깊어지면, 애인은 어느새 내 등을 안고 있다 가늘고 긴 팔을 뻗어 내 목을 감고는 얼굴을 비벼온다

— 박성우, 「목도리」 부분[21]

아욱을 치대어 빨다가 문득 내가 묻는다
몸속에 이토록 챙챙한 거품의 씨앗을 가진
시푸른 아욱의 육즙 때문에

—엄마, 오르가슴 느껴본 적 있어?
—오, 가슴이 뭐냐?
아욱을 빨다가 내 가슴이 활짝 벌어진다
언제부터 아욱을 씨 뿌려 길러 먹기 시작했는지 알 수 없지만
—으응, 그거! 그, 오, 가슴!
자글자글한 늙은 여자 아욱꽃빛 스민 연분홍으로 웃으시고

— 김선우, 「아욱국」 부분[22]

시인의 동심은 적어도 이 정도는 되어야 한다. 물고기 비늘이 반짝이는 이유는 물고기가 바다에 떨어진 별빛을 많이 먹었기 때문이라고, 애인이 만들어준 뜨개질 목도리를 하고 있으면 애인이 등 뒤에서 목을 감고 있는 느낌이 든다고, 아욱을 씻다가 어머니에게 느닷없이 오르가슴을 느껴본 적 있느냐고 물어본 적 있다고……. 시인들의 이러한 철없음이 실은 세상의 진실이 무엇인지를 밝히는 최초의 단서가 된다. 시의 진정성은 동심을 회

21 박성우, 『가뜬한 잠』, 창비, 2007, 51쪽.

22 김선우, 『내 몸속에 잠든 이 누구신가』, 문학과지성사, 2007, 52~53쪽.

복하는 데서 그 실마리를 찾아야 한다. 상투적인 눈, 관습을 벗어나지 못하는 인식, 진부한 언어로는 진정성의 끄트머리도 붙잡을 수가 없다. 새로운 것과 참된 것은 어린아이의 눈으로 세상을 바라볼 때 생겨난다.

동심을 따라 글을 쓰게 되면 어떤 결과가 올까? 이지의 말을 다시 듣는다.

> 세상에서 정말로 문장을 잘 짓는 사람은 모두 처음부터 문장을 짓는 것에 뜻이 있지 않았다. 그의 가슴속에 형용하지 못할 수많은 괴이한 일이 있고, 그의 목구멍 사이에 토해내고 싶지만 감히 토해내지 못하는 수많은 것이 있으며, 그의 입에 또한 때때로 말하고 싶지만 알릴 수 없는 수많은 것이 있어, 이것이 오랫동안 쌓이고 쌓여 도저히 막을 수 없는 형세가 되는 것이다. 일단 어떤 정경을 보고 감정이 일고 어떤 사물이 눈에 들어와 느낌이 생기면, 남의 술잔을 빼앗아 자기 가슴속에 쌓인 응어리에 뿌려 씻어내고 마음속의 불공평함을 호소하여 기이한 것을 찾는 사람을 천년만년 감동시킨다. 그의 글은 옥을 뿜고 구슬을 내뱉는 듯하고, 은하수가 빛을 발하면서 맴돌아 하늘에 찬란한 무늬를 만드는 듯하다. 마침내 스스로도 대단하게 여겨서 발광하여 소리치며 눈물을 흘리고 통곡하니, 멈추려야 멈출 수가 없다. 차라리 이를 보거나 듣는 사람들이 격분하여 이를 바득바득 갈면서 글을 쓴 사람을 죽이고 싶어 하게 할지언정, 차마 끝내 명산名山에 감추거나 물이나 불 속에 던져 사장시킬 수는 없다.[23]

---

23 옌리에산 · 주지엔구오, 앞의 책, 290~291쪽.

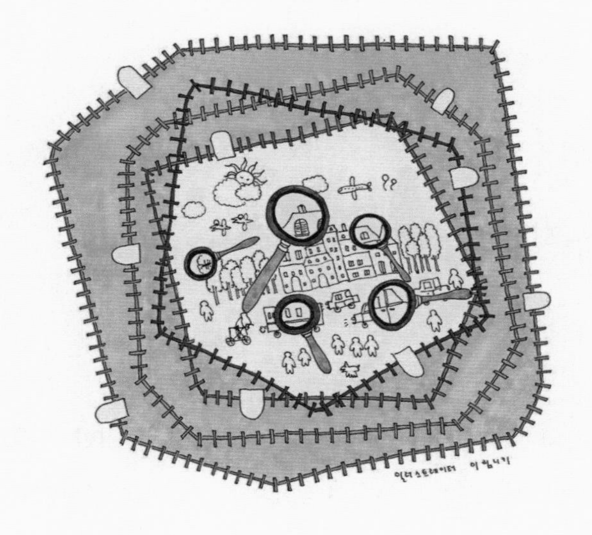

|5|

'무엇' 을 쓰려고 하지 말라

정작 중요한 것은 어떤 소재를 택해 쓰느냐는 게 아니다.
그 어떤 소재를 어떤 눈으로 바라보았느냐는 것이다.
모든 시인은 경험한 것에 대하여 쓴다.
하지만 경험한 것을 곧이곧대로 쓰지는 않는다.
'무엇' 을 쓰려고 집착하지 말라.
'무엇' 을 쓰려고 1시간을 끙끙댈 게 아니라
단 10분이라도 '어떻게' 풍경과 사물을 바라볼 것인지 고민해야 한다.

본 것, 가까운 것, 작은 것, 하찮은 것

무엇을 쓸 것인가?

파울러라는 한 미국 작가는 글을 쓰는 일은 어렵지 않다고, 이마에 피땀이 맺힐 때까지 그저 텅 빈 종이를 바라보고 앉아 있기만 하면 된다고 했다. 말이 쉽지 그건 또 얼마나 고역일 것인가. 그렇게 했는데도 단 한 줄의 글도 써지지 않으면 어떻게 할 것인가. 물론 이 말은 어떤 소재를 취할 것인가에 대한 답은 아니다. 글을 쓰려면 집중적인 몰입의 자세가 그 어떤 것보다 우선이라는 말이다.

무엇을 쓸 것인지, 어떻게 쓸 것인지 고민하는 일은 글을 구상하는 순간부터 퇴고를 완료할 때까지 당신을 따라다닌다. 그 '무엇(내용)'과 '어떻게(형식)' 때문에 쩔쩔매는 아이들을 위해 이오덕 선생은 생전에 이렇게 일갈하셨다. "똥 누듯이 쓰라"고. 괜히 어깨와 펜 끝에 힘을 주지 말고 자연스럽게 쓰라는 말이다. 일상생활 속에서 소재를 찾고, 예쁘게 꾸미려는 마음을 없애야 좋은 글이 나온다는 것이다. 그 뜻은 이해하지만, 그러나 똥을 누는 일은 또 얼마나 어려운가!

그러면 다시 묻자. 도대체 무엇을 쓸 것인가?

첫째, 단 한 번이라도 자신의 눈으로 본 것을 써라. 다른 사람에게 들은 것, 책을 읽어서 알게 된 것도 넓은 의미에서는 경험에 속한다. 하지만 자신의 시각으로 바라본 직접적인 경험만큼 생생하지는 않다. 남의 입을 통해 빠져나온 말을 받아 적다보면 사실을 과장하거나 축소하게 될 우려가 있고, 책으로 얻는 지식과 지혜를 말로 옮겨 적다보면 현학이나 지적 허영의 늪에 빠질 수도 있다.

> 눈이 가득 내리는 하늘을 바라보다가
> 싱그러운 이마와 검은 속눈썹에 걸린 눈을 털며
> 김칫독을 열 때
> 하얀 눈송이들이 어두운 김칫독 안으로
> 하얗게 내리는 집
> 김칫독에 엎드린 그 여자의 등에
> 하얀 눈송이들이 하얗게 하얗게 내리는 집
>
> — 김용택, 「그 여자네 집」 부분[24]

서정시로는 매우 긴 편에 속하는 이 시 중에 나는 이 부분을 유독 좋아한다. 속눈썹에 걸린 눈과 붉은 김칫독 안으로 내리는 하얀 눈은 시인의 경험적 발견이 없이는 이렇게 생생하게 재현될 수 없다. 김용택은 "내가 알고 있는 것만큼만 시를 쓴다"고 표현한 적이 있다. 이 말은 '내가 알고 있는 것은 무엇이든지 쓸 수 있다'는 자신감의 다른 표현이면서, '너희들이 모르는 것을 내가 아니까, 나는 그것을 쓰겠다'는 그만의 독특한 창작 비결이기

---

24 김용택, 『그 여자네 집』, 창비, 1998, 12~17쪽.

도 하다. 그는 자신의 어머니가 하시는 말씀을 그대로 적었더니 시가 되더라는 말도 했다. 이때의 '어머니의 말씀' 은 바로 어머니와 함께 '자신의 눈으로 직접 본 것' 이라는 의미다.

둘째, 먼 곳이 아니라 가까운 곳에 있는 것을 써라. 이정록의 말을 잠시 경청해보자.

> 간혹 쓸 것이 없어서 못 쓰겠다고 하소연하는 사람들이 있다. 그러면 나는 그에게 간곡하게 말한다. 당신이 지금 전화를 하는 곳에서 손에 잡힐 듯 가까이에 있는 것을 말해보라고 한다. 그걸 쓰라고 한다. 곁에 있는 것부터 마음속에 데리고 살라고 한다. 단언컨대, 좋은 시는 자신의 울타리 안 문지방 너머에 있지 않다. 문지방에 켜켜이 쌓인 식구들의 손때와 그 손때에 가려진 나이테며 옹이를 읽지 못한다면 어찌 문 밖 사람들의 애환과 세상의 한숨을 그려낼 수 있겠는가.[25]

이런 생각을 그는 '문지방 삼천리' 라는 말로 기발하게 압축했다. 삼천리는 아무리 발품을 팔아도 다 둘러보지 못한다. 애써 둘러볼 필요도 없다. 문지방 안에 삼천리가 다 있으니 말이다. 그래도 시를 찾지 못하는 당신을 위해 한마디 더 귀띔한다. "오래 들여다보면 모두 시가 된다"는 말도 했다. 역시 이정록의 어록이다. 기억해두자.

---

25 이정록 홈페이지(http://www.leejeonglock.com) 참조.

백 대쯤

엉덩이를 얻어맞은 암소가

수렁논을 갈다 말고 우뚝 서서

파리를 쫓는 척, 긴 꼬리로

얻어터진 데를 비비다가

불현듯 고개를 꺾어

제 젖은 목주름을 보여주고는

저를 후려 팬 노인의

골진 이마를 물끄러미 바라보는데

그 긴 속눈썹 속에

젖은 해가 두 덩이

오래도록 식식거리는

저물녘의 수렁논

— 이정록, 「주름살 사이의 젖은 그늘」 전문[26]

이 시는 시적 대상을 오래 들여다본 결과물이다. 논을 갈던 암소가 고개를 꺾을 때 생기는 목주름과 노인의 이마 주름의 대비, 소의 굵은 눈망울과 젖은 해 두 덩이의 비유가 더없이 적절하다. 이러한 관찰이 시적 기교로 끝나는 게 아니라 말 없는 짐승과 인간을 한 식구로 동일화하는 데까지 이르고 있다는 점을 눈여겨봐야 한다. (시인이 대상을 오래 들여다본 만큼 당신도 이 시를 오래 들여다보기를 바란다. 그러다 보면 이 시에서 시간의 유한성과 삶의 무상을 함께 읽을 수 있을지 모른다. 그러면 당신은 이미 훌륭한 독자다.)

어떤 시를 읽을 것인가에 대한 해답도 여기에서 찾을 수 있다. 좋은 시를

26 이정록, 『의자』, 문학과지성사, 2006, 107쪽.

쓰려면 당신은 가장 가까이에 있는 가장 젊은 우리나라 시인의 시부터 읽어라. 젊은 시인의 시는 교과서요, 늙은 시인의 시는 참고서다. 우리나라 시인의 시는 한 끼의 밥이지만, 외국 시인들의 시는 건강보조식품이다. 제발 릴케와 보들레르와 엘리엇을 읽었다고 거들먹거리지 말라. 두보와 이백을 앞세우지 말라. 볼썽사납다. 그들 대가의 시집은 두고두고 천천히, 읽어라.

셋째, 큰 것이 아니라 작은 것을 써라. 높은 곳에서 찬란하게 빛나는 것을 쓰지 말고, 낮은 곳에서 돌아앉아 우는 것에 대해 써라. 시는 절대로 '초월한 자의 향기' 가 아니다. '고귀한 사랑' 이 아니다. '인간과 자연의 합일' 이 아니다. '고행을 이겨낸 구도자의 경지' 가 아니다. 시는 초월하지 못한 인간의 발가락에서 나는 냄새고, 지저분한 사랑이며, 인간과 자연의 불화이며, 한 시간 아르바이트하면서 어렵게 번 돈 3천 원이다. 당신도 최영미처럼 "나는 내 시에서/돈 냄새가 나면 좋겠다"(「詩」)라고 말할 수 있어야 한다.

또 하나, 시를 쓰려거든 두꺼운 문학이론서 독파에 연연하지 말라. 창작보다 고매한 철학적 사유로 무장하는 게 우선이라고 여기지 말라. 이론이나 세계관이 시를 낳는 게 아니다. 당신의 시가 당신의 이론과 세계관을 형성한다고 믿어라. "사유가 먼저 있고, 그 도달한 사유에 맞춰 거꾸로 체험을 구성할 경우 작품은 파탄을 면치 못한다. 사유로부터 경험이 도출되는 것은 마치 몸에 옷을 맞추지 않고 옷에 몸을 맞춘 것처럼 어색하다. 몸에 옷을 맞추어야 하는 것이 당연한 규범이듯, 경험에 사유가 뒤좇아 가 그 경험을 완전하게 만들어야 하는 것이 예술적 창조의 원리이다."[27]

넷째, 화려한 것이 아니라 하찮은 것을 써라. 나의 경험 중에 행복했던

27 김상욱, 『다시 쓰는 문학에세이』, 우리교육, 1998, 228쪽.

시간들이 남에게도 반드시 행복한 시간으로 전이되는 것은 아니다. 나의 행복과 충족은 남의 불행과 결핍의 증거임을 잊지 말라. 장미와 백합의 우아한 향기에 취하지 말고, 저 들판의 민들레와 제비꽃의 무취에 취하라. 금메달을 목에 건 승리자의 영광보다는 꼴찌로 들어오는 선수의 실패를 경배하라. 성형수술 한 처녀의 얼굴을 경멸하고 주근깨로 뒤덮인 소녀의 얼굴을 사랑하는 법을 익혀라.

어릴 적에 아버지와 함께 단 한 번도 목욕탕에 가지 못한 아들이 있었다. 아들은 목욕탕에 갈 때마다 부자끼리 서로 등을 밀어주는 모습을 부러운 눈으로 바라보곤 하였다. 아들은 당연히 아버지의 등을 바라볼 기회를 갖지 못했다. 원망도 했다. 아버지는 늙었고, 어느 날 쓰러져 입원을 하게 되었다. 그때 병원 욕실에서 늙은 아버지를 씻겨드리다가 아들은 아버지의 등에 낙인처럼 박혀 있는 지게자국을 보고 말았다. 시인은 그 지게자국을 보고 울컥, 하는 사람이다. 손택수의 시에 나오는 이야기다.

> 어머니를 따라갈 수 없으리만치 커버린 뒤론
> 함께 와서 서로 등을 밀어주는 부자들을
> 은근히 부러운 눈으로 바라보곤 하였다
> 그때마다 혼자서 원망했고, 좀더 철이 들어서는
> 돈이 무서워서 목욕탕도 가지 않는 걸 거라고
> 아무렇게나 함부로 비난했던 아버지
> 등짝에 살이 시커멓게 죽은 지게자국을 본 건
> 당신이 쓰러지고 난 뒤의 일이다
> 의식을 잃고 쓰러져 병원까지 실려 온 뒤의 일이다
> 그렇게 밀어드리고 싶었지만, 부끄러워서 차마
> 자식에게도 보여줄 수 없었던 등

해 지면 달 지고, 달 지면 해를 지고 걸어온 길 끝
적막하디적막한 등짝에 낙인처럼 찍혀
지워지지 않는 지게자국
아버지는 병원 욕실에 업혀 들어와서야 비로소
자식의 소원 하나를 들어주신 것이었다

— 손택수, 「아버지의 등을 밀며」 부분[28]

박미라는 『치유하는 글쓰기』(한겨레출판, 2008) 에서 이른바 '미친년 글쓰기' 를 주창한다. 미친년 글쓰기의 전제는 '상처를 통해 이야기하기, 흉터를 감추지 않고 말하기, 자신이 미쳤음을 부끄러워하지 않기' 이다. 내 속에 숨은 광기를 끄집어내는 것, 즉 시작이란 광기의 언어화 과정인지도 모른다. 당신의 광기를 샅샅이 검색하라. 그리고 드러내어라. 미셸 푸코의 말을 빌려오지 않더라도 광기는 가두고 감추는 게 능사라는 게 통념이다. 그러나 가두고 감춤으로써 오히려 광기를 지닌 대상을 심각하게 왜곡해버리는 결과를 가져온다(『광기의 역사』, 나남출판, 2003).

당신의 상처와 흉터와 광기와 결핍과 불행에 주목하라. 시를 쓰는 동안은 당신이 받은 훈장과 상장을 반납하고, 행운과 행복과 영광을 외면하라. 당신이 자랑하고 싶은 것들과는 이별하고, 당신이 부끄러워하는 것들과 손잡고 결혼하라. 당신이 두고두고 치욕스럽게 여기는 것, 감춰 두고 싶은 것, 그래, 그것을 꺼내 써라.

28 손택수, 『호랑이 발자국』, 창비, 2003, 30~31쪽.

어떻게 바라볼 것인가

정작 중요한 것은 어떤 소재를 택해 쓰느냐는 게 아니다. 그 어떤 소재를 어떤 눈으로 바라보았느냐는 것이다. 그러니까 시적 경험은 나의 경험의 일부를 말하는 게 아니라 나의 경험 중에 나만의 시각으로 바라본 적이 있는 것을 우리는 시적 경험이라고 부를 수 있을 것이다. 모든 시인은 경험한 것에 대하여 쓴다. 하지만 경험한 것을 곧이곧대로 쓰지는 않는다. 이것저것 여러 가지 일을 해본다고 많은 시적 경험이 쌓이는 것은 아니다. 바쁘게 한 세상을 살아왔다고 그 수많은 경험들이 글쓰기로 이어질 수 있는 것도 아니다. 소재를 해석하는 능력, 즉 상상력의 도움 없이 어떤 소재에 매달리는 것은 소재주의의 늪에 빠질 위험이 있으니 특별히 경계해야 한다.

'무엇'을 쓰려고 집착하지 말라. 시에서 소재주의는 시단의 특정한 경향을 답습하거나 이미 규범화된 유파의 문법을 비판 없이 추종할 때, 그리고 글쓰기의 목적의식이 지나치게 앞설 때 생겨난다. 초보자의 경우에는 시가 생겨나는 지점에 대한 이해가 부족할 때 곧잘 소재주의에 빠진다. 그러므로 '무엇'을 쓰려고 1시간을 끙끙댈 게 아니라 단 10분이라도 '어떻게' 풍경과 사물을 바라볼 것인지 고민해야 한다.

> 바람 불고
> 키 낮은 풀들 바르르 떠는데
> 눈여겨보는 이 아무도 없다.
>
> 그 가녀린 것들의 생의 한 순간,
> 의 외로운 떨림들로 해서

우주의 저녁 한때가 비로소 저물어간다
그 떨림의 이쪽과 저쪽 사이, 그 순간의 처음과 끝 사이에는 무한히 늙은 옛날의 고요가, 아니면 아직 오지 않은 어느 시간에 속할 고요가
보일 듯 말 듯 옅게 묻어나는 것이며,
그 나른한 고요의 봄볕 속에서 나는
백년이나 이백년쯤
아니라면 석달 열흘쯤이라도 곤히 잠들고 싶은 것이다.

— 김사인, 「풍경의 깊이」 부분[29]

아무도 눈여겨보지 않는 풀잎의 작은 떨림을 보고 시인은 우주의 저녁을 본다. 그리고 그 떨림에 깃들은 과거의 고요와 미래의 고요까지 읽어낸다. 풀잎의 떨림에 묻어 있는 시간성과 영적靈的 기운을 느끼는 시를 읽으며 우리는 시인이 '어떻게' 대상과 대면했는지를 짐작해볼 수 있다. 세계를 보는 태도에 있어서는 중국의 아이칭도 우리의 생각과 다르지 않다. "문제는 당신이 무엇을 쓰는가에 있지 않고, 당신이 어떻게 쓸 것이며, 어떻게 이 세계를 볼 것이며, 어떠한 각도에서 세계를 볼 것이며, 당신이 어떠한 태도로 이 세계를 포용할 것인가에 있다."

여기 시의 소재로서 한 알의 사과가 있다. 당신에게 이 한 알의 사과에 대해 시를 쓰라는 과제가 떨어졌다. 어떻게 할 것인가? 당신은 적어도 다음에 제시하는 열 가지 정도의 행동을 수행하거나 사유를 움직여야 한다.

1) 사과를 오래 바라보는 일

29 김사인, 『가만히 좋아하는』, 창비, 2006, 10~11쪽.

2) 사과의 그림자를 관찰하는 일

3) 사과를 담은 접시를 함께 바라보는 일

4) 사과를 이리저리 만져보고 뒤집어보는 일

5) 사과를 한입 베어 물어보는 일

6) 사과에 스민 햇볕을 상상하는 일

7) 사과를 기르고 딴 사람과 과수원을 생각하는 일

8) 사과가 내 앞에 오기까지의 길을 되짚어 보는 일

9) 사과를 비롯한 모든 열매의 의미를 생각해보는 일

10) 사과를 완전하게 잊어버리는 일

이렇게라도 해야 당신은 비로소 시의 첫 줄을 시작할 수 있게 된다.

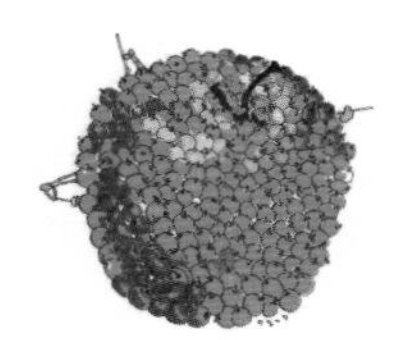

|6|

지독히 짝사랑하는 시인을 구하라

백석의 시를 처음 읽은 것은 1980년, 대학 1학년 때였다.
백석이라는 낯선 시인의 이 시 한 편은 스무 살 문학청년의 심장을 뒤흔들었다.
나는 캄캄해졌다. 그만 눈이 멀어버린 것이다.
나는 백석의 새로운 시를 만날 때마다 노트에 한 편 두 편 옮겨 적기 시작했다.
그럴 때면 묘한 흥분과 감격에 휩싸여 손끝은 떨리고 이마는 뜨거워졌다.
나는 그야말로 필사적으로 필사했다. 그가 내게 왔을 때, 나는 그의 시를 필사하면서 그를 붙잡았다.
그건 짝사랑이었지만 행복했다.

필사의 즐거움

언젠가 "내 시의 사부는 백석이다"라고 쓴 적이 있다. 또 강연을 하는 자리에서 나는 그의 영향을 받은 게 아니라 오로지 그의 시를 베끼고 싶었다고 뻔뻔하게 고백하기도 했다. 그런데 백석은 나를 제자로 받아들이겠다고 약속한 적이 없으며, 당신의 시를 베껴도 좋다고 허락한 적이 없다. 그런 점에서 백석에 대한 내 사랑은 짝사랑이라 할 수 있다. 백석, 그를 어떻게 만나게 되었는지, 그의 시를 얼마나 베끼려고 아등바등했는지, 왜 아직도 그에 대한 연모의 마음을 털어내지 못하고 있는지 말해보려고 한다.

> 새끼오리도 헌신짝도 소똥도 갓신창도 개니빠디도 너울쪽도 짚검불도 가락잎도 머리카락도 헝겊조각도 막대꼬치도 기왓장도 닭의 짗도 개터럭도 타는 모닥불
>
> 재당도 초시도 門長늙은이도 더부살이 아이도 새사위도 갓사둔도 나그네도 주인도 할아버지도 손자도 붓장사도 땜쟁이도 큰개도 강아지도 모두 모닥불을 쪼인다

모닥불은 어려서 우리 할아버지가 어미아비 없는 서러운 아이로 불상하니도 몽둥발이가 된 슬픈 역사가 있다

—「모닥불」 전문

백석의 시를 처음 읽은 것은 1980년, 대학 1학년 때였다. 지금은 작고하신 시인 박항식 선생님의 저서 『수사학』에 「모닥불」이 인용되어 있었다. '갓신창' '개니빠디' '너울쪽' 같은 몇몇 시어가 좀 낯설었지만 그것은 그리 중요한 문제가 아니었다. 백석이라는 낯선 시인의 이 시 한 편은 스무 살 문학청년의 심장을 뒤흔들었다. 그 까닭을 지금도 모르겠다. 그때까지 내가 학습한 시인들과는 뭔가 확연히 다르다는 느낌, 그 이상도 이하도 아니었다. 백석은 김소월도 한용운도 이상도 윤동주도 아니었다. 청록파도 서정주도 김춘수도 아니었다. 나는 캄캄해졌다. 그만 눈이 멀어버린 것이다.

백석의 시에 반해버렸다고 은사님께 말씀드렸더니, 또 다른 시들을 보여주셨다. 나는 백석의 새로운 시를 만날 때마다 노트에 한 편 두 편 옮겨 적기 시작했다. 그럴 때면 묘한 흥분과 감격에 휩싸여 손끝은 떨리고 이마는 뜨거워졌다(1988년 정부의 공식적인 해금 조치 이전에는 내놓고 그의 시를 읽을 수 있는 독서의 자유가 없었다).

나는 그야말로 필사적으로 필사했다. 그런 필사의 시간이 없었다면 내게 백석은 그저 하고많은 시인 중의 하나로 남았을 것이다. 그가 내게 왔을 때, 나는 그의 시를 필사하면서 그를 붙잡았다. 그건 짝사랑이었지만 행복했다. 나는 그의 숨소리를 들었고, 옷깃을 만졌으며, 맹세했고, 또 질투했다. 사랑하면 상대를 닮고 싶어지는 법이다.

소설가 신경숙은 대학시절 방학 때 소설을 읽다가 필사를 시작했다고 한다.

그냥 눈으로 읽을 때와 한 자 한 자 노트에 옮겨 적어볼 때와 그 소설들의 느낌은 달랐다. 소설 밑바닥으로 흐르고 있는 양감을 훨씬 세밀하게 느낄 수가 있었다. 그 부조리들, 그 절망감들, 그 미학들. 필사를 하면서 나는 처음으로 이게 아닌데, 라는 생각에서 벗어날 수 있었다. 이것이다. 나는 이 길로 가리라. 필사를 하는 동안의 그 황홀함은 내가 살면서 무슨 일을 할 것인가를 각인시켜준 독특한 체험이었다.[30]

필사는 참 좋은 자기학습법이다. 시의 앞날이 잘 보이지 않을 때, 어쩌다 눈에 번쩍 띄는 시를 한 편 만났을 때, 짝사랑하고 싶은 시인이 생겼을 때, 당신은 꼭 필사하는 일을 주저하지 마라. 그러면 시집이라는 알 속에 갇혀 있던 시가 날개를 달고 당신의 가슴 한쪽으로 날아올 것이다.

1987년 선배시인 이광웅이 '오송회' 사건으로 복역하다가 출옥한 후에 나에게 또 백석의 시를 보여주었다. 낡은 대학노트에 아주 정갈한 글씨체로 또박또박 필사한 시였다.(이광웅 시인은 1992년에 세상을 떴다. 나는 이 필사본을 돌려드리지 못했다. 지금도 내 서랍에 보관하고 있다.) 그 무렵 창작과비평사에서 이동순 시인이 엮은 『백석시전집』이 나왔다. 이로써 세상에 가까스로 백석 시의 전모가 드러나게 되었다.[31]

나는 1989년에 낸 두 번째 시집의 제목을 백석에게서 훔쳤다. 『모닥불』이 그것이다. 제목뿐만 아니라 백석의 호흡을 차용한 시들을 여러 편 쓰기 시작했다. 현실과 상상 사이에 길을 만들어 「백석 시인의 마을에 가서」라는

30 신경숙, 『아름다운 그늘』, 문학동네, 2004, 155~156쪽.

시도 썼다. 현실에서 만나지 못하는 시인을 만나 메밀국수를 한 사발 먹었고, 폭설이 쏟아지는 시인의 집에서 하룻밤 신세를 졌다. 구들장이 뜨거운 집이었다.

아는 분은 알겠지만 1994년에 나온 네 번째 시집의 제목 『외롭고 높고 쓸쓸한』 역시 백석표 제목이다. 그의 시 「흰 바람벽이 있어」에는 "나는 이 세상에서 가난하고 외롭고 높고 쓸쓸하니 살어가도록 태어났다"는 유명한 구절이 있다. 누구나 '가난하고 외롭고 쓸쓸하다'는 말은 쉽게 할 줄 안다. 그러나 '외롭고'와 '쓸쓸하다' 사이에 '높고'라는 말을 갖다 놓을 줄 아는 시인이 백석이다. 이 '높고'는 양쪽 형용사들의 외로움과 쓸쓸함을, 그 구차함을 일거에 해소하고 시 전체의 품격을 드높이는 구실을 한다. 베끼지 않을 수 없게 만드는 '높고'인 것이다!

그 이후에 낸 여러 시집에서도 백석을 짝사랑한 흔적이 곳곳에 묻어 있음을 숨기지 않겠다. 애초부터 의도하고 흉내를 낸 것이 있는가 하면 나도 모르게 그에게 스며든 것도 있다. "여름이 뜨거워서 매미가/우는 것이 아니라 매미가 울어서/여름이 뜨거운 것이다"(졸시 「사랑」 앞부분). 감나무에서 쉬지 않고 매미가 울었고, 런닝셔츠 바람으로 마루에 누워 부채를 부치고 있

---

31 이외에 백석과 관련해서 출간된 주요서적은 다음과 같다.
고형진 엮음, 『정본 백석 시집』, 문학동네, 2007.
고형진, 『백석 시 바로 읽기』, 현대문학, 2006.
이숭원 주해, 이지나 엮음, 『원본 백석 시집』, 깊은샘, 2006.
이숭원, 『백석시의 심층적 탐구』, 태학사, 2006.
김재용 엮음, 『백석전집』, 실천문학사, 2005.
송준 엮음, 『백석시전집』, 학영사, 2004.
정효구 엮음, 『백석』, 문학세계사, 1996.
송준, 『남신의주유동박시봉방 1, 2』, 지나, 1994.

다가 벌떡 일어나 메모한 구절이다. 나중에 가만 생각해보니 이 시구 역시 백석으로부터 나온 것이었다.

> 가난한 내가
> 아름다운 나타샤를 사랑해서
> 오늘 밤은 푹푹 눈이 나린다

백석의 「나와 나타샤와 흰 당나귀」 앞부분이다. 사랑하기 때문에 푹푹 눈이 내린다는, 이 말도 안 되는 구절 때문에 나는 백석을 좋아한다. 분명히 문장구조의 인과관계를 무시하는 충돌이거나 모순이다. 내가 너를 사랑해서 이 우주에 눈이 내린다니! 그리하여 나는 가난하고, 너는 아름답다는 단순한 형용조차 찬란해진다. 첫눈이 내리는 날 사랑하는 사람을 만나고 싶다는 말을 하지 말자. 그건 30년대에 이미 죽은 문장이 되고 말았다.

사랑하면 길이 보인다

> 여인숙이라도 국수집이다
> 메밀가루포대가 그득하니 쌓인 웃간은 들믄들믄 더웁기도 하다
> 나는 낡은 국수분틀과 그즈런히 누어서
> 구석에 데굴데굴하는 목침木枕들을 베여보며
> 이 산山골에 들어와서 이 목침들에 새까마니 때를 올리고 간 사람들을
> 생각한다

그 사람들의 얼굴과 생업生業과 마음들을 생각해본다

―「산숙山宿」 전문

백석이 1938년 『조광』에 발표한 시다. 나는 이 시 한 편으로 30년대 산골의 전형적인 풍경과 그 당시 사람들의 생활을 다 들여다보고 있다. 여기에서 아주 인상적인 것은 '목침'이다. 이 오래된 목침에는 새까만 때가 올라 있다. 화자는 아무런 감정도 드러내지 않고 목침에 때를 올리고 간 사람들을 생각한다고 말한다. 이 부분에 백석의 매력이 숨어 있다. 그는 그저 아무렇지도 않게 '생각한다'라는 서술어를 사용하고 있다. 어떻게 보면 밋밋하고 시의 산문적 서술에 기여하는 말이 '생각한다'이다.

그런데 이 말이 아프다. 목침에 때를 올리고 간 사람들이 누구이겠는가? 목침에 때를 올린 사람들은 목침을 베고 잔 뒤에 떠난 사람들일 것이다. 그렇다면 그 사람들은 생계를 해결하기 위해 산골의 광산촌을 떠돌거나 만주 등지로 길을 떠나던 30년대 후반의 우리 민족으로 이해할 수 있다. 시인의 눈은 때 묻은 목침 하나를 통해 대다수 우리 민족 구성원들의 현실을 보고 있었던 것이다.

그는 「남신의주유동박시봉방南新義州柳洞朴時逢方」에서도 "낮이나 밤이나 나는 나 혼자도 너무 많은 것같이 생각하며" "나는 내 뜻이며 힘으로, 나를 이끌어가는 것이 힘든 일인 것을 생각하고" "이것들보다 더 크고, 높은 것이 있어서, 나를 마음대로 굴려가는 것을 생각하는" 시인이다. 그리하여 끝내는 "그 드물다는 굳고 정한 갈매나무라는 나무를 생각하는" 시인이다.

나는 그의 시에서 끊임없이 눈이 내리는 것도 좋아하고,[32] 수많은 음식을 나에게 맛보여주는 것도 좋아하고, 연인에게 산골로 가서 살자고 하면서

"산골로 가는 것은 세상한테 지는 것이 아니다/세상 같은 건 더러워 버리는 것이다"라고 호기를 부리는 것도 좋아한다.

짝사랑의 햇수가 30년 가까이 된다. 지겨울 때도 되었건만 백석이 몸에서 잘 떨어지지 않는다. 도꼬마리 씨앗 같다. 아니, 내가 백석의 몸에 붙은 도꼬마리 씨앗인지도 모르겠다. 나는 요즘도 시가 잘 되지 않을 때, 해괴하기 짝이 없는 시들이 나를 괴롭힐 때, 백석의 시집을 펼쳐 읽는다. 사랑하면 길이 보인다.

---

32 백석의 시에는 유난히 눈이 많이 내린다. 그의 시에서 눈은 관서지방의 방언과 함께 북방 정서를 환기하는 중요한 재료가 된다. 그렇다고 눈을 시의 전면에 내세우지는 않는다. 백석의 시에 내리는 눈은 풍경의 배경으로 자주 쓰인다. 그 결과, 눈으로 인해 삶의 고달픔이 드러나는 게 아니라 가난하고 고달픈 삶이 눈 때문에 환하게 빛나는 것이다. 아버지와 어린 아들이 왕사발과 새끼 사발에 각각 그득히 국수를 담아 먹는 날에도 눈이 오고(「국수」), 산 속 외딴집 늙은 홀아비의 시아버지가 미역국을 끓이는 아침에도 눈이 오고(「적경」), 가족과 떨어져 홀로 지내는 사내, 그 사내의 고독 속에 들어앉은 갈매나무도 쌀랑쌀랑 소리내며 눈을 맞는다(「남신의주유동박시봉방」).

|**7**|

부처와 예수와 부모와 아내를 죽여라

시는 절대자와 부모, 그리고 사랑하는 사람에게
마음을 바치는 양식이 절대 아니다.
부처를 우러르면 불경을 읽으면서 절을 하면 될 것이요,
예수를 믿으면 교회를 다니면서 기도를 하면 된다.
부모를 공경하면 지극히 효도를 다하면 될 것이요,
아내를 사랑하면 한 번 더 껴안아주면 그만이다.
시에다가는 단 한 줄도 절대자의 말씀을 받아 적지 마라.
제발 부모의 자애로움을 칭송하지 말 것이며,
금실 좋은 아내와의 관계를 떠벌리지 마라.

시가 서 있어야 할 자리

뜬금없이 이런 질문을 받을 때가 있다.

"연애시절에 애인한테 몇 번쯤 시를 써서 바쳤는지요?"

내 대답은 한결같다.

"단 한 번도 없습니다."

그러면 이내 질문한 사람의 얼굴에는 실망의 그림자가 스쳐간다. 조금은 이해하지 못하겠다는 표정이다. 시를 연애의 수단이나 사랑을 고백하는 도구쯤으로 여기면 그럴 만도 하다. 젊은 날에는 결혼축시를 써달라는 주문이 쇄도할 때도 있었다. 그렇고 그런, 입에 발린 주례사처럼 매번 쓸 수가 없어서 나는 늘 쩔쩔맸다.

대학 다닐 때 처음 축시라는 것을 쓴 적이 있는데, 첫걸음부터 그만 사고를 치고 말았다. 어렵게 결혼에 성공한 선배는 입버릇처럼 말했다. 새우젓장수가 되더라도 어떻게든 잘 살 거라고 말이다. 나는 새우젓장수가 되겠다는 신랑의 그 말에 힌트를 얻어 원고지에 축시를 썼다. 그런데 식장에서 시를 읽어내려 가는 동안 신랑과 신부가 훌쩍이기 시작하더니 양가 부모님들까지 손수건을 꺼내드는 일이 벌어졌다. 그러다가 급기야 결혼식장 전체가 울음바다가 되고 말았다. 사랑과 행복의 언어가 가득해야 할 남의 결혼식장을 거친 인생의 출정식처럼 비통하고 비장하게 만든 것이다. 그 죄는 돌이키지 못할 것이었으나, 나는 속으로 쾌재를 불렀다. 바로 이거야! 혼주와 하객들이 흘린 눈물은 내 시에 대한 최고의 찬사임을 나는 믿어 의심치 않았다(지금까지 그렇게 믿고 있다. 아직도 그 선배는 그때 쓴 축시를 액자에 담아 거실에 걸어 두고 있다 한다).

나한테 공으로 시집을 보내주시는 분들이 고마워 나는 받자마자 서문을 반드시 읽는다. 한 권의 시집이 지향하는 가치가 그 속에 있기 때문이다. 그런데 서문 때문에 아예 시를 읽지 않고 책꽂이에 꽂아버리는 시집도 있다. 한 지붕 아래 함께 밥 먹는 배우자와 자식들을 향한 사랑을 서문에 여과 없이 드러내는 꼴이 안쓰러워서다(전북지방의 말로 하면 식구들한테 야냥개 부리는 것 같아서다. 간살을 떤다는 뜻이다).

가령 다음과 같은 시집 서문은 어떤가?

> 스무 살 가을밤이었다. 어느 낯선 간이역 대합실에서 깜박 잠이 들었는데 새벽녘, 어떤 서늘한 손 하나가 내 호주머니 속으로 들어왔다. 순간 섬뜩했으나, 나는 잠자코 있었다. 그때 내가 가진 거라곤 날 선 칼 한 자루와 맑은 눈물과 제목 없는 책 따위의 무량한 허기뿐이었으므로.
>
> 그리고, 이른 아침 호주머니 속에선 뜻밖에 오천 원권 지폐 한 장이 나왔는데, 그게 여비가 되어 그만 놓칠 뻔한 청춘의 막차표를 끊었고, 그게 밑천이 되어 지금껏 잘 먹고 잘 산다.
>
> 그때 다녀가셨던 그 어른의 주소를 알 길이 없어……, 그간의 행적

을 묶어 소지하듯 태워 올린다.[33]

시가 서 있어야 할 자리와 시인이 간직하고 있어야 할 태도를 잘 보여주는 글이다. 젊은 날의 방황, 세상에 대한 이유 없는 증오, 삶을 바라보는 순정하고 따스한 시선이 독자인 내 가슴을 두근거리게 만든다. 이쯤은 되어야 한다.

시라는 형식, 혹은 시집이라는 형식 속에 가족을 끌고 들어와 챙기고 쓰다듬는 행위는 아무래도 비시적이다. 그런 사랑은 시집 바깥에서도 얼마든지 가능한 법이다.

"부처를 만나면 부처를 죽이고, 조사祖師를 만나면 조사를 죽이고, 나한을 만나면 나한을 죽이고, 부모를 만나면 부모를 죽이고, 친족을 만나면 친족을 죽여라." 중국의 고승 임제臨濟의 화두다. 무슨 말인가? 나 아닌 다른 경계에 동요하지 말라는 말이고, 일체를 부정하고 벗어나라는 말이며, 그 어떤 권위나 관념들로부터도 벗어나라, 인정하지 말라는 뜻이다. 즉 깨달음에 이르기 위해서는 안에도 있지 말고 밖에도 있지 말고 중간에도 있지 말라는 것이다.[34]

일체의 얽매임으로부터 벗어나야 깨달음에 이르듯 시로 접어드는 길도 그러한 길과 크게 다르지 않다. 시는 절대자와 부모, 그리고 사랑하는 사람에게 마음을 바치는 양식이 절대 아니다. 시의 초보자일수록 '무엇을 위해서' 쓰려고 한다. 또 '누구를 위해서' 쓰려고 한다. 시가 천박해지는 순간이다.

---

33 이덕규, 『다국적 구름공장 안을 엿보다』, 문학동네, 2003.

34 무비 스님, 『임제록 강설』, 불광출판부, 2005, 193~194쪽.

그 무엇을 위해서도 쓰지 말고, 그 누구를 위해서도 쓰지 말라. 부처를 만나면 부처를 죽이고, 예수를 만나면 예수를 죽이고, 부모를 만나면 부모를 죽이고, 아내를 만나면 아내를 죽여라. 부처를 우러르면 불경을 읽으면서 절을 하면 될 것이요, 예수를 믿으면 교회를 다니면서 기도를 하면 된다. 부모를 공경하면 지극히 효도를 다하면 될 것이요, 아내를 사랑하면 한 번 더 껴안아주면 그만이다. 시에다가는 단 한 줄도 절대자의 말씀을 받아 적지 마라. 제발 부모의 자애로움을 칭송하지 말 것이며, 금실 좋은 아내와의 관계를 떠벌리지 마라.

그래도 부처와 예수와 부모와 아내를 시에다 쓰고 싶어 못 견디겠으면 어떻게 하나? 부처의 말씀을 관념의 테두리 안에 가둬버리고 실천할 줄 모르는 자들에 대해 써라. 예수를 팔아 제 잇속을 챙기는 자들을 크게 꾸짖는 시를 써라. 부모의 비겁함과 치부와 죄를 찾아 써라. 아내의 쩨쩨함과 실수와 과욕에 대해 써라.

시인이 서 있어야 할 자리

일찍이 김수영은 시인이 서 있어야 할 자리를 이렇게 노래했다.

> 아무래도 나는 비켜서 있다 절정絶頂 위에는 서 있지
> 않고 암만해도 조금쯤 옆으로 비켜서 있다
> 그리고 조금쯤 옆에 서 있는 것이 조금쯤
> 비겁한 것이라고 알고 있다!

— 「어느 날 고궁古宮을 나오면서」 부분[35]

시인은 이렇듯 절정에서 조금쯤 옆으로 비껴서 있어야 하는 자이다. 종교가 진리의 절정에 도달한 정신의 영역이라면 문학은 진리의 위기를 포착하는 풍향계여야 한다. 종교와 문학이 손쉽게 화해하면 둘 다 망한다. 시는 종교를 무조건적으로 따라가서도 안 되며, 전폭적으로 받아들여서도 안 된다. 시의 마음은 종교가 가리키는 방향으로 함께 가되, 시의 몸은 종교가 가리키는 방향의 반대쪽을 향해 서 있어야 한다. 그 어깃장, 그 버티는 안간힘, 그 불화의 순간에 가까스로, 시는 태어난다.

그해 가을 나는 세상에서 재미 못 봤다는 투의 말버릇은
버리기로 결심했지만 이 결심도 농담 이상의 것은
아니었다 떨어진 은행잎이나 나둥그러진 매미를 주워
성냥갑 속에 모아두고 나도 누이도 방문房門을 안으로
잠갔다 그해 가을 나는 어떤 가을도 그해의 것이
아님을 알았으며 아무것도 미화美化시키지 않기 위해서는
비하卑下시키지도 않는 법法을 배워야 했다
아버지, 아버지! 내가 네 아버지냐
그해 가을 나는 살아온 날들과 살아갈 날들을 다 살아
버렸지만 벽壁에 맺힌 물방울 같은 또 한 여자女子를 만났다
그 여자가 흩어지기 전까지 세상 모든 눈들이 감기지
않을 것을 나는 알았고 그래서 그레고르 잠자의 가족家族들이
매장埋葬을 끝내고 소풍 갈 준비를 하는 것을 이해했다
아버지, 아버지…… 씹새끼, 너는 입이 열이라도 말 못 해
그해 가을, 가면假面 뒤의 얼굴은 가면假面이었다

— 이성복, 「그해 가을」 부분[36]

---

35 김수영, 『김수영 전집 1』, 민음사, 1981, 249~250쪽.

이성복은 아버지라는 우상을 무너뜨림으로써 세계를 지배하는 폭력적 질서를 전복하고자 했다. '아버지, 아버지…… 씹새끼, 너는 입이 열이라도 말 못 해' 구절을 두고 사람들은 아들이 아버지에게 대드는 장면을 연상했다. 하지만 시인은 어느 대담에서 아버지가 아들에게 내뱉는 욕설이라고 해명한 적이 있다. 누구의 입에서 나온 욕설인지 가리는 게 중요한 게 아니라 아버지와 아들 사이의 고전적인 관계 설정을 의도적으로 파괴함으로써 시적 정당성을 확보하고 있다는 점을 주목해야 한다.

너는 날 버렸지,
이젠 헤어지자고
너는 날 버렸지,
산 속에서 바닷가에서
나는 날 버렸지

— 최승자, 「Y를 위하여」 부분[37]

최승자는 사랑하는 애인으로부터 버림받은 뒤에 이별의 아픔을 정면 돌파하는 자아를 보여준다. 사랑을 구걸하지 않고 자기 갱신의 기회로 삼는 이러한 태도는 시의 끝부분에 가서 "오 개새끼/못 잊어!"라는 결구로 마무리된다. 오, 얼마나 당찬 사랑인가.

---

36 이성복, 『뒹구는 돌은 언제 잠깨는가』, 문학과지성사, 1980, 66~67쪽.

37 최승자, 『즐거운 일기』, 문학과지성사, 1984, 64~65쪽

사랑의 표현

화장품 냄새

솔솔 풍기는

향기로운 엄마

뭐든지 척척

도와주셔서

고마운 엄마

바른길로 가라고

회초리로 찰싹 때리는

사랑하는 엄마

엄마라는 말을

부르면

목이 메입니다.

사랑한다고

말도 떨려서

못합니다.

— 어떤 어린이가 쓴 시, 「엄마」

작은누나가 엄마보고

엄마 런닝구 다 떨어졌다

한 개 사라 한다.
엄마는 옷 입으마 안 보인다고
떨어졌는 걸 그대로 입는다.

런닝구 구멍이 콩만하게
뚫려져 있는 줄 알았는데
대지비만하게 뚫려져 있다.
아버지는 그걸 보고
런닝구를 쭉 쭉 찢었다.

엄마는
와 이카노.
너무 째마 걸레도 못 한다 한다.
엄마는 새걸로 갈아입고
째진 런닝구를 보시더니
두 번 더 입을 수 있을 낀데 한다.

— 배한권, 「엄마의 런닝구」 전문[38]

이 두 편의 동시를 비교해서 읽어보면 시에서 사랑이 어떻게 구현되어야 하는지 금방 알 수 있을 것이다. 앞의 「엄마」는 아이가 엄마라는 대상을 피상적으로 바라본 시이다. 이 말은 엄마의 사랑을 피상적이고 관념적으로 이해하고 있다는 말이다. 그래서 엄마라는 말을 입 밖으로 하면 그만 목이 멘다는 과장된 표현을 하게 되고, 사랑한다는 말도 떨려서 하지 못한다고

38 이호철, 『살아 있는 글쓰기』, 보리, 1994, 27쪽.

짐짓 어른 흉내를 내는 것이다. 엄마에게 굳이 사랑한다고 말해야 사랑을 전달하는 것일까? 이 아이가 크면 "사랑하는 사람들은,/너, 나 사랑해?/묻질 않어"라는 황지우의 시 「늙어가는 아내에게」를 읽어주고 싶다. 그러면 "말하지 않고, 확인하려 하지 않고,/그냥 그대 눈에 낀 눈꼽을 훔치거나/그대 옷깃의 솔밥이 뜯어주고 싶게 유난히 커보이는" 게 사랑이라는 것을 알게 될까?

이에 비해 「엄마의 런닝구」는 사랑이라는 말 한마디 없이 사랑의 본질을 구체화하고 있는 시이다. 이 동시에는 아빠, 엄마, 작은누나, 나가 등장하는데 작은누나가 있으니까 큰누나도 있을 것이다. 이 다섯 식구의 살림을 위에서 훤히 내다보는 것 같다. 머릿속에 그림이 하나 그려지면 대체로 좋은 시에 가깝다. 아버지가 엄마의 째진('찢어진'이 맞는 말이지만 여기서는 '째진'이라는 사투리가 오히려 울림을 증폭시킨다) 런닝구를 쭉쭉 찢는 행위는 폭력이 아니고 아버지의 엄마에 대한 배려, 즉 새로 사 입으라고 찢는 것이다. 이게 사랑이다. '가족 간의 사랑'이라는 딱딱한 말을 구체적인 그림으로 그리는 데 성공함으로써 이 시는 감동을 준다. '런닝구'라는 말은 사전에 없다. 이것을 맞춤법에 맞게 바꾸면 어떻게 될까? '엄마의 내의' '엄마의 속옷' '엄마의 메리야스' 등으로 바꿔보라. 어휘 하나로 시의 감동이 급전직하해버린다.

사랑이 거짓말이 님 날 사랑 거짓말이
꿈에 와 뵌단 말이 그 더욱 거짓말이
나같이 잠 아니 오면 어느 꿈에 뵈오리

조선시대 김상용의 시조다. 님이 날 사랑한다는 말은 거짓말이고, 꿈에 와서 나를 만나겠다는 약속도 거짓말이다. 님 생각으로 깊은 밤엔 잠도 오지 않는데, 잠을 자야 꿈이라고 꾸지 어느 꿈에 님을 만날 수 있다는 말인가. 절묘하지 않은가? 연인에 대한 그리움과 사랑의 마음을 투정하듯, 그러나 간절하게 표현했다.

누군가 시가 무엇이냐고 묻는다면, 시는 사람의 사랑을 노래하는 것이라고 말할지 모른다. 그런데 사람의 사랑을 노래하면 다 좋은 시가 되느냐고 묻는다면, 나는 글쎄, 하면서 고개를 흔들 것이다. 또 누군가 어떻게 하면 좋은 시를 쓸 수 있느냐고 묻는다면, 나는 사람을 지독하게 사랑하면 좋은 시를 쓸 수 있다고 말할지 모른다. 그러면서 한마디 보탤 것이다. 사랑에 대해서 쓰려면 '사랑' 이라는 말을 시에다 쓰지 말아야 한다고, 제목으로도 쓰지 말아야 한다고, '사랑' 이라는 말을 아예 잊어버려야 한다고 훈수를 할 것이다.

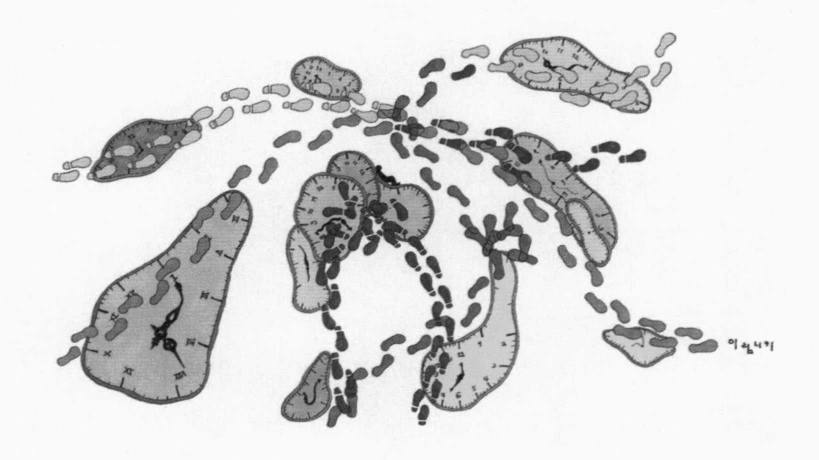

|8|

빈둥거리고 어슬렁거리고 게을러져라

적막을 사랑하라.

적막에 사로잡힌 적막의 포로가 되라.

적막 속에서 빈둥거리다가 보면 문득 소란이 그리워질 때가 있다.

그렇다고 세상의 소란 속으로 단번에 뛰어들지 말고,

가능하면 천천히 발걸음을 옮겨라.

그러다보면 시를 쓰지 않고는 배길 수 없는 시간이 찾아올지도 모른다.

발효와 숙성

한국전쟁이 한창이던 때 이형기 시인은 부산으로 피난 온 조지훈을 만나 술을 한잔 같이할 기회가 있었다고 한다. 팔팔하게 젊은 이형기는 대선배 조지훈에게 어떻게 하면 시를 잘 쓸 수 있느냐고 물었다. 그러자 조지훈은 "그것은 그저 방치해둘 수밖에 없는 일이오"라고 짤막하게 대답했다고 한다. 그러면서 조지훈은 이 말을 전에 정지용한테서 들었다고 일러주었다.

시를 방치하는 일, 그게 시를 잘 쓸 수 있는 길이라는 것이다. 이 무슨 뚱딴지 같은 소리인가. 당신은 이 선문답 같은 짧은 일화를 유심히 생각해볼 필요가 있다. 우리 시의 대가들뿐만 아니라 서양인도 비슷한 충고를 한다. 브렌다 유랜드는 창의적인 글은 "오랫동안 비효율적이고 행복하게 게으름을 피우고 빈둥거리며 시간을 낭비하는 동안 생겨난다"고 말하고 있다(『참을 수 없는 글쓰기의 유혹』, 다른생각, 2004).

노동의 효율성과 경제적 이윤 추구를 최고의 가치로 여기는 사람들의 입장에서 보면 이러한 견해는 야만이거나 무책임한 언설일 뿐이다. 열심히 시간을 쪼개 공부해도 다다르지 못할 판에 빈둥빈둥 게으름을 피우라니!

당신은 오해하지 마라. 좋은 시를 쓰기 위해 무조건 한가하고 낭만적인 시간을 보내야 한다는 뜻으로 받아들이면 곤란하다. 그 누구나 빈둥거릴 자유를 누릴 수 있는 게 아니다. 하루 종일 책을 보면서 머리를 쥐어뜯어 본 적이 있는 사람, 그래도 시 한 줄 떠오르지 않아 발을 동동 굴러본 적이 있는 사람, 이러다가 영영 시를 쓰지 못하는 게 아닐까 두려워해본 적이 있는 사람, 그리하여 아예 시를 포기해버리고 싶다고 자조 섞인 푸념을 내뱉어본 적이 있는 사람만이 빈둥거릴 권리가 있다.

『게으름에 대한 찬양』(사회평론, 2005)이라는 매혹적인 제목의 글에서 버트런드 러셀이 한 말은 우리에게 힘이 된다. 그는 노동이 미덕이라는 믿음이 현대사회에 막대한 해를 끼치고 있다고 단언한다. "우리는 생산에 관해선 너무 많이 생각하고 소비에 대해선 너무 적게 생각한다"는 것이다. 그래서 그는 하루의 노동시간을 4시간으로 줄여야 한다고 파격적인 의견을 내놓는다. 하루에 4시간만 일을 하고 나머지 시간을 불성실하게 보내라는 말이 아니다. 그 나머지 시간에 지금보다 더 많은 즐거움을 누리도록 더 적극적인 태도로 나서야 한다는 것이다.

나는 그렇게 빈둥거리며 노는 시간을 발효와 숙성의 시간이라고 부르고 싶다. 만약에 당신이 맛있는 술을 마시고 싶거든 술이 제대로 익기를 기다려라. 열흘이라도 백 일이라도 기다려라. 좋은 술일수록 절대로 혼자 병마개를 따고 홀짝이며 마셔서는 안 된다. 함께 마실 친구가 저녁 어스름 무렵에 당신을 찾아올 때까지 기다려라.[39] 그렇게 기다리는 시간에 초조하게 담장 바깥을 기웃거리지 마라. 당신은 그냥 뒷짐을 지고 어슬렁거리며 걸어라.

나는 어슬렁거리며 걷는 시간을 좋아한다. 어슬렁거려야 미세한 데 눈길을 줄 수 있고, 세상이 요구하는 질서의 뒤편을 응시할 수 있기 때문이다. 세상에 신이 있다면, 아마 그도 어슬렁거리며 걷는 일로 하루를 다 소비하는 자일 것이다. 시를 공부하는 학생들에게도 나는 특별한 이유 없이 되도록 많이 걸을 것을 주문한다. 한적한 오솔길이나 들길이 아니더라도 좋다. 재바르게 걷지 말고 '따복따복' 걸어라. 모든 길은 세상과 대화를 나눌 수 있는 훌륭한 통로다.

그런데 아뿔싸! 학교 앞 거리에 어느 날 이런 현수막이 나붙은 것을 보고 말았다.

'이유 없이 배회하는 자를 112에 신고합시다'

학교 부근 파출소에서 내건 이 현수막을 보고 입이 딱 벌어졌다. 이유 없는 걷기가 바로 배회인데, 그렇게 하다가는 우리 학생들이 모두 파출소에 붙잡혀가는 일이 벌어지는 건 아닌가? 한편으로는 웃음이 킥킥 터져 나왔다. 이 현수막의 폭력성은 빈둥거리는 일이야말로 시적인 행동이라는 것을 거꾸로 입증하고 있으니까.

그러니 시가 오지 않으면 아등바등 시를 찾아 나서지 마라. 그냥 놀아라. 빈둥거려라. 시를 써서 무슨 이름을 얻겠다는 허영심을 버리고, 시가 실패할지 모른다고 초조해하지도 마라. 소나기가 내려도 마당에 널어놓은 고추를 치우러 허겁지겁 뛰어나가지 말 것이며, 개수대에 설거지할 그릇들이 산처럼 쌓여 있어도 잊어버려라.

---

39 조선 후기의 문인 이덕무는 마음을 나눌 친구가 생기면 이렇게 하겠다고 했다. "만약 한 사람의 지기를 얻게 된다면 나는 마땅히 10년간 뽕나무를 심고, 1년간 누에를 쳐서 손수 오색실로 물을 들이리라. 열흘에 한 빛깔씩 물들인다면, 50일 만에 다섯 가지 빛깔을 이루게 될 것이다. 이를 따뜻한 봄볕에 쬐어 말린 뒤, 여린 아내를 시켜 백 번 단련한 금침을 가지고서 내 친구의 얼굴을 수놓게 하여, 귀한 비단으로 장식하고 고옥古玉으로 축을 만들어 아마득히 높은 산과 양양히 흘러가는 강물, 그 사이에다 펼쳐놓고 서로 마주보며 말없이 있다가, 날이 뉘엿해지면 품에 안고서 돌아오리라." (정민, 『한서 이불과 논어 병풍』, 열림원, 2000, 15쪽) 이 아름다운 생각은 모름지기 시를 대하는 사람이 가져야 할 태도라고 할 수 있겠다.

쓰지 않고는 배길 수 없는 시간

시를 쓰다가 슬럼프에 빠지면 어떻게 해결하나 물어보지 마라. 시를 한 편 한 편 쓸 때마다 슬럼프인 것이니 시를 쓰는 사람에게는 별도의 슬럼프가 없다고 할 수 있다. 정말 시를 쓰고 싶거든 슬럼프마저 사랑하고 즐길 도리밖에 없다. 스스로 슬럼프에 빠졌다고 생각되거든 승용차를 버리고 버스를 타고 종점까지 가보라. 주머니에 손을 찔러 넣고 이곳저곳 일없이 기웃거려라. 바다로 가거든 휴대전화를 물 속에다 던져버려라. 저녁이 찾아오면 전등을 켜지 말고 어둠 속에서 어둠과 한 몸이 되어보라.

> 시를 다시 쓰면서부터는 신문을 끊었고 티브이를 거의 끊었고 외출을 거의 끊었다. 내가 문 밖으로 나오는 것은 아침저녁 아파트 옆 구릉 위로 난 산책로를 걷는 때로 거의 한정되어 있었다. 그 길을 걸으면서 시를 생각하고, 머릿속에다 집을 짓듯 시를 짓고, 지은 시를 외우며 돌아와서는 외워온 시를 입력하고, 한밤중에도 일어나 앉아 시를 고쳐 쓰곤 했었다.[40]

이렇게 말하는 위선환 시인은 30년간 시를 끊었다가 근래에 빛나는 시를 생산해내고 있는 분이다. 그 시간 동안 시를 '방치'한 것이다. 다시 시를 쓰면서 그는 주로 걸으면서 시를 생각했다고 한다.

당신도 빈둥거리며 걷다가보면 운 좋게 다음과 같은 풍경을 만나게 될지

40 위선환, 「그래서, 그리고, 그러므로」, 『현대시』, 2008년 5월호.

도 모른다.

> 물 먹는 소 목덜미에
> 할머니 손이 얹혀졌다.
> 이 하루도
> 함께 지났다고,
> 서로 발잔등이 부었다고,
> 서로 적막하다고,
>
> — 김종삼, 「묵화墨畵」 전문[41]

이 시의 앞 두 줄을 이렇게 바꾸어 읽어본다. '물먹는 소 목덜미에/할머니가 손을 얹었다.' 피동접미사 '히'를 빼고 나면 시의 호흡이 별안간 빨라진다. 할머니의 손길이 소 목덜미까지 가 닿는 시간도 빨라진다. 그렇게 되면 소를 쓰다듬는 할머니 손길의 경건함도 지긋한 사랑의 느낌도 사라지고 만다. 시가 여유를 놓치는 순간이다.

능동적인 생각과 행동만이 우대받는 세상을 우리는 통과해왔다. 느림이나 게으름 따위는 도저히 용납될 수 없는 악성 종양처럼 알고 지냈다. 학교의 선생님도 집안의 부모도 우리에게 좀더 빨리, 좀더 높은 곳으로 가야 한다고 가르쳤다. 그래야만 행복을 보장받을 수 있다고.

하지만 지금, 소 목덜미에 손을 얹는 할머니는 얼마나 낮은 곳에 살고 있는가. 우리는 할머니가 얼마나 천천히 부엌에서 걸어 나왔는지, 얼마나 느리게 소한테 여물을 갖다 주었는지, 소가 여물을 우물거리는 동안 얼마나

---

41 김종삼, 『북 치는 소년』, 민음사, 1979, 45쪽.

그윽하게 소를 바라보고 있었는지 다 안다. 그리고 소와 함께 무엇을 하며 하루를 보냈는지도 충분히 안다.

저녁 무렵, 할머니에게 이미 소는 집에서 기르는 가축이 아니다. 서로의 아픔과 외로움을 들여다볼 줄 알고, 서로를 쓰다듬어줄 수 있는 동병상련의 관계다. 비록 여섯 줄밖에 안 되는 짧은 시이지만, 행간과 행간 사이에 여백은 무한하고, 시행은 끝났건만 마지막 쉼표는 소와 할머니의 상처와 그 둘 사이의 적막이 오래 지속되리라는 것을 암시한다.

이러한 적막을 사랑하라. 적막에 사로잡힌 적막의 포로가 되라. 적막 속에서 빈둥거리다가 보면 문득 소란이 그리워질 때가 있다. 그렇다고 세상의 소란 속으로 단번에 뛰어들지 말고, 가능하면 천천히 발걸음을 옮겨라. 그러다보면 시를 쓰지 않고는 배길 수 없는 시간이 찾아올지도 모른다. "아무짝에도 쓸모없는 것을 알면서도, 쓰지 않고는 견딜 수 없는 사람이 시인이다. 쓰지 않고는 견딜 수 없는 주체하기 힘든 표현 욕구를 옛사람들은 '기양技癢' 이란 말로 표현했다. '양' 이란 가려움증을 말한다. 아무리 긁어도 긁어지지 않는 가려움이 있다. 이런 가려움은 어떤 연고나 내복약으로도 고칠 수 없다. 이와 마찬가지로 '쓰지 않고서는 배길 수 없는 표현욕' 이 있다. 그것이 바로 기양이다."[42]

42 정민, 『한시미학산책』, 솔, 1996, 188쪽.

|9|

감정을 쏟아 붓지 말고 감정을 묘사하라

제발 시를 쓸 때만 그리운 척하지 마라.
혼자서 외로운 척하지 마라.
당신만 아름다운 것을 다 본 척하지 마라.
모든 것을 낭만으로 색칠하지 마라.
이 세상의 모든 슬픔을 혼자 짊어진 척하지 마라.
아프지도 않은데 아픈 척하지 마라.
눈물 흘릴 일 하나 없는데 질질 짜지 마라.
무엇이든 다 아는 척, 유식한 척하지 마라.
철학과 종교와 사상을 들먹이지 마라.
기이한 시어를 주워와 자랑하지 마라.
시에다 제발 각주 좀 달지 마라.
자신에게 감정을 고백하고 싶으면 일기에 쓰면 된다.
특정한 상대에게 감정을 고백하고 싶으면 편지에 쓰면 그만이다.

함축인가, 비유인가

학교에서 시를 공부하면 할수록 왜 시와 멀어지는 것일까? 시를 왜 어렵고 모호하고 복잡하고 이상한 물건으로 여기게 될까? 혹시 교과서가 시에 대해 불필요한 오해를 불러일으키는 원인을 제공하고 있는 것은 아닐까? 교과서에서는 시를 이렇게 정의한다. '시는 인간의 사상과 감정을 함축적이고 운율적인 언어로 표현한 글' 이라고.

나는 이 케케묵은 사전적인 정의를 대폭 수정하거나 폐기해야 한다고 생각한다. 시의 내용을 이룬다는 '인간의 사상과 감정' 이라는 용어는 지나치게 포괄적이고 애매하다. 이 말을 '사람의 생각과 느낌' 으로 순화시켜 읽어도 마찬가지다. 또한 시 아닌 다른 문학 장르에서는 인간의 사상과 감정을 다루지 않는가, 하고 의문을 가질 수도 있다. '함축과 운율' 이 시의 형식적 특성을 드러내는 용어임에는 틀림이 없다. 하지만 우리 시는 운율적 결속력이 대단히 미미해서 아주 특별한 경우를 제외하고는 운율을 따지는 게 난처할 때가 많다.

또 시에서 함축은 긴 내용을 '줄여 말하기' 가 아니라 '비유해서 말하기' 다. 길이의 단축이 함축이 아니라는 것이다. 시의 함축은 오히려 '감추어 말하기'에 가깝다. 독자의 입장에서 함축의 의미는 '시인의 말'을 듣는 게 아니라, '시인의 마음'을 읽는 것이다. 즉 함축이란 겉으로 드러난 언어의 뜻을 좇는 게 아니라 언어가 내포한 속뜻과 암시하는 바를 살피는 일이라 할 수 있다. 행간을 읽으라는 말이다.

이남호는 시의 함축성보다는 오히려 시가 비유적인 표현이라는 점을 뚜렷이 할 필요가 있다고 강조한다. "긴 이야기를 짧게 말하는 것이라기보다는 비유적인 표현의 사용"이 시의 특성에 가깝다는 말이다(『교과서에 실린 문학작품을 어떻게 가르칠 것인가』, 현대문학, 2001). 매우 정확하고 적절한 의견이다.

시를 느끼고 이해하려는 사람뿐만 아니라 창작자도 시의 사전적인 정의에 갇혀 있으면 좋은 시를 쓸 수 없다. 인간의 사상을 한 자루의 펜으로 표현하겠다고 대드는 일은 무모할 뿐이다. 한 편의 시가 인간의 사상적 체계에 관여하고 거기에 기여할 수는 있을지 몰라도 사상을 해설하거나 추종할 수는 없는 노릇이다. 특히 시가 단순히 인간의 감정을 표현하는 것이라고 착각해서는 안 된다. 감정과 유사한 용어인 감성 · 정서 · 느낌을 종이 위에 표현하는 것이라고 생각해서도 안 된다.

고백 · 감상 · 현학

감정을 드러내고 쏟아 붓는 일은 시작법에서 가장 경계해야 할 일이다. 슬프다거나, 기쁘다거나, 당신이 보고 싶다거나, 풍경이 아름답다거나 하는 감정을 그대로 드러내는 것을 우리는 '고백'이나 '넋두리' 혹은 '하소연'이라고 부른다. 그런 것들이 시의 일부분이 될 수는 있어도 시의 모든 것은 아니다.

시가 고백적 양식이라고 믿는 사람들이 범하기 쉬운 게 세 가지가 있다. 당신은 시를 쓰기에 앞서 우선적으로 이것들을 과감하게 배척해야 한다.

첫 번째는 과장이다. 제발 시를 쓸 때만 그리운 척하지 마라. 혼자서 외로운 척하지 마라. 당신만 아름다운 것을 다 본 척하지 마라. 모든 것을 낭만으로 색칠하지 마라. 그런 것들은 우습다.

두 번째는 감상感傷이다. 이 세상의 모든 슬픔을 혼자 짊어진 척하지 마라. 아프지도 않은데 아픈 척하지 마라. 눈물 흘릴 일 하나 없는데 질질 짜지 마라. 그런 것들은 역겹다.

세 번째는 현학이다. 무엇이든 다 아는 척, 유식한 척하지 마라. 철학과 종교와 사상을 들먹이지 마라. 기이한 시어를 주워와 자랑하지 마라. 시에다 제발 각주 좀 달지 마라. 그런 것들은 느끼하다.

오규원은 "시란 개인적인 욕망에서 이루어지는 욕망의 발산 형식이 아니라 개인적인 '나'의 욕망을 억제하고, '나'의 욕망 가운데 가치 있는 어떤 경험을 선택하고 객관화하는 작업을 통해서 남과 다른 세계를 유형화해 보여주는 의도적 행위"라고 했다.[43] 자신에게 감정을 고백하고 싶으면 일기에 쓰면 된다. 특정한 상대에게 감정을 고백하고 싶으면 편지에 쓰면 그만이다. 시는 감정의 배설물이 아니라 감정의 정화조다. 속에서 터져 나오려는 감정을 억누르고 여과시키는 일이 바로 시인의 몫이다.

---

43 오규원, 앞의 책, 219쪽.

묘사의 힘

"내가 내 감정을 말하지 않아도 사물이 대신 이야기해준다"고 눈에 번쩍 뜨이는 말을 해준 이는 연암이다. 그렇다면 시인은 감정을 말하는 사람이 아니라 사물이 하는 이야기를 받아 적는 사람이라고 할 수 있다. 이때 시인의 받아 적기는 언어를 통해 이루어지는데, 감정을 언어화하는 이 과정을 '묘사'라고 한다. 그러니까 묘사란 감정을 객관적이고 구체적인 언어로 그려내는 것이다. 시인이 묘사한 언어를 보고 독자는 머릿속에 어떤 그림을 그리게 되고, 그 그림을 이미지라고 한다.

명태들은 필사적으로 벌렸다가 끝내 다물지 못한 입을
다시는 다물 생각이 없는 것 같다 끝끝내 다물지 않기 위해
입들은 시멘트처럼 단단하고 단호하게 굳어져 있다
억지로 다물게 하려면 입을 부숴 버리거나
아예 머리를 통째로 뽑아내지 않으면 안 된다

말린 명태들은 간신히 물고기의 모습을 하고 있지만
물고기보다는 막대기에 더 가까운 몸이 되어 있다
모두가 아직은 악쓰는 모습을 하고 있지만
입은 단지 그 막대기에 남아 있는 커다란 옹이일 뿐이다
그 옹이 주변에서 나이테는 유난히 심하게 뒤틀려 있다

— 김기택, 「명태」 부분[44]

44 김기택, 『소』, 문학과지성사, 2005, 86~87쪽.

명태를 말하고 있는데 늙은 사람의 모습이 언뜻 비친다. 시인은 명태라는 대상을 묘사하고 있는데 독자는 삶과 죽음의 그림자에 대해 생각하게 된다. 묘사의 힘이다. 시를 쓰는 사람이 묘사의 중요성을 모른다면 마치 그림을 그리는 사람이 미술에서 데생이 어떤 의미를 지니는지 모르는 것과 같다. 두말할 것도 없이 묘사는 관찰에서 시작된다. 관찰하기 위해서는 허리를 낮추거나 무릎을 구부릴 줄 알아야 한다. 옛 시인들이 산정에 올라 천하를 둘러보며 호연지기를 노래했던 일은 감정의 움직임에 충실한 것이었다. 현대의 시인들은 그걸 따라 흉내 내면 안 된다. 산에 오르기 전에 눈에 띄는 식물들을 자세히 들여다봐야 하고, 귀에 들리는 새소리를 언어의 그림으로 그릴 준비를 해야 한다.

혹시 들길을 걷다가 당신은 달개비 꽃잎 속에 코끼리가 한 마리 들어앉아 있는 것을 본 적이 있는가?

> 달개비 떼 앞에 쭈그리고 앉아
> 꽃 하나하나를 들여다본다
> 이 세상 어느 코끼리 이보다도 하얗고
> 이쁘게 끝이 살짝 말린 수술
> 둘이 상아처럼 뻗쳐 있다.
>
> — 황동규, 「풍장 58」 부분[45]

나도 이 시를 읽고 실제로 달개비를 찾아 꽃잎 속을 들여다보았다. 그랬더니 정말 달개비 꽃잎 속에는 코끼리가 들어 있었다! (믿어지지 않으면 허리

---

45 황동규, 『풍장』, 문학과지성사, 1995, 83쪽.

를 낮추고 가만히 달개비 꽃잎 속을 한번 들여다보라.) 이 구절 때문에, 한 발 늦었다는 자괴감 때문에 나는 요즈음도 꽃잎을 보면 무조건 오래 들여다본다.

어떤 시가 언어예술로서의 기본적인 꼴을 갖추었는가의 여부도 묘사의 정도에 따라 결정된다고 해도 과언이 아니다. 사물에 대한 묘사 능력으로 시의 품격을 판단할 수도 있다는 말이다. 묘사는 시를 습작하는 사람들이 반드시 오랜 시간을 들여 공부해야 하는 필수과목이다. 시인은 세상에 대해 이러쿵저러쿵 말하는 자가 아니라, 세상을 세밀하게 그리는 자이기 때문이다. 시인은 자기가 말하고 싶은 것을 최대한 정확하고, 절실하게 언어로 그릴 책임이 있다. 내 마음속에 있는 감정을 있는 그대로 까발려 드러내면 시가 추해진다. 내 마음을 최대한 정성을 들여 그려서 보여주기, 그게 시다.

다음은 조선 후기 한욱韓旭이라는 시인이 쓴 한시다.[46]

i) 산등에 붙은 오막살이 까치둥지 같다	小築依山似鵲巢
ii) 그래도 울타리에는 가지마다 봄꽃이 곱다	荒籬生色攢春梢
iii) 집이 너무 헐어서 바람도 딱하게 여기나 보다	東風似惜吾廬弊
iv) 꽃이파리 휘몰아다가 낡은 지붕을 깁는다	牘送飛花覆破茅

서정시에서 흔히 자아가 대상에 스며드는 것을 '동화' 혹은 '감정이입'이라고 하고, 거꾸로 어떤 대상한테 자아를 맡기고 비춰보는 것을 '의탁' '투사' 혹은 '투영'이라고 한다. 주체와 객체의 동일시라는 전통적인 서정시의 문법이 여기에서 발생한다. 이 시에서 i)과 ii)는 자아가 풍경에 동

46 정양 · 구사회 편, 『한국 리얼리즘 한시의 이해』, 새문사, 1998, 291쪽.

화되는 순간을 제시한다. 이에 비해 iii)과 iv)는 자아의 감정을 바람에 의탁하는 방식을 취하고 있다. 산등성이 오막살이집의 낡은 지붕을 안쓰럽게 바라보는 화자의 심정을 바람이라는 자연현상에 투사하고 있는 것이다. 애처롭고 딱한 감정惜을 단순히 토로하는 게 아니라 꽃잎이 낡은 지붕을 덮는 객관화된 풍경과 동일시하는 이 기법은 묘사가 아니면 불가능하다. 묘사는 무엇보다 구체적 형상화에 반드시 필요한 조건이다. 시에서 구체성은 감동의 원천이고, 삶의 생생한 근거이기 때문이다.

시에서 묘사에 충실해야 하는 이유는 대상의 현상을 생생하게 그리기 위해서만이 아니라 그 묘사의 생생함이 대상의 본질에 이르는 관문이기 때문이다. 그리고 묘사는 시의 화자인 '나'를 객관화하는 데 기여하는 형상화 방식이므로 묘사를 통해 대상과 시적 화자는 일정한 거리를 유지하게 된다.

시로써 말할 수 있는 게 많다고 생각하는 사람은 우리를 슬프게 한다. 처음부터 끝까지 묘사 한 줄 없이 자기 뱃속에 든 것을 줄줄이 쏟아 놓기만 하는 시는 우리를 슬프게 한다. 얼마나 말을 하고 싶었으면 시라는 형식을 빌려 일방적인 고백을 할까 싶기도 하지만, 시의 옷을 입고 이리저리 시달리는 그 언어는 또 얼마나 몸이 아플 것인가. 말을 하고 싶어도 참을 줄 알고, 노래를 시켜도 한 번쯤은 뒤로 뺄 줄 아는 자가 시인일진대, 어두운 노래방에서 혼자만 마이크를 잡고 있는 시인은 우리를 슬프게 한다.

|10|

제발 삼겹살 좀 뒤집어라

기억은 시의 중요한 질료가 된다.
삼겹살을 구울 때 고기가 익기를 기다리며 젓가락만 들고 있는 사람은
삼겹살의 맛과 냄새만 기억할 수 있을 뿐이다.
하지만 고기를 불판 위에 얹고, 타지 않게 뒤집고,
가스레인지의 불꽃을 조절할 줄 아는 사람은
더 많은 경험을 한 덕분에 더 많은 기억을 소유하게 된다.
그런 사람이 시인이다.

묘사는 관찰로부터

크레파스 덮개를 열어보면 그 아이가 그림을 잘 그리는지 못 그리는지를 단박에 알 수 있다. 그림을 잘 못 그리는 아이는 하늘을 그릴 때 하늘색만 쓰고, 나뭇가지를 그릴 때 고동색만 쓰고, 나뭇잎을 그릴 때 녹색만 쓰고, 사람의 얼굴을 그릴 때 살구색만 쓴다. 그래서 크레파스의 길이가 들쭉날쭉 고르지 않다. 이에 비해 그림을 잘 그리는 아이는 대체로 크레파스의 키가 가지런하다. 색깔을 어떻게 배합해야 사물의 실제에 가까운 색이 나오는지 아는 것이다.

묘사의 일차적인 목적은 사물이나 풍경을 '있는 그대로' 그리는 것이다. 표현의 사실성은 묘사를 통해 획득된다. 여기 한 그루의 나무가 있다. 햇빛의 양과 각도에 따라서 나뭇잎은 감청색 · 청록색 · 녹색 · 연두색 · 노란색 등 다양한 색깔로 나타난다. 색깔을 사실적으로 구분할 줄 아는 힘은 역시 관찰에서 나온다.

> 아, 저 까마귀를 보라. 그 깃털보다 더 검은 것이 없건만, 홀연 유금乳金빛이 번지기도 하고 다시 석록石綠빛을 반짝이기도 하며, 해가 비

추면 자줏빛이 튀어 올라 눈이 어른거리다가 비췻빛으로 바뀐다. 그렇다면 내가 그 새를 푸른 까마귀라고 불러도 될 것이고, 붉은 까마귀라 불러도 될 것이다. 그 새에게는 본래 일정한 빛깔이 없거늘, 내가 눈으로써 먼저 그 빛깔을 정한 것이다. 어찌 단지 눈으로만 정했으리오. 보지 않고서 먼저 그 마음으로 정한 것이다. 아 까마귀를 검은색으로 고정 짓는 것만으로도 충분하거늘, 또 다시 까마귀로써 천하의 모든 색을 고정 지으려 하는구나.[47]

연암의 말씀이다. 연암은 까마귀를 검은 색깔 하나로만 파악하는 사람들을 마음에 여유가 없는 세속의 무식한 사람들이라고 질타한다. 그들은 사물을 바라볼 때 관찰을 게을리하고, 고정된 시각으로 주관적인 해석을 해버린다는 것이다. 나아가 이러한 태도는 이 세상의 모든 빛깔을 검은색 하나로 파악해버리는 오류를 범하기도 한다. 연암은 산수화를 그리는 법을 예로 들어 묘사는 이런 것이라고 가르친다.

멀리 있는 물은 물결이 없고, 멀리 있는 산은 나무가 없고, 멀리 있는 사람은 눈이 없다. 손가락으로 가리키는 사람은 말하는 사람이요, 공수拱手하고 있는 사람은 듣고 있는 사람이다.[48]

나는 맛있는 음식을 앞에 두고 단순히 그 음식의 냄새를 맡고 혀로 맛보

---

47 박지원, 『연암집 · 하』, 신호열 · 김명호 옮김, 돌베개, 2007, 62쪽.

48 위의 책, 47쪽.

는 것으로 음식을 다 알았다고 생각하지 않는다. 먼저 그 음식에 어떤 재료가 들어갔는지 곰곰 따져본다. 아무리 궁리해봐도 모르면 음식점 주인의 옷자락을 잡고 물어본다. 그리고 음식의 재료가 어떤 순서로 조리되었는지 생각해본다. 즉 음식을 나름대로 관찰하는 것이다. 그 다음에는 내가 좋아하는 사람한테 이 음식을 만들어줘야겠다고 생각한다. 내가 관찰한 것을 잘 기억해야만 음식을 원래의 맛에 가깝게 재생할 수 있다. 시란 내가 먹어본 맛난 음식, 내가 바라본 멋진 풍경을 언어로 재현해내는 것이라고 할 수 있다.

> 눈이 우르릉거리는 사나운 날엔 국수를 해 먹는다. 애 곤지 알이 명태 머리 꼬리가 처박는 폭설. 된장을 푼 멸치국물이 가스불에 설설 맴도는, 까닭없이 궁핍한 서울. 엉덩이 들고 홍두깨로 민 반죽을 칼질하고 밀가루 뿌려놓은 긴 국숫발. 바다 모래불 가 눈발을 그리는 20년 객지, 하며 창밖에 펄펄 날리는 하늘 눈사태 바라보는 나는 이런다,
>
> 이런 날은 이 조태 칼국수만이
> 저 을씨년하고 어두운 날씨를 이길 수 있다.

고형렬의 「조태 칼국수」 전문이다.[49] 조태는 낚시질로 잡은 명태를 말한다.[50] 객지 땅 서울에서 먹는 조태 칼국수는 원초적 기억을 불러오는 중요한 매개다. 여기에서 고향은 단지 그리움이 가닿는 기억의 장소가 아니라 을씨년스럽고 어두운 현실을 견디게 하는 힘으로 작용한다. 어릴 적에 먹

---

49 고형렬, 『밤 미시령』, 창비, 2006, 18쪽.

던 조태 칼국수라는 음식이 이렇게 긴장감 넘치는, 힘 있고 품격 높은 서정을 낳았다.

기억은 시의 중요한 질료가 된다. 삼겹살을 구울 때 고기가 익기를 기다리며 젓가락만 들고 있는 사람은 삼겹살의 맛과 냄새만 기억할 수 있을 뿐이다. 하지만 고기를 불판 위에 얹고, 타지 않게 뒤집고, 가스레인지의 불꽃을 조절할 줄 아는 사람은 더 많은 경험을 한 덕분에 더 많은 기억을 소유하게 된다. 그런 사람이 시인이다. 그러니 삼겹살을 먹게 되거든 제발 고기 좀 뒤집어라.

당신이 들길에서 낯선 들꽃을 만났다고 치자. 우선 그 꽃의 이름이 무엇인지 알아야 한다. 동행하는 사람에게 물어보거나 집에 돌아가 식물도감을 뒤적여야 한다. 관찰의 목적은 다르지만 시인의 관찰이 과학자의 관찰보다 치밀하지 않아도 된다고 생각해서는 안 된다. 당신은 식물도감과 조류도감과 곤충도감들을 옆에 끼고 살아라. 어떤 생명의 이름을 알게 되면 그 생명을 함부로 대하지 않게 되고, 그 생명의 존재 속으로 들어가보려는 생각이

---

50 '조태'를 인터넷으로 검색하다가 재미난 명태 이름들을 만났다. 그대로 인용한다. "명태만큼 다양한 이름을 가진 물고기도 없다. 북어北魚 동태凍太 황태黃太는 흔한 이름이고 잡힌 상태와 시기, 장소, 가공방법 등에 따라 30여 가지가 넘는다. 명태의 상태에 따라 갓 잡아 얼리지 않은 것은 생태, 꽁꽁 얼린 것은 동태, 한겨울 찬바람 속에 내걸어 얼렸다 녹였다를 반복하며 말린 황태, 절반쯤 말린 코다리, 완전히 말린 북어, 명태 새끼는 노가리, 내부에서 나오는 '명란'과 '창란' 등으로 구분된다. 또 황태로 말릴 때 일교차가 심해서 하얗게 되면 백태, 기온 변화가 적어서 검게 되면 흑태, 또는 먹태라 한다. 내장을 꺼내지 않고 통째로 말린 것은 통태, 소금에 절여 말린 건 짝태, 잘못 말려 속이 붉고 딱딱해진 것은 골태 또는 깡태, 대가리 떼고 말리면 무두태, 손상된 것은 파태, 날씨가 따뜻해서 물러지면 찐태, 고랑대에서 떨어진 것은 낙태라 하고 기계로 급속 건조한 최하품은 에프태, 귀해서 비싸지면 금태라고도 불린다. 잡는 방법에 따라서도 이름이 달라지는데, 유자망으로 잡은 것은 그물태 또는 망태라 하고, 낚시로 잡은 것은 낚시태 또는 조태라고 한다. 잡힌 곳에 따라 원양에서 잡은 것은 원양태, 근해에서 잡힌 것은 지방태, 연안태라 하고, 그중 강원도에서 나는 것은 강태, 특히 고성군 간성 앞바다에서 잡히는 진태는 간태라고 부르며 품질을 더 높게 치기도 한다. 또 봄에 잡히는 것은 춘태, 오월에 잡히는 건 오태, 가을에 잡히는 것은 추태라 이른다. 산란을 하고 나서 뼈만 남은 것은 꺾태라 하고 아주 큰 명태는 왜태라 한다."

들게 된다.

그리고 묘사는 비가시적인 것을 가시화할 수도 있다. 눈에 보이지 않는 소리와 냄새는 오로지 묘사를 통해서만 언어로 그릴 수 있다.

햇살 깔깔대며 양철지붕을 구르는 봄날
할머니들 식은 밥덩이처럼 모여 앉아 감자 눈 딴다
건네는 말소리에선 가끔
지난겨울 강가 얼음이 천둥처럼 갈라지던 소리들
연일 내리던 눈발이 뒤란을 서성이던 소리들
솔가지 위 눈덩이 사소한 바람에 쏟아지듯
수화기에서 쏟아지던 자식들 물기 묻은 목소리들
비명 길게 끌며 골짜기 끝을 지나 산으로 치달리던
설해목 쓰러지는 소리들, 그렇게 마른 별처럼 진 노인네들 요령소리
이따금 황사 따라 감감하면서 가슴 막히게
두런두런

초승달 양철지붕에 내려 앉히는 소리 속에서
감자 씨눈 트는 소리
잔설 그림자 기웃거리는 개울물 소리 속에서
피라미 지느러미 터는 소리
소리가 소리를 끌고
또 소리를 끌고

김남극의 「봄날 1」 전문이다.[51] 봄날에 들릴 법한 소리들이 한 편의 시 안에서 잔치를 벌이고 있는 듯하다. 시인의 예민한 귀는 감자 씨눈 트는 소

리, 피라미 지느러미 터는 소리까지 듣는다. 당신도 가만히 들어보라. 장미 꽃잎이 열릴 때 나는 소리, 단풍이 햇볕에 빨갛게 물드는 소리……. 그리고 상상해보라. 감나무에서 우는 매미소리가 내 귓가에 닿기까지의 길, 나비가 날개를 너울거리며 날아가는 허공의 길……. 그것들을 언어의 연필로 그리는 게 묘사다.

또한 묘사는 개념을 해체한다. 밤은 어둡다, 여름은 덥다, 꽃은 아름답다, 개나리는 노랗다와 같은 문장은 고정관념이 만든 개념적 표현이다. 묘사는 개념을 구체화하거나 해체하는 데 기여한다. 예를 들면 "시장에는 여러 가지 채소가 많다"고 쓰면 죽은 문장이다. "가락시장에는 배추, 시금치, 상추가 많다"고 쓰기 시작해야 문장에 조금이라도 생기가 돌기 시작한다.

대상과의 거리 두기

신석정의 시 「작은 짐승」을 읽으며 묘사가 어떻게 한 편의 시를 열고 닫는지 살펴보자.

> 난이와 나는
> 산에서 바다를 바라다보는 것이 좋았다.
> 밤나무
> 소나무
> 참나무

51 김남극, 『하룻밤 돌배나무 아래서 잤다』, 문학동네, 2008, 90~91쪽.

느티나무

다문다문 선 사이사이로 바다는 하늘보다 푸르렀다.

난이와 나는

작은 짐승처럼 앉아서 바다를 바라다보는 것이 좋았다.

짐승같이 말없이 앉아서

바다같이 말없이 앉아서

바다를 바라다보는 것은 기쁜 일이었다.

난이와 내가

푸른 바다를 향하고 구름이 자꾸만 놓아가는

붉은 산호와 흰 대리석 층층계를 거닐며

물오리처럼 떠다니는 청자기빛 섬을 어루만질 때

떨리는 심장같이 자지러지게 흩날리는 느티나무 잎새가

난이의 머리칼에 매달리는 것을 나는 보았다.

난이와 나는

역시 느티나무 아래에 말없이 앉아서

바다를 바라다보는 순하디순한 작은 짐승이었다.

이 시의 1연은 시적 화자가 머물러 있는 곳의 위치와 그의 시선이 향하는 곳을 담담하게 제시한다. '좋았다' '푸르렀다' 라는 직접적 어법의 두 서술어는 산에서 바다를 바라보는 행위에 일체의 가식이나 허황한 포즈가 내재되어 있지 않음을 암시한다. 바다와 화자 사이에는 나무들이 서 있다. 여기에서 시인은 '밤나무/소나무/참나무/느티나무' 라고 나무들의 이름을 한 행씩 처리해 배치하였다.

어디에나 있을 법한 평범하고 흔한 나무 이름을 이렇게 행을 나눠 쓴 이유는 무엇일까? 화자가 머무르고 있는 산에 이러한 나무들이 자란다는 것을 말하기 위한 것은 아닐 것이다. 이 나무들은 뒤에 나오는 '다문다문' 이라는 부사의 도움을 받아 촘촘한 간격으로 서 있는 게 아니라는 것을 말하고 있다. 독자들은 한 행씩 처리한 이 나무 이름을 보며 나무들이 바다를 향하고 있는 두 사람의 시선을 방해하지 않는다는 것을 알아차린다. 그리고 화자의 마음 상태가 현재 지극히 평온하다는 것도 눈치채게 된다. 묘사의 묘미가 시작되는 부분이다.

시인이 특별한 장식이나 화려한 수사를 동원하지 않았는데도 단순하고 평범한 나무 이름 몇 개로 우리는 시가 제시하는 정황을 어렵지 않게 머릿속에 그릴 수 있는 것이다. 묘사의 혜택이다.

그런데 난이와 나는 왜 바다를 바라보고 있을까? 2연은 그 궁금증의 실마리를 제공한다. 통사 구조상 1연의 반복과 발전 단계인 2연에서 시의 표제이기도 하면서 이 시의 의미를 푸는 키워드인 '작은 짐승' 이 등장하기 때문이다. 짐승은 시에서 종종 본원적 생명을 갈구하는 존재의 상징으로 사용된다. 길들여지지 않은 야성, 인간의 문명과 대척을 이루는 지점에서 생을 영위하는 존재가 짐승이다.

여기서는 날뛰고 포효하는 사나운 짐승이 아니라 '작은' 짐승이라는 점에 주목하자. '작은' 이라는 형용사로 인해 짐승은 원래의 상징적 의미보다 훨씬 순화된 성격으로 우리에게 다가온다. 바다를 앞에 두고 난이와 작은 짐승처럼 앉아 있는 까닭은 복잡한 삶의 정황이나 들끓는 현실에서 한 발짝 물러나 있다는 것이다. 격정의 바다가 말없이 평온을 유지하고 있는 것처럼 난이와 나도 말없이 앉아 있음으로 해서 바다와 일체를 이루려고 한다.

3연에서는 풍경에 대한 구체적인 묘사가 비교적 화려하게 등장한다. 그래서 3연은 시에 아연 활기를 불어넣으며 흐름의 전환점을 마련하는 데 기여한다. 화자의 호흡은 길어지고, 이제까지 원경을 비추던 시의 카메라는 '난이의 머리칼' 로 클로즈업된다. '붉은 산호와 흰 대리석 층층계' 는 구름이 변화하는 모양을 시각적으로 묘사한 것이다. 그 속을 거닌다는 것은 현실 너머에 있는 환상의 세계로 빠져 들어가고 싶다는 것을 뜻한다. 그래야만 '청자기빛 섬을 어루만질' 수 있기 때문이다. 그런데 현실 너머의 환상적 세계를 바라보는 일이 현실에서 발을 빼고 싶은 의도와 어떤 관련이 있는 것인지 한번 의문을 가져볼 법하다.

> 망국의 백성으로 짓밟힐 대로 짓밟힌 당시의 우리는 차라리 한 마리 짐승으로 태어나지 못한 것을 한탄했던 것도 사실이다. 그러므로 우리도 역시 자연의 일부로 존재하면서 미쳐서 날뛰는 일제를 되도록 멀리하고 싶었던 고달픈 작가의 심정을 읽어주었다면 이 시가 지닌 정신에 접근한 독자라고 나는 생각한다.[52]

자작시 해설 형식의 글에서 시인은 '작은 짐승' 을 두고 이렇게 속내를 비친 바 있다. 시인은 '작은 짐승처럼 말없이 앉아서' 구름 속을 거니는 꿈이 현실로부터의 도피가 아니라 현실과의 거리 두기라는 것이다. 그러므

---

52 신석정, 「상처 입은 작은 역정의 회고」, 『문학사상』, 1973년 2월호.

로 이 시는 가슴속에 쌓인 울혈을 침묵과 관조로 풀어보려는 시로 해석할 수 있다.

바다에서 구름으로 이동했던 화자의 시선이 다시 지상의 느티나무로 옮겨오는 것은 그래서 매우 자연스러운 것이 된다. '느티나무 잎새가/ 난이의 머리칼에 매달리는 것을' 바라보는 장면은 이 시의 절정에 해당하는 부분이다. 느티나무 잎새가 머리카락에 붙음으로 해서 난이는 자연스럽게 느티나무와 한 몸이 된다. 난이와 느티나무의 연결은 '난이=느티나무=작은 짐승' 이라는 등식을 만들어내기에 충분한 것이다.

|11|

체험을 재구성하라

시인은 사실보다 진실에 복무하는 자라고 할 수 있다.
어떠한 진실을 그리기 위해 시인은 사실을 일그러뜨리거나 첨삭할 수 있다.
사실과 상상, 혹은 실제와 가공 사이로 난 그 조붓한 길이 바로 시적 허구다.
이 시적 허구를 인정하지 않고 사실 속에 갇혀 있으면
시인은 숨을 내쉴 수도 없고, 상상의 나라에 가지 못한다.

시적 허구

> 없는 것이 너무 많아서
> 아버지 아무 말씀도 하지 않으시고
> 낡은 목선을 손질하다가 어느 날
> 아버지는 내게 그물 한 장을 주셨다

스무 살 때 쓴 졸시 「낙동강」의 한 부분이다. 이 시가 그리고 있는 대로라면 우리 아버지는 강에서 목선을 타고 고기를 잡는 어부거나 뱃사공이어야 한다. 또한 아버지에게 그물 한 장을 물려받은 시 속의 '나'는 이 시를 쓴 안도현이어야 한다. 그런데 우리 아버지는 나에게 그물을 물려주기는커녕 그 당시 경기도 여주에서 수박농사를 짓던 농부였고, 낡은 목선을 소유했거나 수리해본 적이 없는 분이었다. 나는 요샛말로 뻥을 친 것이다.

좀더 솔직하게 말하자. 이 시를 쓰는 동안 내가 머릿속으로 그리고 있던 강은 물이 깊은 낙동강이 아니었다. 나는 낙동강의 지류의 하나인 예천의 내성천에서 어린 시절을 보냈는데, 그 냇가에 시의 화자를 세워두었을 뿐이다. 그곳은 예나 지금이나 수심이 얕아 배를 띄울 수 없는 냇물이다. 시

의 제목 역시 뻥이라면 뻥이다

나는 낙동강이라는 제재를 붙들고 '할아버지-아버지-나'로 이어지는 삼대의 면면한 핏줄을 노래하고 싶었고, 그물 한 장을 물려받는 것으로 마음속의 메시지를 구체화하고자 했다. 관계를 상징하는 데 더할 나위 없이 좋은 소재인 그물을 어떻게든 이 시에다 끌어들이고 싶었던 것이다. 그러다보니 본의 아니게(아니 의도적으로) 아버지를 어부로 둔갑을 시킬 수밖에 없었다. 그렇다면 나는 있지도 않은 사실을 있는 것처럼 시로 말했으니 사기를 친 것인가? 나는 시인으로서 진실하지 않은 뻥쟁이인가?

시 속에서 말하는 사람을 화자라고 한다. 화자는 때로 '서정적 자아' '시적 자아' '시적 주체' '서정적 주인공' '페르소나persona'와 같은 용어로 다르게 부르기도 한다. 어떻게 부르든 시인과 화자를 따로 구별하는 것은 그 둘이 반드시 일치하는 것은 아니라는 말이다. 습작기에 있는 사람일수록 시인과 화자를 의식적으로 구별하는 공부가 꼭 필요하다. 시를 쓰는 시인은 화자를 통해 말해야지 스스로 시 속에 뛰어들면 안 된다. 그러면 시가 시인의 고백, 즉 사적인 발언으로 전락하고 만다.

시인과 화자를 동일하게 여기지 말고 구별하기 위해서는 먼저 시라는 형식이 하나의 허구임을 전제로 해야 한다. 안타깝게도 우리의 문학교과서는 '소설은 허구'라는 명제를 강조하면서도 '시는 허구'라는 말을 기술하는 데 인색하다. 모든 시가 허구가 아니라면 시가 예술로서의 자주성과 독립성을 보장받을 수가 없다. 신변잡기 같은 사사로운 글을 문학의 범주 안에 수용할 수 없는 것과 마찬가지이다. 시는 시인의 사적이고 주관적인 체험의 바탕 위에 만들어지는 것일 뿐, 시인의 체험이나 감정을 단순히 나열하는 게 아니기 때문이다. 시인의 사소한 체험은 작품 속에서 치밀하게 재구성되는 과정을 거치게 되는데, 그것을 우리는 '시적 허구' 라고 부른다.

오규원의 말대로 "시 속의 '나' 는 현실 속의 '나' 가 아니다. 시 속의 '나' 는 허구 속의 존재이며, 어디까지나 창조적 공간인 작품 속의 존재이다. 그러므로 그 '나' 는 객관화된 '나' 이며 화자의 역할을 수행하는 어떤 국면 속의 형식화된 인간으로서의 '나' 이다."[53] 따라서 일상의 경험을 시로 표현할 때는 일상 속의 '나' 가 아닌, 구체적 경험 속의 '나' 를 그리는 시인의 형상적 시각이 필요하다. 시인은 현실 속의 '나' 를 죽이고 구체적 경험 속의 또 다른 '나' 를 살려 형상화해야 할 의무가 있다.

이형기는 『시란 무엇인가』(한국문연, 1993)에서 "사실의 세계가 신의 창작물이듯 허구의 세계는 인간의 창작물"이라고 했다. 이 말을 조금 바꾸면, 신은 '사실' 을 만들고 인간은 '진실' 을 만드는 자라고 할 수 있다. 즉 시인은 사실보다 진실에 복무하는 자라는 말이다.

어떠한 진실을 그리기 위해 시인은 사실을 일그러뜨리거나 첨삭할 수 있다. 사실과 상상, 혹은 실제와 가공 사이로 난 그 조붓한 길이 바로 시적 허구다. 이 시적 허구를 인정하지 않고 사실 속에 갇혀 있으면 시인은 숨을 내쉴 수도 없고, 상상의 나라에 가지 못한다. 물론 진실을 노래할 기력도 사라진다. 그의 시는 제자리걸음을 하느라 아까운 세월을 다 보내게 된다. (그날 있었던 사실만 쓰려는 아이는 일기에 쓸 게 없다고 투덜거리거나 쩔쩔매기 일쑤다.)

53 오규원, 앞의 책, 213~214쪽.

화자의 뒤에 숨은 시인

시를 한 편 한 편 쓸 때마다 당신은 연출가가 되어야 한다. 화자를 시의 무대 위로 내보내 놓고 화자의 뒤에 숨어 배후조종자가 되어야 한다. 배우(화자)의 연기가 서툴거든 호되게 꾸짖어라. 그래도 배우가 영 탐탁지 않으면 당신이 배우의 가면을 쓰고 아주 잠깐 배우와 똑같은 의상을 입고 무대로 나가보라. 관객(독자)의 눈에는 당신이 무대에 등장한 줄도 모르고 가면 쓴 배우만 보일 뿐이니 아무 문제가 일어나지 않을 것이다.

우리 현대시의 훌륭한 배후조종자인 김소월과 한용운은 「진달래꽃」과 「님의 침묵」에서 여성 화자의 입을 빌려 이별의 정한을 멋들어지게 노래했다. 고은의 가계에는 실제로 누이가 없다. 그렇지만 그의 초기 시의 화자는,

> 기침은 누님의 간음姦淫,
> 한 겨름의 실크빛 연애戀愛에도
> 나의 시달리는 홑이불의 일요일을
> 누님이 그렇게 보고 있다.
>
> —「폐결핵」 부분

> 누님께서 더욱 아름다웠기 때문에 가을이 왔습니다
> 그렇습니다 진정코 누님이야말로 가을이었습니다
>
> —「사치」 부분

라고 노래하면서 실제로 없는 누이를 여럿 거느리는 포즈를 취하면서 소름 돋도록 놀라운 아름다움을 만들어냈다.[54] "첫딸의 이름은 아내의 허리에 달

아 두려 한다"(「내 아내의 농업農業」)는 시를 발표할 때에도 그는 미혼이었다. 그러나 그러한 허구가 빚어낸 노래에 탄복할 뿐 아무도 시인의 시를 두고 가식의 산물이라고 말하지 않는다.

대학 4학년 때 겨울, 신춘문예를 준비하면서 나는 혁명에 실패하고 서울로 잡혀가는 전봉준을 그리기 위해 고심하고 있었다. 신춘문예가 입을 모아 요구하는 '참신성'을 공식처럼 외우고 다니면서도 나는 좀 다른 꿈을 꾸고 있었다. 80년대라는 시대와 시를 어떻게 결합할 수 없나, 하는 것이었다.(캠퍼스 안에는 정보경찰들이 합법적으로 방을 얻어 드나들던 시절이었다. 문학의 밤을 준비하면서 그 이름을 '이 어둠 속에서 타오르는 시'로 내걸었다가 '어둠'이 무엇인가에 대해 따지는 사람들과 고된 입씨름을 벌여야 했다. 그 흔한 '어둠'의 은유 하나도 허락되지 않던 때의 시는 그에 맞서기 위해 '어둠'을 외면할 수 없었다.)

그 무렵에 읽은 책 중의 하나가 재일사학자 강재언이 쓴 『한국근대사』였다. 책을 다 읽고 책장을 덮었을 때 책의 뒤표지에는 한 장의 조그마한 사진이 붙어 있었다. 그 사진을 설명하는 짤막한 한 마디, '서울로 압송되는 전봉준'을 나는 노트 한쪽에 또박또박 적어 두었다.

'서울로 압송되는 전봉준'이라는 메모를 「서울로 가는 전봉준」으로 고치고 그걸 제목으로 삼아 학교 앞 자취방에 엎드려 시를 썼다.[55] 동학농민전쟁에 대한 또 다른 책들을 통해 역사적 사실을 확인하는 과정에서 상상력을 건드리는 몇 가지 허구의 재료들을 모았다. 전봉준이 전북 순창의 피노리에서 체포된 시기는 음력으로 정월이었다. 그 어느 책에도 서울로 압송되는 동안 눈이 내렸다는 기록은 없다. 하지만 역사는 압송 시기를 음력 정

---

54 고은, 『고은시전집』, 민음사, 1983.

월로 적어 놓았으니 이걸 놓칠 수 없었다. 나는 시의 배경에다 눈을 퍼부어 대기로 했다. 그 앞부분이다.

> 눈 내리는 만경 들 건너가네
> 해진 짚신에 상투 하나 떠가네
> 가는 길 그리운 이 아무도 없네
> 녹두꽃 자지러지게 피면 돌아올거나
> 울며 울지 않으며 가는
> 우리 봉준이
> 풀잎들이 북향하여 일제히 성긴 머리를 푸네

이렇게 시작되는 이 시는 시가 끝날 때까지 눈이 내린다. 만약에 앞으로 전봉준이 서울로 압송되는 장면을 영화로 찍는 감독이 있다면 반드시 눈이 내리는 날을 배경으로 잡을 것 같다. 시적 허구는 역사적 사실보다 생동감 있는 진실을 보여주므로.

한편 이 시의 마지막 연은 "들꽃들아/그날이 오면 닭 울 때/흰 무명띠 머리에 두르고 동진강 어귀에 모여/척왜척화 척왜척화 물결소리에/귀를 기울이라"로 끝이 난다. 여기에서 거센 물결소리의 실감을 위해 농민군의 혁명

---

55 "이 시는 서정, 서경, 서사의 제 측면이 적정하게 배치되고 그 배치가 알맞은 조화로 상승하고 있는데, 눈여겨볼 것은 서사의 전경화 방식이다. 가령 제목에 나오는 이름이 범부의 이름이 아니라 전봉준이라는 사실, 달리 말해 역사의 중대한 국면과 고비를 응축하고 있는 전봉준이라는 이름이 제목에서부터 앞장을 서는 것은 역사를 시화하겠다는 의도의 직정적인 전시이다. 역사에 대한 시적 탐구와 묘사는 시의 역사만큼이나 긴 이력을 지닌 작업이다. 한데 그런 유형의 작업이 실패에 봉착하는 경우, 그 실패는 거개 역사의 무게에 짓눌려버리거나 역사의 우상화에 대한 자발적 복종이 우세할 때 온다. …… 역사의 현재화, 다시 말해서 역사의 시공간적 상거성을 문학언어가 압축하는 것은 마치 줌인(Zoom-In) 기법 같은 것이다."(장영우 · 이재무 · 유성호 엮음, 『대표시 대표평론 II』, 실천문학사, 2000, 257~258쪽. 이성욱의 해설.)

기치 중의 하나인 '척왜척화 척왜척화'를 그대로 빌려온 것에 대해 지금도 큰 행운이라고 생각한다. 갑오년 당시에는 '척왜척화' 말고 '척양척왜'라는 구호도 있었으나, 격음의 효과가 선명한 쪽을 선택했다.[56]

몇 해 전 「바닷가 우체국」이라는 시를 발표한 후에 독자들한테 전화를 몇 차례 받았다. 그 바닷가가 도대체 어디냐, 한번 가보고 싶다는 것이었다. 어느 바닷가를 지나다가 우체국이 서 있는 것을 보았는데 혹시 이 시의 배경이 그곳이 아니냐고 물어오는 분도 있었다. 정보통신부에서도 연락이 와서 그 바닷가 우체국의 위치를 알려주면 시비를 하나 세워보겠다는 것이었다.

아아, 나는 그분들을 모두 실망시키고 말았다. 나는 가끔 변산반도 쪽으로 바람을 쐬러 가는데, 그 바닷가 언덕에 있는 몇몇 낡은 집들에게 매혹되어 오래오래 그 집들을 바라본 적이 있었다. 그게 죄였다. 그 언덕 위의 낡은 집 문 앞에 빨간 우체통을 세워두고, 우체국장을 출근시키고, 우표를 팔고, 우체부의 자전거를 굴러가게 하고, '바닷가 우체국'이라는 간판을 거는 상상을 한 죄!

---

56 "아우성이 강기슭에 부딪치는 물결소리로 환유되고 그 소리의 기표에 얹혀지는 반외세의 사유가 서로 충돌 없이 결합되는 이 장면은 시가 요구하는 언어조형술과 주제의식의 분명함이 시 전편에 성공적으로 완수되고 있음을 마지막에 일러주는 마침표라 하겠다."(앞의 책, 259쪽)

|12|

관념적인 한자어를 척결하라

행복과 공경과 우애와 사랑이라는 말이

들어간 주례사가 귀에 들리면

한시바삐 밥을 먹으러 가고 싶어진다.

진정한 사랑은 개념으로 말하는 순간 지겨워진다.

당신의 습작노트를 수색해 관념어를 색출하라.

그것을 발견하는 즉시 체포하여 처단하라.

암세포 같은 관념어를 죽이지 않으면 시가 병들어 죽는다.

일상어와 시어

어떤 말이 시가 될 수 있고 어떤 말이 시가 될 수 없을까? 일상어와 시어는 따로 존재하는 것일까? 이에 대해서는 여러 의견들이 분분하지만, 대체로 모든 일상어가 시어로 쓰일 수 있다는 데에는 동의하고 있는 듯하다.

문장과 대화에서 쓰이는 모든 말은 시어가 될 수 있다. 우리 현대시에는 표준어뿐만 아니라 꽤 오래전부터 방언과 비속어까지 심심찮게 시어로 등장했다. 김용택은 『섬진강』(창비, 1985)에서,

> 환장하것네 환장하것어
> 아, 농사는 우리가 쌔빠지게 짓고
> 쌀금은 저그들이 앉아 올리고 내리면서
> (…)
> 풍년 잔치는 저그들이 먼저 지랄
>
> ―「마당은 비뚤어져도 장구는 바로 치자」 부분

이라며 전라도 사투리를 통해 노골적으로 농민들의 편을 든다. 김진경은 『닭벼슬이 소똥구녕에게』(실천문학사, 1991)에서,

복어새끼처럼 왜 그런대유

배에다 바람을 잔뜩 집어넣구

가시를 있는 대루 세우믄 누가 무서워헐 줄 아남유

—「복어새끼처럼 왜 그런대유」 부분

하고 충청도 말로 능청을 부린다. 안상학은 『아배 생각』(애지, 2008)에서,

—니, 오늘 외박하냐?

—아뇨, 올은 집에서 잘 건데요.

—그케, 니가 집에서 자는 게 외박 아이라?

—「아배 생각」 부분

라면서 경북 안동 말을 시에 적극적으로 끌어들인다. 김수영은 일찍이 욕설과 성적 표현을 시에 끌어들인 바 있다. 그의 「성性」이라는 시다.

그것하고 하고 와서 첫 번째로 여편네와

하던 날은 바로 그 이튿날 밤은

아니 바로 그 첫날 밤은 반시간도 넘어 했는데도

여편네가 만족하지 않는다

그년하고 하듯이 혓바닥이 떨어져나가게

물어제끼지는 않았지만 그래도

어지간히 다부지게 해줬는데도

여편네가 만족하지 않는다[57]

---

57 김수영, 앞의 책, 291쪽.

이렇게 김수영이 너스레를 떨자, 80년대에 이르러 화답하듯 황지우도 풍자의 대열에 합류한다. 「徐伐, 셔ᄫᅳᆯ, 셔블, 서울, SEOUL」이라는, 향찰과 중세국어와 한글과 영어가 혼합된 제목의 시 일부분이다.

> 간밤에도 그는 외국 바이어들을 만났고, '그년' 들을 대주고 그도 '그년들 중의 한 년' 의 그것을 주물럭거리고 집으로 와서 또 아내의 그것을 더욱 힘차게, 더욱 전투적이고 더욱 야만적으로, 주물러주었다.[58]

이에 질세라 박남철은 한 발 앞서간다. 그는 「독자놈들 길들이기」라는 시에서 이렇게 호통을 친다.

> 내 시에 대하여 의아해하는 구시대의 독자놈들에게
> → 차렷, 열중쉬엇, 차렷,
>
> 이 좆만한 놈들이……
> 차렷, 열중쉬엇, 차렷, 열중쉬엇, 정신차렷, 차렷, ○○, 차렷, 헤쳐모엿![59]

현대어뿐만 아니라 화살표, 동그라미와 같은 기호까지 시어의 영역에 들어와 있다. 그리고 문장에 쓰이는 마침표 · 쉼표 · 물음표 · 따옴표 · 줄표와 같은 부호가 시에 끼치는 영향은 지대하다 못해 절대적이다. 옥타비오 파

---

58 황지우, 『새들도 세상을 뜨는구나』, 문학과지성사, 1983, 68~71쪽.

59 박남철, 『지상의 인간』, 문학과지성사, 1984, 64쪽.

스는 시적인 언어는 일상으로부터 일탈할 때 태어난다고 말한다.

> 시적 창조는 언어에 대한 위반으로 시작한다. 이러한 작용의 첫 번째 행동은 말들을 지탱하고 있는 뿌리를 뒤흔드는 일이다. 시인은 일상적인 일들, 그리고 그것들과 맺고 있는 연관 관계에서 말들을 뿌리째 뽑아내어 일상적 언어의 획일적인 세계와 결별시킨다. 이때 단어들은 이제 막 태어난 것처럼 생생한 것이 된다. 두 번째 행위는 말을 원초적 상태로 복귀시키는 것이다. 이때 시는 소통의 대상으로 변한다. 시에는 두 개의 적대적인 힘이 존재한다. 하나는 언어로부터 말을 뿌리째 뽑아내는 상승 혹은 적출摘出의 힘이며 또 다른 하나는 말을 다시 언어로 복귀시키는 중력의 힘이다.[60]

심지어 그는 침묵조차도 말이라고 한다. "침묵조차도 무언가를 말하는데, 침묵은 무無가 아니라 여전히 기호들을 품고 있기 때문이다."

시어는 입을 꾹 다물고 있는 강철 조각이 아니다. 적어도 용접공이 강철과 강철을 이을 때 일어나는 불꽃이거나 그 불꽃의 뜨거움이거나 불꽃이 내장하고 있는 위험한 미래여야 한다. 그래서 때로 시어는 한글맞춤법이나 국어순화운동에 딴청을 부리기도 한다. 나는 자장면보다 '짜장면' 이, 메리야스보다 '런닝구' 가, 브래지어보다는 '브라자' 가, 펑크보다는 '빵꾸' 가, 머큐로크롬보다 '빨간약' 이나 '아까징끼' 가 더 시적인 말이라고 생각한다.

---

60 옥타비오 파스, 『활과 리라』, 김홍근 · 김은중 옮김, 솔, 1998, 47쪽.

진부한 말이 진부한 생각을 만든다

동아시아의 한자문화권 전통 속에 말을 하고 글을 쓰는 우리는 한자 혹은 한자어로부터 자유로울 수 없다. 우리 시인들은 한자의 형상이 드러내고 있는 시각적 이미지에 끌릴 수밖에 없었다. 한자가 시인들을 자극하고 고민하게 만들었던 것이다. 기호의 의미는 같지만 '산' 이라고 쓸 때와 '山' 이라고 쓸 때 그 함의는 적지 않은 차이를 보인다. (우스운 이야기 하나. 어릴 적에 나는 음식점 간판에 적힌 '산낙지' 를 보고 한동안 산에 사는 낙지인 줄 알았다. 가재처럼 심산유곡의 돌덩이 밑 어디쯤 사는…….)

그런데 뜻글자라고 해서 그 뜻과 형상이 다 미학적으로 완전한 것은 아니다. 관념적인 한자어는 시에서 척결해야 할 대표적인 낡은 언어다. 시적 언어의 성취 목표를 한 50년 이전쯤에 두고 있는 사람일수록 관념적인 한자어를 쉽게 지워버리지 못하는 습성이 있다. 유치환이 「깃발」에서 "哀愁는 백로처럼 날개를 펴다"라고 노래한 것은 1930년대 말이었고, 박인환이 "사랑의 진리마저 愛憎의 그림자를 버릴 때"라며 절망스러워 한 것은 1950년대 한국전쟁 직후였다. 김현승이 「堅固한 고독」을 발표한 때는 60년대 중반이었다. 이 시인들이 '애수' 와 '애증' 과 '견고한 고독' 을 노래할 즈음에 그 시어들은 '막 태어난 것처럼 생생한 것' 이었는지도 모른다. 하지만 지금은 아니다. 지금 그 시어들은 시간의 무덤에서 하얗게 풍화된 죽은 말들이다.

무엇보다 관념적인 한자어를 써야만 그럴듯한 시가 된다는 착각이 문제다. 정진규는 시에서 '몸' 이 빠진 관념은 '화자 우월성' 의 화법과 사유를 극복하지 못한 것이라고 꼭 짚어 말한 바 있다. 우리 시인들이 대상이나 상황을 높은 자리에 앉아 내려다봄으로써 그 안으로 스미지 못한다는 것이다. "마음이 서둘러 앞서 가고자 지시의 화살표를 긋는다 해도 그것만으로는 결국 추한 욕망이 되고 만다"고 꼬집는다.[61]

당신은 관념적인 한자어가 시에 우아한 품위를 부여한다고 착각하지 마라. 품위는커녕 한자어 어휘 하나가 한 편의 시를 누르는 중압감은 개미의 허리에 돌멩이를 얹는 일과 같다. 신중하고 특별한 어떤 의도 없이 아래의 시어가 시에 들어가 박혀 있으면 그 시는 읽어보나마나 낙제 수준이다.

갈등 갈망 갈증 감사 감정 개성 격정 결실 고독 고백 고별 고통 고해 공간 공허 관념 관망 광명 광휘 군림 굴욕 귀가 귀향 긍정 기도 기억 기원 긴장 낭만 내공 내면 도취 독백 독선 동심 명멸 모욕 문명 미명 반역 반추 배반 번뇌 본연 부재 부정 부활 분노 불면 비분 비원 삭막 산화 상실 상징 생명 소유 순정 시간 신뢰 심판 아집 아침 암담 암흑 애련 애수 애정 애증 양식 여운 역류 연소 열애 열정 영겁 영광 영원 영혼 예감 예지 오만 오욕 오한 오해 욕망 용서 우애 운명 원망 원시 위선 위안 위협 의식 의지 이국 이념 이별 이역 인생 인식 인연 일상 임종 잉태 자비 자애 자유 자학 잔영 저주 전설 절망 절정 정신 정의 존재 존중 종교 증오 진실 질서 질식 질투 차별 참혹 처절 청춘 추억 축복 침묵 쾌락 탄생 태만 태초 퇴화 패망 편견 평화 폐허 품격 풍자 피폐 필연 해석 행복 향수 허락 허세 허위 현실 혼령 혼백 화려 화해 환송 황폐 회상 회억 회의 회한 후회 휴식 희망

---

61 정진규, 『질문과 과녁』, 동학사, 2003, 29~30쪽.

언뜻 보면 2음절의 이런 말들은 매우 심오한 깊이를 함축하고 있는 언어처럼 보인다. 그러나 이 어휘들은 구체적인 실감을 박제화하고 개념화함으로써 스스로 진부하게 되어버린 말들이다. 사전에는 단어로서 버젓이 실려 있고 일상생활에서도 가끔씩 사용되는 말이지만 시에서는 죽은 언어와 다름없다. 시는 이런 진부한 시어의 무게를 감당할 수가 없다. 사유라는 것은 원래 그 속성상 관념적인 것이고 추상적인 법이다. 하지만 관념을 말하기 위해 관념어를 사용하는 것은 언어에 대한 학대행위다. 관념어는 구체적인 실재를 개념화한 언어이기 때문이다.

시에만 관념어가 시를 좀먹고 있는 게 아니다. 예식장에도 있다. 흔해빠진 주례사가 그것이다. 행복과 공경과 우애와 사랑이라는 말이 들어간 주례사가 귀에 들리면 한시바삐 밥을 먹으러 가고 싶어진다. 진정한 사랑은 개념으로 말하는 순간 지겨워진다.

관념어는 진부할 뿐 아니라 삶을 왜곡시키고 과장할 수도 있다. 또한 삶의 알맹이를 찾도록 하는 게 아니라 삶의 껍데기를 어루만지게 한다. 당신의 습작노트를 수색해 관념어를 색출하라. 그것을 발견하는 즉시 체포하여 처단하라. 암세포 같은 관념어를 죽이지 않으면 시가 병들어 죽는다. 상상력을 옥죄고 언어의 잔칫상이어야 할 시를 난장판으로 만드는 관념어를 척결하지 않고 시를 쓴다네, 하고 떠벌이지 마라.

관념어를 떠나보내고 나면 그 휑하니 빈자리가 몹시 쓸쓸하게 보일 것이다. 당신은 그 빈자리를 오래 응시하라. 당신의 상상력이 가동하기 시작할 것이고, 상상력은 이미지라는 처녀를 데리고 올 것이다. 말로 그림을 그릴 줄 아는 그 처녀를 꽉 붙잡고 놓지 마라. 관념어를 떠나보낸 자리에 그 처녀를 정실부인으로 들어앉혀라. 그래도 관념어의 옛정이 그리워져 못 견디게 쓰고 싶거든 그 말을 처음 쓴 지 30년 후쯤에나 써라.

당신에게 시 한 편을 읽어주겠다. 나는 이 시에서 '고독'이라는 말을 발견하고 온몸이 찌릿찌릿해졌다. 이쯤은 되어야 고독을 말할 자격이 있다.

> 고독을 모르는 문학이 있다면
> 그건 사기리
> 밤새도록 앞뜰에 폭풍우 쓸고 지나간 뒤
> 뿌리가 허옇게 드러난 잔바람 속에서 나무 한 그루가
> 위태로이 위태로이 자신의 전존재를 다해 사운거리고 있다
>
> — 이시영, 「그대의 시 앞에」 전문[62]

62 이시영, 『무늬』, 문학과지성사, 1994, 89쪽

짜장면

|13|

형용사를 멀리하고 동사를 가까이하라

형용사의 과도한 사용은
시의 바탕이라 할 은유와 상징이 설 자리를 빼앗는 결과를 가져온다.
이미지가 들어앉을 자리를 형용사가 차지하고 있으면
그 시는 겉으로 화려해 보이지만
내용이 없고, 그 뜻은 쉽게 드러나지만 깊이가 없어 천박해진다.

한심한 언어

초등학교 6학년 여자아이가 쓴 동시 한 편을 읽어보자. 어느 어린이 글짓기대회에서 최우수상을 받았다고 한다. 이 동시를 쓴 아이에게는 참 미안한 말이지만, 나는 이런 유형의 동시를 보면 화가 난다. 한숨이 절로 쏟아진다. 이 동시를 쓴 아이 때문이 아니다. 이런 동시를 쓰게 하고, 심사를 해서 상을 주고, 어깨를 두드리며 칭찬하는 어른들이 한심해서다. 좀더 과하게 말한다면 이 작품은 동시도 아니고 시도 아니다.

커다란 황금물감 푹 찍어
가을들판에 가만가만 뿌려놓았다
탱글탱글 누우런 벼이삭
살랑살랑 가을바람 불어오면
빠알간 고추잠자리
두둥실두둥실 흥겨운 춤사위

참새친구 멀리 이사 가도
외롭지 않은 허수아비

허허허 허수아비의 정겨운 웃음소리에

농부아저씨 어깨춤 덩실덩실

우리는 이 동시를 읽으며 이런 의문을 가질 수 있다(아니, 의문을 가져야 한다). 물감을 과연 커다랗다고 말할 수 있는가? 그 물감을 강하게 '푹' 찍었는데 왜 조심스럽게 '가만가만' 뿌리는가? 그렇게 물감을 뿌리는 주체는 누구인가? 호두나 감자도 아닌 벼이삭의 생김새를 '탱글탱글'로 표현하는 게 맞는가? 고추잠자리의 비행이 일정한 격식을 갖춘 춤사위라고 할 수 있는가? 허수아비와 참새는 친구가 될 수 있는가? 참새를 쫓기 위해서는 험상궂은 표정으로 서 있어야 할 허수아비가 왜 웃는가?(실성을 했나?) 농부아저씨는 추수가 끝나지도 않았는데 어찌하여 어깨춤을 추시는가?(낮술이라도 한잔 드셨나?)

제목은 「가을맞이」다. 왜 그냥 「가을」이라고 하지 않고 「가을맞이」라고 했을까? 이 동시는 가을의 일반적인 풍경을 그저 평이하게 그리고 있을 뿐이다. 가을을 맞이하는 그 어떤 적극적인 자세도, 삶에 대한 나름대로의 탐색도 없다. '가을'이라고 하면 맨송맨송해서 다만 무엇인가 덧붙이고 싶었을 것이다. '맞이'라는 접미사를 붙이면 왠지 시적인 표현에 가까워진다고 믿었는지도 모르겠다. 시는 으레 꾸미고 몇 글자를 덧붙이는 것이라는 잘못된 의식이 시 아닌 것을 시로 행세하게 만들고 있다.

글을 아름답게 하려고 다듬고 꾸미고 무엇인가를 덧붙이는 일을 수사修辭라고 한다. 이 동시는 온전히 수사의 기술로 쓴 동시라고 할 수 있다. 여기에 쓰인 시어 중에 명사는 모두 10개다. '황금물감 · 가을들판 · 고추잠자리 · 춤사위 · 참새친구 · 이사 · 허수아비 · 웃음소리 · 농부아저씨 · 어깨춤'이 그것이다. '이사'를 제외하고는 모두 공교롭게도 두 개 이상의 단어가 결합한 복합어의 형태다. 이 명사들은 가을을 피상적으로 바라본 결과로서 그 스스로 빛나는 시적 영감을 던져주지 못하고 시를 위해 동원되고 있다는 느낌을 지울 수가 없다.

여기에다 의성어와 의태어를 포함한 부사가 '푹 · 가만가만 · 탱글탱글 · 두둥실두둥실 · 멀리 · 허허허 · 덩실덩실' 등 7개이고, 색깔이나 상태를 표현하는 형용사로 '커다란 · 누우런 · 빠알간 · 흥겨운 · 정겨운' 같은 말들이 쓰이고 있다. 이러한 부사와 형용사를 빼고 이 동시를 한 번 읽어보자.

황금물감 찍어
가을들판에 뿌려놓았다
벼이삭
가을바람 불어오면
고추잠자리
춤사위

참새친구 이사 가도
허수아비
허수아비의 웃음소리에
농부아저씨 어깨춤

이렇게만 해도 작자가 형용사를 통해 대상을 간섭하고 감정을 드러내는 기회가 대폭 줄어든다. 엘리엇은 일찍이 시가 '정서로부터의 해방이 아니고 정서로부터의 도피'라고 강조하면서 시에서 감정의 직접적인 표출을 경계했다. 형용사는 시인의 감정을 직접 노출시키는 구실을 한다. 쉽게 시인의 감정을 드러내는 데에는 형용사가 유리한 것이다.

동사의 역동성과 종결어미의 변화

그러나 형용사의 과도한 사용은 시의 바탕이라 할 은유와 상징이 설 자리를 빼앗는 결과를 가져온다. 이미지가 들어앉을 자리를 형용사가 차지하고 있으면 그 시는 겉으로 화려해 보이지만 내용이 없고, 그 뜻은 쉽게 드러나지만 깊이가 없어 천박해진다. 사물의 핵심을 표현하는 데 게으른 시인일수록 형용사를 애용한다. 그가 제시한 형용사를 따라다니다보면 독자는 상상할 시간을 갖지 못하게 된다.

문장에서 형용사는 뒤에 오는 말(명사)을 치장하는 역할을 한다. 쓸데없는 치장은 하지 않는 것만 못하다. 특히 형용사 중에 색채를 표현하는 '빨갛다 · 파랗다 · 노랗다 · 하얗다' 와 같은 감각형용사는 아예 잊어버려라. 조지훈이 "까닭 없이 마음 외로울 때는/노오란 민들레꽃 한 송이도/애처롭게 그리워지는데"(「민들레꽃」 앞부분)라고 했더라도, 서정주가 "노오란 네 꽃잎이 피려고/간밤엔 무서리가 저리 내리고/내게는 잠도 오지 않았나 보다"(「국화 옆에서」 일부분)라고 했더라도 당신은 '노오란' 이라는 말이 아예 한국어에 없는 것이라고 생각하라. 우리는 그동안 '노오란' 을 시에 너무 많이 동원했고, 혹사시켰다. 제발 '노오란 개나리' '빨간 장미' '빠알간 고추잠자리' '파란 바다' '파아란 가을하늘' '검은 밤' '하얀 백지' '하아얀 눈송이' 라고 쓰지 마라. 그 색채 형용사들을 쉬게 하라. 색채 형용사들이 들어

가야 할 자리를 동사의 역동성으로 채워 시를 살아 꿈틀거리게 하라. 기어가게 하라. 뛰어가게 하라. 날아가게 하라.

형용사가 사물의 성질, 감각, 색깔, 시간, 수량 등 정지 상태를 표현하는 데 반해서 동사는 사람이나 사물의 움직임을 표현하는 역동적인 어휘다. 동사가 움직이는 선이라면 형용사는 고정되어 있는 하나의 점에 불과한 것이다. 그러니 당신은 가능하면 형용사를 미워하고 동사를 사랑하라. "동사는 경험과 실질의 세계다. 동사는 감각의 세계다. 동사는 우리가 사는 얘기다. 자고, 먹고, 누고, 낳고, 좋아하고, 미워하고, 울고, 웃고 하는 게 다 동사로 표현된다. 그래서 일상생활에서는 동사가 많이 쓰일 수밖에 없다. 잘 자, 많이 먹어, 이리 와, 빨리 가, 울지 마, 웃어 봐, 때리지 마, 안아 줘…."[63]

한국어로 시를 쓰는 사람이라면 당연히 한국어의 언어적 특성에 주목해야 한다. 우리말은 조사의 종류가 많고 어미의 변화가 매우 다양한 언어다. 당신은 반드시 조사와 어미의 변화에 주목하라. 토씨, 즉 조사 하나가 시의 어조와 호흡에 결정적으로 작용하기도 한다.

문장을 맺는 어미를 종결어미라고 한다. 우리말은 종결어미를 통해서 시제, 경어법, 화자의 태도, 시의 리듬에 적지 않은 변화를 꾀할 수 있다. 어떻게 보면 한국에서 시를 쓰는 시인이란 어미의 변화에 예민하게 반응하는 사람인지도 모르겠다. 종결어미는 '–ㄴ다, –ㅂ니다, –오'의 평서형, '–(느)냐, –니, –는가, –ㄹ까'의 의문형, '–구나, –군, –네'의 감탄형, '–어라/–아라, –게, –오'의 명령형, '–자, –세, –ㅂ시다'의 청유형으로 크게 나눈다. 이는 다시 '해라체 · 하게체 · 하오체 · 합쇼체'로 나눠지면서 경어

---

63 김철호, 「김철호의 교실 밖 국어여행」, 「한겨레」, 2007. 12. 16.

법을 구별하게 된다.

근대 이전의 시에서 주로 쓰이던 '-노라, -도다, -지어다'와 같은 종결어미는 시대의 변화와 함께 죽은 어미가 되었다. 그러면 '-이다'는 어떤가.

나는 소금
좌판坐板 위 주발이다
장날 폭설이다
지게 목발이다
헤쳐도 헤쳐도
산山, 고드름의
저문 산山
새발 심지의
등잔燈盞

— 박용래, 「겨울 산」 전문[64]

은유적 표현에 기대어 의미를 단정하는 '-이다'는 70년대까지 시에 자주 나타났다. 그런데 요즈음 시인들의 시에는 거의 찾아보기 어렵다. 그렇다면 일상대화에서 요새 젊은이들이 많이 쓰는 '-같다'가 시를 점령할 시대가 오는 것은 아닐까? 종결어미 하나가 불안정하고 불투명한 미래를 다 짊어지고 갈 수도 있는 법이니까. 정말, 그럴 것도 같다.

64 박용래, 『먼 바다』, 창비, 1984, 188쪽.

|**14**|

제목은 시쓰기의 처음이자 마지막이다

제목을 처음부터 붙이든 나중에 붙이든 그건 별로 중요하지 않다.
제목을 어떻게 붙일까 고심하는 그 과정이 창작자에게는 중요할 뿐이다.
제목이 시의 성패와 운명을 좌우할 수도 있으므로 그렇다.
제목을 고치거나 바꾸는 사이에 시는 진화하거나 퇴보하거나 둘 중 하나의 길을 간다.
그것은 제목이 시의 내용과 서로 밀고 당기는 관계에 놓여 있어서다.

음식점 간판과 음식의 맛

나는 음식점을 고를 때 간판을 유심히 보는 편이다. 간판에 적힌 상호, 간판의 크기, 글자체, 디자인에 따라 그 음식점의 역사와 음식의 맛을 짐작해 볼 수 있기 때문이다. '원조' 라는 말이 붙어 있으면 일단 의심한다. 역사성의 과잉이거나 후발주자의 과장 광고일 수도 있다. 또 무슨 텔레비전에 출연했다고 요란하게 써 붙인 곳이 있으면 경계한다. 그게 설혹 사실이라고 하더라도 내게는 별로 중요하지 않기 때문이다. 맛없으면 돈을 받지 않는다는 문장도 아주 싫어하며, 할인가격을 보란 듯이 써 붙여 놓은 음식점도 꽝이다. 또 있다. 터미널 앞 식당가처럼 한 집에서 조리하는 음식의 수가 많아도 기피 대상이다. 최근엔 '웰빙' 이라는 단어가 들어간 간판을 달고 있는 보리밥집에는 아예 들어가지 않는다. 웃기고 있네, 비웃어주고 만다.

한 끼의 밥을 위해서도 이모저모 간판부터 살피는데, 하물며 시에서 간판이라고 할 제목을 어찌 소홀히 다룰 수 있으랴. 연암 박지원은 글을 병법에 비유하면서 "글자는 군사요, 글 뜻은 장수요, 제목이란 적국과 같다"는 문장을 남겼다. 성벽에 올라 단숨에 사로잡아야 하는 적처럼 글을 쓰는 이는 제목부터 장악해야 한다는 말이다. 또 조선 후기의 홍길주洪吉周는 "글이란 살아 있는 물건이어서 크게 할 수도 작게 할 수도 있다. 각기 그 제목을 따를 뿐이다. 되升들이의 용량을 제목으로 삼았으면 홉籥으로 만들어서도 안 되고, 말斗로 만들어서도 안 된다. 만약 작勺이나 홉, 되, 말을 가리지 않고 모두 열 말, 즉 곡斛으로 만들어버린다면 이것이 대체 어떤 모양이 되겠는가?" 라고 하면서 제목이 내용과 걸맞아야 함을 강조하였다.[65]

북악은 창끝처럼 높이 솟았고	北岳高戌削
남산의 소나무는 검게 변했네.	南山松黑色
송골매 지나가자 숲이 겁먹고	隼過林木肅
학 울음에 저 하늘은 새파래지네.	鶴鳴昊天碧

박지원의 「극한極寒」이다. "스무 글자 어디에도 춥다는 말은 눈을 씻고 보아도 찾을 수 없다. 다만 그저 경물을 묘사하고 있을 뿐이다. 제목마저 없었다면 무슨 이런 시가 있느냐고 했을 법하다. 시인은 제목에서 몹시 추운 날씨라고 분위기를 잡아놓고서, 정작 시 속에서는 추위에 대한 묘사를 예상하던 독자의 기대를 외면하고 딴청을 부렸다. 여기에서 의미의 단절이 생긴다. 단절을 채워 제목과 본문을 잇는 것은 독자의 몫으로 남긴 것이다."[66]

시의 제목을 이승하는 '첫인상' 이라 했다. 작품의 첫머리에 나서는 제목은 독자에게 지워지지 않을 인상을 남기게 된다는 말이다. 또한 강연호는

65 홍길주, 『19세기 조선 지식인의 생각창고』, 정민 외 옮김, 돌베개, 2006, 85쪽.

66 정민, 『한시미학산책』, 119쪽.

'이름'이라 하였다. 그는 "한 편의 시작품은 여러 부분이나 요소들이 모여 전체의 구조를 이루는데, 이때 제목은 전체 구조를 한곳으로 응집하는 역할을 하면서 한편으로는 구조의 확장에 기여하기도 한다"면서 제목을 정할 때 몇 가지 유의할 점이 있다고 하였다. 첫째, 본문의 주제나 내용과 일정한 조화를 이루도록 할 것. 둘째, 너무 거창하거나 추상적인 제목은 피할 것. 셋째, 본문의 내용을 모두 풀어 제시하는 제목은 피할 것 등이다.[67]

처마 끝에 명태를 말린다
명태는 꽁꽁 얼었다
명태는 길다랗고 파리한 물고긴데
꼬리에 길다란 고드름이 달렸다
해는 저물고 날은 다 가고 별은 서러웁게 차갑다
나도 길다랗고 파리한 명태다
문턱에 꽁꽁 얼어서
가슴에 길다란 고드름이 달렸다

백석의 「멧새 소리」 전문이다. 시의 전면에 멧새 소리는커녕 멧새가 빠뜨리고 간 깃털 하나 보이지 않는다. 오로지 처마 끝의 명태와 이를 동일시한 시적 화자 '나'만이 꽁꽁 얼어 있을 뿐이다. 백석은 왜 이런 제목을 택했을까? 독자가 전혀 뜻하지 않은 의외의 제목을 제시함으로써 제목과 내용 사이에 '낯설게 하기'의 효과를 노리고 싶었던 것일까? 아니면 시각과 촉각이 압도적으로 지배하는 이 시의 배경음악으로 멧새 소리를 삽입해 청각

67 강연호 외, 「주제의 구현과 제목 붙이기」, 『시창작이란 무엇인가』, 화남, 2003, 28~29쪽.

적 효과를 가미한 것일까? 후대에 이 시를 읽는 독자인 우리가 심심해 할까봐 일부러 그랬을까? (이 짧은 시 한 편을 두고 이런저런 생각을 접었다 폈다 하는 이유도 시에서 제목이 그만큼 중요한 탓이다.)

제목을 붙이는 방식

김춘수는 시인이 제목을 붙이는 방식에 따라 시인의 태도가 결정된다고 말하고 있다. 그에 의하면 시를 쓸 때 제목을 붙이는 세 가지 태도가 있다. 첫째는 미리 제목을 정해 두는 것, 둘째는 시를 완성한 뒤에 제목을 다는 것, 셋째는 처음부터 제목을 염두에 두지 않는 것이다. 그는 스타일리스트답게 시의 의미와 내용을 중시하는 휴머니스트들과 일정한 거리를 두고 말한다. "제목이 정해져야 시를 쓸 수 있는 사람은 내용에 결백한 나머지 시의 기능의 중요한 면들을 돌보지 않는 일"이 있다며 시의 형식에 따라 내용이나 제목이 얼마든지 달라질 수 있다고 강조한다.[68]

제목을 처음부터 붙이든 나중에 붙이든 그건 별로 중요하지 않다. 제목을 어떻게 붙일까 고심하는 그 과정이 창작자에게는 중요할 뿐이다. 제목이 시의 성패와 운명을 좌우할 수도 있으므로 그렇다. 제목을 고치거나 바꾸는 사이에 시는 진화하거나 퇴보하거나 둘 중 하나의 길을 간다. 그것은 제목이 시의 내용과 서로 밀고 당기는 관계에 놓여 있어서다.

68 김춘수, 『시의 이해와 작법』, 자유지성사, 1999, 66~71쪽.

둥근 소나무 도마 위에 꽂혀 있는 칼

두툼한 도마에게도 입이 있었다.

악을 쓰며 조용히 다물고 있는 입

빈틈없는 입의 힘이 칼을 물고 있었다.

— 이윤학, 「짝사랑」 부분[69]

생선가게의 비린내 나는 도마 위에 꽂혀 있는, 조금은 으스스한 칼을 본 적이 있을 것이다. 칼이 도마를 공격하는 주체이고 도마가 칼의 공격을 받는 객체이면 풍경은 살벌해진다. 시인은 그 섬뜩한 풍경이 싫었나? 상처투성이의 도마를 풍경의 주체로 내세워 도마가 칼을 물고 있다고 쓴다. 여기에서 따뜻한 주객전도가 이루어진다. 도마가 칼을 받아주고 있다고, 칼에게 모든 것을 맞춘다고, 도마가 스스로 나이테를 잘게 끊어버린다고 쓴다. 그러나 칼을 받아준다고 해서 도마의 상처가 완전하게 아무는 것은 아니다. 「짝사랑」이라는 제목은 상처를 드러내지 않고 속으로 감춰야 하는, 입에 칼을 무는 아픔도 인내하는 도마의 입장을 대변하는 말이다.

실제로 제목을 이렇게 붙여야 한다는 시인들의 조언도 적지 않다. 시의 내용이 추상적일 때는 구체적인 제목으로, 구체적일 때는 추상적인 제목을 붙여주면 좋다는 의견이 있는가 하면[70], 이지엽은 "제목을 직접 드러내지 않는 것이 시의 격조와 긴장을 높이는 데 효과적"이라면서 '궁금증을 유발하게 하는 방법'과 '술어를 생략하거나 놀라움을 나타내거나, 감탄형으로 처리하는 방법'을 제시하기도 한다. 그리고 '성적 호기심이나 관능적인 욕

69 이윤학, 『꽃 막대기와 꽃뱀과 소녀와』, 문학과지성사, 2003, 16쪽.

70 박제천, 『시를 어떻게 고칠 것인가』, 문학아카데미, 153쪽.

구를 자극하는 방법으로 선정적인 제목을 다는 경우' 도 예를 든다.[71]

그런데 아무리 고민해봐도 마땅한 제목이 떠오르지 않을 때는 어떻게 하나? 그럴 때는 '무제無題' 가 기다리고 있다.

대구大邱 근교近郊 과수원
가늘고 아득한 가지

사과빛 어리는 햇살 속
아침을 흔들고

기차는 몸살인 듯
시방 한창 열이 오른다.

애인이여
멀리 있는 애인이여
이런 때는
허리에 감기는 비단도 아파라.

— 박재삼, 「무제無題」 전문[72]

사실 나는 평소에 시든 그림이든 작품 앞에 '무제' 라는 제목을 턱, 갖다 붙이는 걸 좋게 생각하지 않는다. 제목이 없다니! 그건 자기 작품에 대해 창작자가 책임을 지지 않겠다는 소리로 들린다. '무제' 라는 것도 넓은 의

---

71 이지엽, 『현대시 창작 강의』, 고요아침, 2005, 418~427쪽.

72 박재삼, 『千年의 바람』, 민음사, 1975, 51쪽(이 시집의 47쪽에는 같은 제목의 시가 한 편 더 있다).

미에서는 제목이 될 수 있을 것이다.

하지만 '무제'를 제목으로 내건 작품치고 제대로 된 작품을 나는 보지 못하였다. 대체로 예술가연하는 허위의식이 발동하거나, 작품의 미숙성을 눈가림하거나, 작가의 상상력이 부족할 때 궁여지책으로 갖다 붙이는 제목이 '무제'를 제목으로 단 시나 그림일 터이다. 특히 비구상 계열의 그림이 이런 제목을 붙이고 화랑에 걸려 있는 것을 보면 작품을 감상하고 싶은 마음이 순식간에 달아나버린다.

나의 이런 편견을 부분적으로 수정하도록 만든 시가 박재삼의 「무제無題」다. 나는 습작 시절을 대구에서 보냈다. 자취와 하숙 생활 대부분은 공교롭게도 기차가 지나가는 철길 부근에서 이루어졌다. 라면을 끓이거나 설거지를 하다가 보면 몸살인 듯 열이 오른 기차가 창문을 흔들고 지나가곤 하였다. 고향을 떠나 객지에서 생활하는 어린 유학생에게 기차소리는 그리움을 불러일으키는 효과음으로 들렸다. 어쩌면 그 무렵 기차가 한 차례 지나간 뒤에 남은 쓸쓸한 적막감이 나로 하여금 시를 끼적이게 했는지도 모르겠다. 이 시의 시적 화자는 애인에 대한 그리움이 얼마나 절실했으면 '허리에 감기는 비단도 아파라'라고 애교 섞인 엄살을 피웠을까!

암시하되 언뜻 비치게

제목을 붙이는 방식을 정리해보면, 시의 중심 소재를 앞에 제시하는 경우(밋밋하고 단순해서 재미는 없지만 내용보다 어깨를 낮춤으로 해서 내용을 돋보이게 만드는 효과가 있다), 시간이나 공간적인 배경을 취하는 경우('-에' '-에서'

가 붙은 모든 제목이 그렇다)가 비교적 쉽고 간명한 편이다.

낙타는 전생부터 지 죽음을 알아차렸다는 듯
두 개의 무덤을 지고 다닌다
고통조차 육신의 일부라는 듯
육신의 정상에
고통의 비계살을 지고 다닌다
전생부터 세상을 알아차렸다는 듯
안 봐도 안다는 듯
긴 속눈썹을 달고 다니므로
오아시스에 몸을 담가 물이 넘쳐흘러도
낙타는 아무것도 발견하지 않는다
전생부터 지 수고를 알아차렸다는 듯
고통 받지 않기를 포기했다는 듯
가능한 한 가느다란 장딴지를 달고 다닌다
짐이 쌓여 고개가 숙여질수록 자기 자신과 마주치고
짐이 더욱 쌓여 고개가 푹 숙여질수록 가랑이 사이로 거꾸로 보이는 세상
오 그러다가 고꾸라진다
과적 때문이 아니라 마지막
최후로 덧보태진, 그까짓, 비단 한 필 때문이라는 듯
고꾸라져도 되는 걸 낙타는
이 악물고 무너져버린다
죽어서도
관 속에 두 개의 무덤을 지고 들어간다

— 김중식, 「완전무장」 전문[73]

---

73 김중식, 『황금빛 모서리』, 문학과지성사, 1993, 36~37쪽.

이 시는 낙타라는 시적 대상을 통해 주제를 비유적으로 표현한 경우다. 낙타의 힘겨운 일생을 낙타의 숙명적인 외모와 오버랩시키면서 삶 속에 도사린 고통과 죽음을 그리고 있다. 내용을 읽기 전에 「완전무장」이라는 제목을 먼저 접한 독자는 이 제목이 결국은 시인의 반어적 표현임을 알아차리고 무릎을 치게 된다.

> 개 같은 가을이 쳐들어온다.
> 매독 같은 가을.
> 그리고 죽음은, 황혼 그 마비된
> 한쪽 다리에 찾아온다.

최승자의 시 앞부분이다. 제목은 「개 같은 가을이」.[74] 이렇게 첫 구절이나 첫 행을 아예 앞에다 내세워 시의 제목으로 삼는 경우도 있다.

요컨대 제목을 붙일 때는 어떤 경우든 간에 호기심을 유발하되 난하지 않게 해야 할 것이며, 무겁되 가볍지 않게 해야 할 것이며, 은근히 암시하되 언뜻 비치게 해야 할 것이다.

---

74 최승자, 『이 시대의 사랑』, 문학과지성사, 1981, 14쪽.

|15|

행과 연을 매우 특별하게 모셔라

시에서 행과 연을 매우 특별하게 모시지 않으면 시인으로서 낙제다.
당신이 시를 쓸 때 아무 의도 없이 무의식적으로
행과 연을 바꾸었다면 지금부터 자중하라.
관습적인 행갈이는 당신이 쓰는 시의 형식뿐만 아니라 내용까지 관습화한다.
시의 호흡에 따라 적당히 행을 바꾸면 된다고,
행갈이에 특별한 규칙은 없다고 생각한다면
빨리 그 나쁜 생각을 버려라. 행갈이에 '적당히'란 없다.

형식이 내용을 지배한다

그립다
말을 할까
하니 그리워

그냥 갈까
그래도
다시 더 한 번……

— 김소월, 「가는 길」 부분

이렇듯 절묘하게 우리의 전통적 율격인 3음보를 활용하던 시절은 차라리 행복했다.

송화松花 가루 날리는
외딴 봉우리

윤사월 해 길다

꾀꼬리 울면

산지기 외딴집

눈 먼 처녀사

문설주에 귀 대이고

엿듣고 있다

— 박목월, 「윤사월閏四月」 전문[75]

간략한 7 · 5조에 기대어 봄날의 애틋한 정취를 짧게 노래하던 시절도 먼 옛날이 되었다.

시를 쓰게 되면 누구나 행과 연을 구분하게 되고, 그에 따른 리듬의 변화에 민감해진다. 문학수업시간에 귀가 닳도록 듣게 되는 그놈의 내재율이 항상 문제인 것이다. 내재율은 정형시의 율격처럼 겉으로 드러나는 게 아니라 시의 내부에 숨어 있는 리듬을 말한다. 이 보이지 않는 리듬은 시와 시 아닌 것을 구별하는 중요한 형식적 잣대가 되기도 한다. 독자의 입장에서는 다만 모든 자유시가 내재율을 품고 있다고 생각하면 그만이다. 그러나 창작자의 입장은 그렇게 단순하지 않다.

김우창은 어느 시대에서나 진정 잘된 시에서 적절한 음악의 형식은 발견되어야 한다고 했고,[76] 이형기는 일상에서 중요하게 여기지 않는 소리를 예

75 박목월, 『나그네』, 미래사, 1991, 12쪽.

76 김우창, 「시의 리듬에 대하여」, 『세계의 문학』, 1999년 봄호.

술적으로 조직한 구조물이 시라면서 시의 음악성을 강조한 바 있다. 그리고 "의미(내용)와 소리(형식)의 유기적 결합이 운율의 핵심"이라고 말하기도 했다.

모두 의미 있는 이야기들이다. 그렇지만 근대 이후 대부분의 창작자는 음악성보다는 회화성을 확보하는 일에 우선적으로 매달리게 된다. 그래서 주제나 소재와 같은 내용의 형상화를 고심하는 동안 리듬에 대한 배려는 뒤로 밀쳐두는 일이 빈번해진다. 시인들은 형식을 낯설게 변화시키는 일을 내심 두려워하는 것도 사실이다. 설혹 과감하게 기존의 형식으로부터 탈출을 감행한다 하더라도 불안해서 안절부절못한다. 그렇게 현재의 형식에 안주하고자 하는 마음과 탈출하고자 하는 마음 사이에 낀 존재, 그가 시인이다.

시의 리듬이 발생하는 지점은 행갈이, 연의 나눔, 음절과 음운의 반복·고저·장단·강약, 문장 부호의 배치 등으로 알려져 있다. 이 중에서 시의 행과 연은 외형적으로 시와 산문을 가장 잘 구별해주는 요소이다. 행과 연을 활용해 무엇을 쓴다는 것은 시인의 특권이자 시인에게 내린 축복이라 할 수 있다. 시에서 이처럼 중요한 행과 연을 매우 특별하게 모시지 않으면 시인으로서 낙제다. 당신이 시를 쓸 때 아무 의도 없이 무의식적으로 행과 연을 바꾸었다면 지금부터 자중하라. 관습적인 행갈이는 당신이 쓰는 시의 형식뿐만 아니라 내용까지 관습화한다. 시의 호흡에 따라 적당히 행을 바꾸면 된다고, 행갈이에 특별한 규칙은 없다고 생각한다면 빨리 그 나쁜 생각을 버려라. 행갈이에 '적당히'란 없다.

한 편의 시를 쓰는 일은 한 채의 집을 짓는 일과 같다. 마음이 움직이는 대로 즉흥적으로 집을 지을 수는 없는 노릇이다. 설계도면이 있어야 하고, 그 일을 수행할 인부와 집을 세우는 데 필요한 재료들을 확보해야 하고, 충분한 공사기간이 있어야 한다. 시가 하나의 유기체적 구조물임을 염두에 둔다면 행을 바꾸거나 연을 나눌 때에도 시인의 의도가 충분히 개입해야 하는 것이다. 그러니 계획과 의도 없이 절대로 행을 당신 마음대로 바꾸지 마라. 시의 리듬을 고려해 행을 바꾸었다고 구차하게 변명 좀 하지 마라.

예컨대 최근에 당신이 10편의 시를 썼다고 치자. 그 시행의 길이가 다 고만고만하고, 각각의 시의 길이가 모두 비슷비슷하다면 당신의 시작 행위는 앞으로 나아가지 못한다고 생각하라. 그때 당신의 리듬은 기계적인 리듬이어서 아무도 당신의 리듬에 흥을 느끼지 못할 것이다. 리듬뿐만 아니라 시의 내용도 제자리걸음일 것이다. 형식이 내용을 지배한다는 말은 백번 옳다.

행갈이의 힘

평생토록 죄진 적 없이
이 손으로 우리 식구 먹여 살리고
수출품을 생산해 온
검고 투박한 자랑스런 손을 들어
지문을 찍는다
아
없어, 선명하게
없어,
노동 속에 문드러져
너와 나 사람마다 다르다는

지문이 나오지를 않아

없어, 정형도 이형도 문형도

사라져 버렸어

— 박노해, 「지문을 부른다」 부분[77]

우리는 그동안 박노해가 현장노동자 출신의 시인이라거나 그의 첫 시집이 노동자의 당파성과 미래를 향한 진보적인 상상력으로 채워져 있다는 것에만 주목해왔다. 물론 박노해를 말할 때 빠뜨릴 수 없는 것들이다. 하지만 그것뿐만이 아니다.

나는 이 시를 처음 읽었을 때 여기에 세 번 등장하는 '없어'에 사정없이 꽂혀버렸다. 주민등록증 갱신을 위해 지문을 찍다가 노동자로 산 덕분에 문드러지고 사라져버린 지문을 어쩌면 이렇게 선명하게 부조할 수 있는가! 인용 부분의 첫 번째 '없어'에는 도저히 믿을 수 없다는 충격과 놀라움이 있고, 두 번째 '없어'에는 사실을 확인하고 나서의 까무러치는 비명이 있고, 세 번째 '없어'에는 절망으로 들끓는 복잡한 심리가 투영되어 있다. 또한 '없어'의 뒤에 붙은 쉼표 하나하나는 시의 호흡을 가파르게 하면서 앞에서 터져 나온 '아'라는 감탄사를 뒤로 계속 밀어붙이는 구실을 동시에 수행한다. 그러니까 이 시에서 '없어'는 지문이 나오지 않는다는 사실 이외에 자본주의 시장에서 노동자의 존재란 없다는 각성까지 환기하게 만드는 것이다. 이 중 한 부분을 행갈이와 쉼표 없이 적어보자.

아 없어 선명하게 없어

---

77 박노해, 『노동의 새벽』, 느린걸음, 2004, 42쪽.

어떤가? 행갈이의 힘이 전혀 느껴지지 않는다. 단 한 글자, 혹은 두 글자라도 그게 하나의 시행이 되려면 시의 전체 흐름에 힘을 가하는 무게가 있어야 한다. 만약에 전체 20행의 시가 있다면 한 행은 20분의 1의 언어 밀도와 생각의 무게를 감당해야 하고 책임져야 한다. 김춘수는 『시의 이해와 작법』에서 시행 구분의 원리에 대해 심도 있는 의견을 제출한 적이 있다. 그는 일본 시인 기다조노 가즈에의 말을 인용하면서 시의 각 행은 '사상의 분량' '의미의 분량' '이미지의 분량'에 따라 결정된다고 하였다. 이것만 봐도 계산된 의도 없는 시행 바꾸기가 시를 얼마나 허약하게 만드는지 이해가 될 것이다.

시가 잘 씌어지지 않는다는 것은 써야 할 내용이 떠오르지 않아서가 아니다. 형식을 변화시킬 만한 에너지를 행 바꾸기에서부터 찾아라. 습관적으로 바꾸고 나눠왔던 행과 연에 변화를 도모하라. 한 행에 들어가는 글자 수를 바꿔보라. 시의 길이를 지금보다 길게 늘이거나 대폭 줄여보라. 모두들 긴바지를 입는 겨울에 시인은 반바지를 입고 뚜벅뚜벅 바깥으로 걸어 나갈 수 있어야 한다.

산문시와 짧은 시

벌목정정伐木丁丁이랬거니 아람도리 큰솔이 베혀짐즉도 하이 골이 울어 멩아리 소리 쩌르렁 돌아옴즉도 하이 다람쥐도 좇지 않고 뫼ㅅ새도 울지 않어 깊은산 고요가 차라리 뼈를 저리우는데 눈과 밤이 조히보담 희고녀! 달도 보름을 기달려 흰 뜻은 한밤 이골을 걸음이랸다? 웃절 중이 여섯판

> 에 여섯번 지고 웃고 올라간 뒤 조찰히 늙은 사나히의 남긴 내음새를 줏는다? 시름은 바람도 일지 않는 고요에 심히 흔들리우노니 오오 견듸랸다 차고 올연兀然히 슬픔도 꿈도 없이 장수산長壽山 속 겨울 한밤내—
>
> —정지용, 「長壽山 1」 전문[78]

이 시의 정황은 크게 세 부분으로 나눌 수 있다. 화자가 나무 찍는 소리를 생각하며 겨울 밤 고요하고 깊은 산 속에 있다는 것, '웃절 중'이 바둑이나 장기를 두고 절로 올라간 뒤 그의 무욕의 자세를 생각한다는 것, 슬픔이며 꿈과 같은 세속적 욕망을 넘어 시름을 견디겠다는 것이 그것이다. 쉽게 연결되지 않는 이 셋이 마치 하나의 이야기처럼 엮어져 있는 것은 이 시가 산문적 형태를 취하고 있기 때문이다. 시인은 마침표를 찍지 않음으로써 문장의 종결을 피했다. 그것은 시의 호흡을 끊어지지 않게 하는 역할을 수행하면서 서로 다른 내용과 이질적인 이미지를 하나로 연결시킨다. 시의 첫머리에 등장하는 나무 찍는 소리 '벌목정정'이 시 전체를 감싸고 있는 듯한 느낌을 주는 것도 산문 형태의 효과이다.

오규원은 『현대시작법』에서 "시행이 산문의 형태를 취한다는 것은 개별적인 리듬이나 이미지보다 전체적 의미를 강조하고 있다고 보아야 한다"고 했다. 산문시는 시의 고유 영역인 행과 연을 스스로 반납함으로써 자신의 존재를 확립해야 하는 양식이다. 행과 연이 주는 단절을 산문 형태로 극복하고자 할 때 시인은 자연히 말과 말 사이의 끈이 끊어지지 않도록 세심한 주의를 기울여야 한다. 의미나 정서를 한통속으로 묶는 일이 쉽지 않은 탓이다. 그런데 경우에 따라서는 산문시가 의미나 정서를 한통속으로 묶는

78 정지용, 『정지용 전집 1』, 민음사, 1988, 137쪽.

일이 수월할 때도 있다. 형태상 산문시는 하나의 행을 이루고 있으므로 단 하나의 문장으로 의미나 정서를 비벼내는 데 수월할 수도 있는 것이다.

> 나는 개구리라는 말로 개구리를 보고 있었다 올챙이라는 말로 올챙이도 물론 줄창 그리하였다 망개나무가 무엇인지 모르면서 망개나무가 빠알갛게 눈 맞고 서 있다고 까지 쓴 걸 보면 알쪼다 애인이라는 말로만 애인까지 껴안고 있었던 걸 보면 더욱 알쪼다 개구리도 올챙이도 제대로 알았을 리가 만무하다 나의 애인들은 사흘이 멀다 하고 떠나가버렸다 지리산 쪽쪽나무라고 쓴 적도 있는데 그건 더욱 캄캄이었다 이젠 개구리로 개구리를 보고 올챙이는 물론 망개나무도 망개나무로 보고 있다 안경도 쓰지 않는다 있는 그대로 다 보여서 떳떳하다 도감도 찾아보았고 실물도 속리산 가서 확인하였다 망개나무 자생지는 속리산이다 애인과 쪽쪽나무는 아직도 미필未畢로 남아 있다 할 일이 남아 있다 미필이 힘이 된다 특히 애인이 생기면 애인을 애인으로 껴안을 작정이다 별정別定도 있다 어려서부터 드나든 안성 칠장사 소나무는 그 때도 미필이 아니었다 그가 돈독하게 손잡는 허공까지 상세하게 보았다 나는 거기 태생胎生이다
>
> — 정진규, 「미필未畢」 전문[79]

개구리를 모르고 개구리에 대해 쓰고, 망개나무를 모르고 망개나무를 안다고 쓴 것을 시인은 반성한다. 기의(시니피에)는 제대로 알지 못하고 기표(시니피앙)인 말만 가지고 놀았다. 이러한 반성과 후회를 한 후에 시인은 공부와 경험으로 몇몇 사물의 본질을 확인하였다. 그러나 아직도 생에 대한 공부를 완성한 것은 아니다. "아직 끝내지 못하다"는 뜻의 '미필'을 겸허하

79 정진규, 『껍질』, 세계사, 2007, 88쪽.

게 제목으로 삼고, 그게 힘이 된다고 밝힌다. 시인에게는 미필을 필하는 과정이 시를 쓰는 일인지도 모르겠다. 이 시 속에는 적어도 몇 십 년의 시간이 서사를 형성하고 있다. 그래서 시인은 산문시의 정서를 두고 "비유로 만들어진 정서가 아니라 소설적 체험(리얼리티)의 행간을 통과하면서 묻혀 가지고 나온 정서, 그 끈끈함"이라고 말했을 것이다.

당신도 행갈이가 애매하고 기성품 양복처럼 지겨워지면 아예 행을 무시한 산문시로 건너가보라. 거꾸로 산문시가 구태의연하다고 느껴지면 다섯 줄 이하의 짧은 시로 건너가보라. 짧은 시는 독자의 머릿속에 벼락을 치듯 전율을 안긴다. 다음은 재연 스님이 옮긴 인도의 고대시가 『수바시따』(자음과모음, 2000)의 한 구절이다.

> 다른 사람의 심장을 뚫지 않고
> 고개를 끄덕이게 하지도 않는
> 시나 화살
> 도대체 무슨 소용이 있단 말인가?

아프다. 시를 공부하는 당신이라면 이 시의 말씀이 화살이 되어 가슴에 와 박힐지도 모르겠다. 일본의 전통 시가인 '하이쿠'는 5-7-5의 음수율을 가지고 있는 정형시다. 하이쿠는 17자의 짧은 형식 속에 인간 존재의 근원과 자연의 거대한 질서를 기막히게 압축해 놓아 아직도 일본인들에게 널리 애송되는 양식이다. 류시화가 엮은 『한 줄도 너무 길다』(이레, 2000)에 실려 있는 다다토모의 절창이다.

이 숯도 한때는

흰 눈이 얹힌

나뭇가지였겠지

숯은 고체(생나무)와 기체(연기) 사이에 머물러 있는 존재다. 삶과 죽음 사이에 끼어 있는 우리와도 같다. 그 숯에게도 흰 눈을 온몸으로 받던 생나무의 시절이 있었다는 것, 언젠가는 다 타버리고 재로 사라져갈 운명이라는 것을 이 시는 한꺼번에 말한다. 일체의 상념을 벗어던지고 공空의 상태로 돌아가기 직전의 숯을 통해 시인은 삶을 돌아보고, 또 관조한다. 우리의 현대 시인들 중에 단시의 촌철살인의 묘법을 가장 많이 활용한 시인은 역시 고은이다. 그의 시집 『순간의 꽃』(문학동네, 2001)에 박혀 있는 시 한 편.

내려갈 때 보았네

올라갈 때 보지 못한

그 꽃

아무렇지도 않은 듯, 중얼거리는 듯 말하는 이 발견 속에 생의 비의가 숨어 있다. 이것은 원래 있던 것을 보지 못하는 눈에 대한 자책이면서 새로운 눈을 갖게 된 후에 터져 나오는 환호의 소리이다. (이 짧은 시에 설명을 덧붙이는 건 군더더기!)

문장의 빛깔과 무늬

문장의 빛깔과 무늬를 문채文彩라고 한다. 시의 문채는 행과 연의 배치, 어휘의 선택 등을 통해 나타난다. 80년대 이후 우리 시에 대폭 도입된 '양행걸침' 형태는 시의 형식과 내용에 엄청난 변화를 불러왔다. 그것을 선도한 것은 이성복의 시집 『뒹구는 돌은 언제 잠 깨는가』(1980)이다.

> 아무 일도 아닌 걸 가지고 아버지는 저리
> 화가 나실까 아버지는 목이 말랐다 물을
> 따라드렸다 아버지, 뭐 그런 걸 가지고
> 자꾸 그러세요 엄마가 말했다 얘, 내버려
> 둬라 본디 그런 양반인데 뭐 아버지는
> 돌아누워 눈썹까지 이불을 끌어 당겼다
>
> — 「꽃 피는 아버지」 부분[80]

진술과 대화가 행을 걸쳐 뒤섞여 있다. 만약에 얌전하게 행을 나누고 소설처럼 대화 부분에 큰따옴표를 붙인다고 생각해보자. 그러면 이 시가 자아내는 긴장미와 박진감은 사라지고 무미건조한 일상의 한 부분을 문장으로 옮겨다 놓은 꼴이 되고 말 것이다. 이 양행걸침 기법은 한국시에 고질적으로 스며 있던 관망과 소극적인 현실 대응 태도를 일시에 혁파하였다. 행갈이의 변화가 한국시의 질서 전체를 역동적으로 바꿔버린 것이다. 그 파급력은 기형도의 『입 속의 검은 잎』(1989)에 와서 거의 완성된 것으로 보인다.

---

80 이성복, 앞의 책, 50~54쪽.

나는 그것을 예감이라 부른다, 모든 움직임은 홀연히 정지
하고, 거리는 일순간 정적에 휩싸이는 것이다
보이지 않는 거대한 숨구멍 속으로 빨려 들어가듯
그런 때를 조심해야 한다, 진공 속에서 진자는
곧, 아무 일 없었다는 듯이
검은 외투를 입은 그 사람들은 다시 저 아래로
태연히 걸어가고 있는 것이다, 조금씩 흔들리는
것은 무방하지 않은가

—「어느 푸른 저녁」 부분[81]

장석남의 다음 시는 시행의 배치가 언어의 빛깔을 어떻게 채색하는지 잘 보여주는 시다.

마당에
녹음綠陰 가득한
배를 매다

마당 밖으로 나가는 징검다리
끝에
몇 포기 저녁 별
연필 깎는 소리처럼
떠서

— 장석남, 「마당에 배를 매다」 부분[82]

81 기형도, 앞의 책, 26~28쪽.

82 장석남, 『왼쪽 가슴 아래께에 온 통증』, 창비, 2001, 22~23쪽.

저녁별을 '몇 포기' 라고 표현한 것은 앙증맞도록 아름답다. 깊은 밤이 아니고 저녁 무렵이므로 그 별은 징검다리 '끝에' 간당간당하게 걸려 있는 듯 보일 테고, 개수가 많지 않고 '몇' 일 뿐이므로 연필 깎는 소리처럼 희미하게 '떠서' 세상을 가물가물 내려다보고 있는 것이다. 시행을 건너갈 때마다 조심스러워하는 언어의 빛깔이 마치 어린아이의 아슬아슬한 묘기를 보는 듯하다. 시인이 그리고자 하는 풍경과 문채文彩가 성공적으로 어울려 시행 배치의 미묘함을 일깨워주는 시다.

오랫동안 시작 활동을 멈추었다가 좋은 작품을 발표하고 있는 세 시인이 있다. 서정춘, 위선환, 신현정이 그들이다. 이 시인들의 시가 왜 좋은가? 다른 것 다 제쳐두고, 행과 연부터 다르다는 것에 주목하고 싶다. 문채가 다르다. 오랜 시간 장인으로서의 내공이 개성적인 형식을 낳았다.

허드레

허드레

빨랫줄을

높이 들어올리는

가을 하늘

늦비

올까

말까

가을걷이

들판을

도르래

도르래 소리로

날아오른 기러기떼

허드레

빨랫줄에

빨래를 걷어가는

분주한 저물녘

먼

어머니

— 서정춘, 「기러기」 전문[83]

이 시는 한자어 하나 없고, 종결어미와 마침표도 없고, 시행의 몸매는 가을 들녘의 깡마른 수숫대 같다. 행의 배치는 박목월이나 박용래를 연상시키고, 대구의 기법은 한시를 떠올리게도 한다. 하지만 서정춘의 연금술은 엄경희의 말대로 "자기 체험의 본질적 형해形骸가 드러날 때까지 깎고 또 깎는" 내용과 더불어 한 행에 2어절 이상을 배치하지 않는 형식의 절제력을 통해서도 충분히 실현되고 있다.

오늘 사막이라는 머나먼 여행길에 오르는 것이니

출발하기에 앞서

사막은 가도가도 사막이라는 것

해 별 낙타 이런 순서로 줄지어 가되

83 서정춘, 『귀』, 시와시학사, 2005, 31~32쪽.

이 행렬이 조금의 흐트러짐이 있어도

또 자리가 뒤바뀌어도 안 된다는 것

아 그리고 그러고는 난생처음 낙타를 타본다는 것

허리엔 가죽 수통을 찬다는 것

달무리 같은 크고 둥근 터번을 쓰고 간다는 것

그리고 사막 한가운데에 이르러서

단검을 높이 쳐들어

낙타를 죽이고는

굳기름을 꺼내 먹는다는 것이다

오, 모래 위의 향연이여

— 신현정, 「바보사막」 전문[84]

사막이라는 극지로의 여행은 상상의 여행이다. 하지만 시인은 사막을 간다는 것, 난생처음 낙타를 타본다는 생각을 하면서 어린아이처럼 설렌다. 그러다가 사막 한가운데서 낙타를 죽이고 굳기름을 꺼내먹는다는 상상에 이르게 되는데, 이 난데없는 부분을 읽으며 우리는 묘한 통쾌함을 느끼게

84 신현정, 『바보사막』, 랜덤하우스, 2008, 12~13쪽.

된다. 이유가 뭘까? 현실에서 한 발짝도 떠나지 못하고 있는 옹졸한 우리의 처지를 이 시가 호기롭게 혁파하고 있기 때문이고, 죽음이 도사리고 있는 사막 한가운데에서도 칼을 높이 쳐드는 모습을 보여줌으로써 대륙적 상상력 가까이 우리를 끌어당기고 있기 때문이다. 신현정의 대부분의 시가 그렇듯이 이 시도 한 행을 한 연으로 처리하는 대담한 기법을 그대로 유지하고 있다. 이는 행에서 행으로 넘어가는 속도를 절반으로 늦추면서 독자에게 은근히 행간을 채워 읽을 것을 주문한다. 시가 마련한 공간 속으로 독자를 몰고 다니는 게 아니라 놀이터를 마련해 놓고 마음껏 놀아 보라는 식이다.

기러기 몇 마리가 한 줄로 날아서 임진강을 내려왔다

기러기들의 아랫배가 강바닥에 스치고 닿았다 강바닥에서 얼음 부서지는 소리가 났다

놀 들고 전신이 물들자 여자는 말없이 누워주었다
훌훌 벗더니 제 몸 위로 강을 끌어올리고는 얇다랗게 말갛게 유리판같이 얼었다
여자는 가린 것 없이 들여다보였지만
어떡할까,
나는
망설이다 말았다
내가 다 벗고, 맨살로, 놀빛 비낀 겨울강의 살얼음판 위에 엎드릴 것인가

강이 녹고 여자도 녹아서 흠뻑 젖을 무렵 햇살 환한 날 다시 찾아가서, 무겁고 울퉁불퉁한 내 몸을 보여주고

한 번 더 누워주겠느냐고 물어보려 한다

— 위선환, 「해동기」 전문[85]

강의 결빙과 해동의 시간을 한 사람의 여자에 비유해 묘사하고 있는 시다. 풍경을 객관적으로 묘사할 때는 행의 길이를 산문처럼 길게 늘이고, 화자의 심리를 그릴 때는 아주 짧은 시행을 선택하고 있다. 행의 길이를 조절하면서 감정의 움직임을 제어하고 있는 경우라 하겠다.

85 위선환, 『새떼를 베끼다』, 문학과지성사, 2007, 106~107쪽.

|16|

창조를 위해 모방하는 법부터 익혀라

모방을 배워라. 모방을 배우면서 모방을 괴로워하라.
모방을 괴로워할 줄 아는 창조자가 되라.
모방의 단물 쓴물까지 다 빨아들인 뒤에, 자신의 목소리를 가까스로 낼 수 있을 때,
그때 가서 모방의 괴로움을 벗어던지고 즐거운 창조자가 되라.
모든 앞선 문장과 모든 스승과 모든 선배는 당신이 밟고 가라고 저만큼 앞에 서 있는 것이다.
당신은 그들을 징검돌 삼아 그들을 밟고 뚜벅뚜벅 걸어가라.
시인은 모든 세계를 파괴하고 새로이 구성할 임무를 타고난 사람들이므로.

통변의 기술

'본뜨다' 라는 말이 있다. 무엇을 본보기로 삼아 그와 같게 하거나 흉내 내어 그대로 따라 한다는 뜻이다. 미술시간이나 무슨 공작물을 만들 때 곧잘 쓰는 말이다. 떠야 할 본本을 문자나 행동으로 따라 하는 일을 모방이라고 한다. 또 그림이나 원본을 베끼는 일은 모사模寫라는 말을 쓴다. 동양화나 서예를 배우는 사람이 첫 번째 하는 일이 바로 모사다. 이 관문을 통과해야 비로소 창의적으로 붓을 놀릴 자격이 주어진다. 붓을 놀린다는 어떤 자유로운 경지에 이르기 위해서 모사는 필수요건인 것이다.

그렇다면 시를 쓰는 사람은 모방을 어떤 관점에서 바라보아야 할까?

일찍이 아리스토텔레스는 시간의 연속성 위에 놓인 극이 행동의 모방이라고 했다. 이 모방론은 문학의 기원과 발생을 설명하는 일에서부터 창작 방법을 모색하는 자리에까지 두루 활용된다. 인간의 욕망 자체에는 불순한 전염병 같은 본질적 모방 경향이 내재해 있다고 한 사람은 프랑스의 문화인류학자 르네 지라르다. 그는 이런 전제를 바탕으로 모방본능은 동질성의 본능과 통한다고 하였다. "자기가 지향하는 존재를 발견할 때마다 그 추종자는 타인이 그에게 가르쳐준 것을 욕망함으로써 그 존재에 도달하려고 애

쓴다"는 것이다.[86] 뛰어나거나 잘난 상대방과 유사해지려는 욕망은 본능적으로 언어 표현이나 행동을 통해 나타난다.

예술작품의 모방에 관한 논의는 서양보다 동아시아에서 더 치열하게 전개되어 왔다. 고대부터 당대까지 중국시학의 요점은 모방과의 싸움이라 해도 과언이 아니다. 루쉰魯迅이 아리스토텔레스의 『시학』에 견준 중국의 고대 문학이론서가 있다. 유협劉勰의 『문심조룡文心雕龍』[87]이 바로 그 책이다. 그는 전고典故를 적극적으로 활용할 것을 주문했다. "경서經書의 우아한 어휘를 공부하여 언어를 풍부하게 한다면 이는 광산에 가서 구리를 주조하고, 바닷물을 쪄서 소금을 만드는 것과 같다"고 했다. 모방을 배우는 것, 그게 글쓰기의 기본이라는 것이다. 이렇듯 중국의 시인과 이론가들은 전고典故의 활용 여부가 창작에 절대적인 영향을 끼친다고 보았다. 즉 앞선 전통을 어떻게 수용할 것인가에 대해 오랫동안 의견을 주고받은 것이다.

그러면서도 『문심조룡』은 '통변通變의 기술'이 중요함을 강조하였다. 여기에서 '통'이란 전통의 계승을 가리키는 말이고, '변'은 말 그대로 전통의 변화를 꾀해야 한다는 뜻이다. 이러한 이론은 "문장을 이루는 문학양식에는 일정한 법칙이 있지만 표현의 기교에는 정해진 규율이 없다"는 것으로 요약할 수 있다. 먼 고대부터 중국인들은 창작에 임할 때에 작가의 진정성(문심)과 언어의 예술적 표현(조룡)이 조화와 통합을 지향해야 한다는 시각을 이미 가지고 있었던 것이다.

전고를 활용하는 것을 모방의 한 방식이라고 본다면, 송대의 황정견黃庭

86 르네 지라르, 『폭력과 성스러움』, 김진식 · 박무호 옮김, 민음사, 1993, 221~222쪽.

87 이 책에서는 김민나가 편역한 『문심조룡』(살림, 2005)을 주로 참고했다.

堅을 필두로 한 강서시파는 이에 더욱 적극적이었다. 그들은 "단 한 글자도 출처가 없는 것이 없다無一字無來處"고 하면서 옛사람의 시를 많이 읽고, 학식을 바탕으로 시를 지어야 한다고 하였다. 황정견은 시를 쓰는 방법으로 두 가지 유명한 이론을 제시했다. 옛사람의 시원찮은 말을 빌려 써 시를 돋보이게 한다는 '점철성금법點鐵成金法'과 옛 시인의 뜻과 표현을 빌려 새로운 시를 낳는다는 '환골탈태법換骨奪胎法'이 그것이다.

이러한 이론은 금대에 와서 왕약허王若虛 등에 의해 정면으로 비판을 받는다. 시인의 사상과 감정을 독창적으로 표현하지 못하게 하는 강서시파의 이론은 표절, 답습, 짜깁기, 도용에 다름 아니라는 것이다. 중국의 시인들이 앞선 문장의 활용 여부를 놓고 논쟁을 벌인 것은 시란 무엇인가에 대한 근본적인 질문에 답을 구하기 위한 것이었다. 그것은 전통의 계승과 변화·발전 사이의 갈등이라 해도 좋을 것이다. 중국 시인들에게 모방의 문제는 단순히 표절 여부를 따지는 문제가 아니었다. 시의 형식, 주제나 소재, 창작기법 등 시 창작의 전반에 걸쳐 모방의 방식을 줄기차게 사유했던 것이다.

모방할 줄 모르는 바보

옛글을 활용하는 '용사用事'에 대해 이병한은 다음과 같이 정리하고 있다.[88] '용사'라는 표현을 '모방'으로 바꾸어 읽어보자.

88 이병한 편저, 『중국 고전 시학의 이해』, 문학과지성사, 1993, 180쪽.

> 첫째, 용사를 위한 용사를 해서는 안 된다. 특히 작품의 구체적인 상황과 관련되지 않거나 현학하는 자세로 용사를 사용해서는 안 된다. 자구마다 내력이 있어야 한다면 이는 '전고를 늘어놓은' 것이나 '죽은 시체를 쌓아놓는' 것에 지나지 않을 것이다.
>
> 둘째, 억지로 용사를 하여서는 안 된다. 용사에 있어서는 '자기화'가 중요하다. "누에가 뽕잎을 먹되 토해내는 것은 비단실이지 뽕잎이 아니다"라는 말과 같이 용사를 빌어 활용하되 자신의 가슴속에서 우러나오는 언어처럼 정태情態를 모두 드러내어야 한다.
>
> 셋째, 용사를 융화시켜 매끄럽게 해야 한다. 그리하여 인용한 전고와 상황이 전체 작품의 예술 형상과 완전히 유기적으로 결합되어야 한다. 이는 '물 속에 소금을 넣어 그 물을 마셔봐야 비로소 짠맛을 알게 되는 것 같은' 상태가 되어야 한다.

『주역』에서는 "궁하면 변화하게 되고, 변화하면 통하게 되며, 통하면 오래갈 수 있다窮則變 變則通 通則久"고 했다. 우리의 연암 박지원도 소위 '법고法古' 한다는 사람은 옛 자취에만 얽매여 벗어나지 못하는 게 병이고, '창신創新' 한다는 사람은 정상적인 법도에서 벗어나는 게 걱정이라면서 '법고' 하면서도 변통할 줄 알고, '창신' 하면서도 얼마든지 소담한 아름다움을 만들어내야 한다고 주문했다.

현대에 와서도 시 창작에 대한 고민은 모방에 대한 고민과 궤를 같이 한다. 모방할 것인가, 말 것인가? 가령 모방을 한다면 어디까지 모방하고, 무엇을 모방하며, 언제까지 모방할 것인가?

이에 대한 답을 구하기 위해 습작기에 있는 사람들의 모방의 형태를 한

번 살펴보자. 우선, 전범이 되는 시인이나 시적 경향을 추종하는 일을 꼽을 수 있을 것이다. 그 다음으로는 주제와 소재를 비롯한 시의 내용을 답습하는 일, 운율이나 언어 사용 기법 등 형식을 답습하는 일, 그리고 구체적인 문장이나 어휘 표현을 베껴 도용하는 일이 모두 모방의 범주에 속한다. 여기에다가 창작자 자신이 자신의 언어를 무의식적으로 동어반복하는 일도 일종의 자기모방에 해당한다.

모방의 정도가 도를 넘을 때 흔히 표절 시비에 휘말리곤 한다. 모방의 범위와 방식이 워낙 다양하기 때문이다. 풍자와 익살을 목적으로 특정한 작품의 내용이나 기법을 모방하는 패러디parody에서부터 혼성모방pastiche[89]까지 '재창조'라는 이름으로 행해지는 다양한 모방 방식이 창작자를 괴롭히는 것이다. 그러므로 개별 작품에 대한 정치한 분석을 통해 모방의 정도를 결정하기 전에는 표절 여부에 선을 긋기란 쉬운 일이 아니다.

> 가을산山 그리메에 빠진 눈썹 두어 낱을
> 지금도 살아서 보는가
> 정정淨淨한 눈물 돌로 눌러 죽이고
> 그 눈물 끝을 따라가면
> 즈믄밤의 강江이 일어서던 것을
> 그 강물 깊이깊이 가라앉은 고뇌苦惱의 말씀들
> 돌로 살아서 반짝여 오던 것을
> 더러는 물 속에서 튀는 물고기같이

---

89 패스티쉬라는 개념은 패러디에서 보이는 바와 같은 희극적인 불일치의 느낌은 수반하지 않고 다양한 스타일을 모방하는 것을 말한다. 그런 만큼 패스티쉬는 별스러울 정도로 포스트모던한 종류의 '무표정한 패러디'이다.(조셉 칠더즈 · 게리 헨치 엮음, 『현대 문학 · 문화 비평 용어사전』, 황종연 옮김, 문학동네, 1999, 320쪽.)

살아오던 것을

그리고 山茶花 한 가지 꺾어 스스럼없이

건네이던 것을

누이야 지금도 살아서 보는가

가을산 그리메에 빠져 떠돌던, 그 눈썹 두어 낱을

기러기가 강물에 부리고 가는 것을

내 한 잔盞은 마시고, 한 잔盞은 비워 두고

더러는 잎새에 살아서 튀는 물방울같이

그렇게 만나는 것을

누이야 아는가

가을산山 그리메에 빠져 떠돌던

눈썹 두어 낱이

지금 이 못물 속에 비쳐옴을

송수권의 「산문山門에 기대어」 전문이다.[90] 누이의 죽음이라는 극한의 슬픔을 내용으로 삼고 있으면서도 시 전편에 흐르는 역동적인 어투로 인해 전통서정시의 한 진경을 보여주는 시다. 이 작품이 내뿜는 어조와 운율과 어휘와 호흡의 아름다움에 그만 눈이 멀어버린 한 사람이 있었던 모양이다. 그는 제목마저 유사한 아래 작품 「풀잎에 누워」를 1976년 「조선일보」 신춘문예에 응모해 당선작으로 뽑혔다. 그러나 곧 표절로 판명이 나서 당선이 취소되고 말았다.

---

90 송수권, 『지리산 뻐꾹새』, 미래사, 1991, 12~13쪽.

햇살이여

연초록 잎새에 누운

내 벌거벗은 목숨을

오래오래 눈여겨 보는가

맑고 찬 알몸 오히려 부셔 눈물 나고

알몸 한 오라기 가닥가닥 벗기면

풀빛 고운 하늘이 숨 쉬던 것을,

그 하늘의 갈피마다 일어서던 바람들

햇살로 살아서 퉁겨 오르던 것을,

더러는 바람 속에 불려가

신음 하나 흘림이 없이 죽어가던 것을

그래도 꽃 그리메 한결 곱게

연지 곤지 찍어 가꾸던 것을

햇살이여, 지금도 눈여겨 보는가

연초록 잎새에 몸져눕던

그 맑고 찬 알몸들을

퉁퉁 불은 바람들이

뚝딱뚝딱 가슴에 못을 치며 가는 걸

벗기면 벗길수록 더욱 무거운 내 알몸

비어 가는 것은 더욱 차고 출렁거리고

이윽고 잎새마다 살아서 빛을 퉁기는

물방울로 아아, 탄생하는 것을

햇살이여, 아는가

연초록 잎새마다 몸져눕던
알몸 가닥가닥 그 한 오라기까지
지금 그대 눈 그리메에 살아있음을.

김춘수는 모방을 일삼는 사람들을 아류라는 말로 평가절하한다. 아류란 스타일과 소재를 따라다니는 사람이라면서 이런 부류의 사람들은 독창적이고 개성적인 세계를 가지고 있는 어떤 시인의 뒤만 따라다니며 남이 입다가 낡아서 벗어던진 헌옷만을 주워 헐값으로 팔아서 퍼뜨리는 사람들이라는 것이다. 이러한 경박성을 통박하면서도 그는 습작기에는 자신이 좋아하는 시인의 시를 모방하게 되는 일은 어쩔 수 없는 일이라고 한 발 물러선다. 그러나 '습작이란 남의 영향권을 벗어나는 작업'이므로 남의 아류에 언제까지나 머물러 있으면 안 된다고 하였다.[91]

이쯤에서 당신은 작은 답을 구하기 바란다. 혼자 써놓고 혼자 보는 시라면, 그걸 습작이라 한다면, 남의 옷을 입고 자신의 옷이라고 우기고 싶지 않다면 당신은 모방할 줄 알아야 한다. 하늘에서 시적 영감이 번개 치듯 심장으로 날아오기를 기다리지 마라. 그보다는 차라리 흠모하는 시인의 시를 한 줄이라도 더 읽어라. 시험을 대비하는 공부도 하지 않고 '나는 좋은 성적을 얻을 수 있다'고 호언장담하지 마라. 남의 것을 훔쳐보는 행위는 부도덕한 짓이지만 훔쳐볼 생각도 하지 않고 답안지 쓰기를 포기한 사람은 바보다. 당신은 모방할 줄 모르는 바보가 되지 마라.

"아들아 너를 보고 편하게 살라고 하면/도둑놈이 되라는 말이 되고/너더

91 김춘수, 앞의 책, 114~117쪽.

러 정직하게 살라 하면/애비같이 구차하게 살라는 말이 되는/이 땅의 논리"(정희성, 「아버님 말씀」)대로 말한다면 당신에게 모방을 하라고 하면 도둑질을 하라는 것이 되고, 당신에게 새로이 창조하라 하면 구차한 표현을 일삼으라는 말이 될 수도 있다.

하지만 당신은 모방을 배워라. 모방을 배우면서 모방을 괴로워하라. 모방을 괴로워할 줄 아는 창조자가 되라. 모방의 단물 쓴물까지 다 빨아들인 뒤에, 자신의 목소리를 가까스로 낼 수 있을 때, 그때 가서 모방의 괴로움을 벗어던지고 즐거운 창조자가 되라. 모든 앞선 문장과 모든 스승과 모든 선배는 당신이 밟고 가라고 저만큼 앞에 서 있는 것이다. 당신은 그들을 징검돌 삼아 그들을 밟고 뚜벅뚜벅 걸어가라. 시인은 모든 세계를 파괴하고 새로이 구성할 임무를 타고난 사람들이므로.

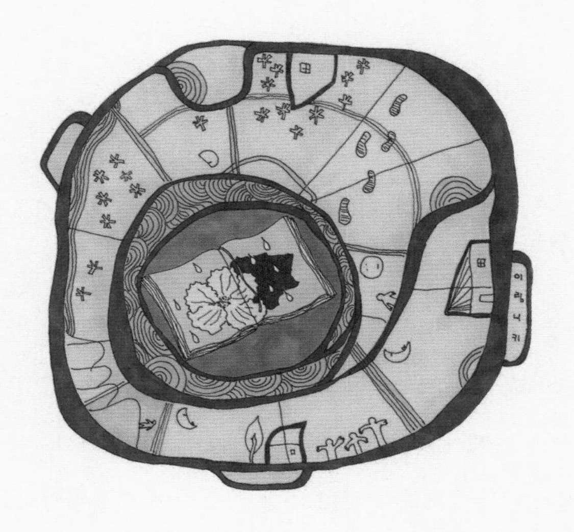

|17|

시 한 편에 이야기 하나를 앉혀라

아무리 짧은 시라도 한 편의 시에는 이야기가 들어 있다.
사건의 전개와 인물의 배치에 관심을 두는
서사지향의 시를 말하는 게 아니다.
때로는 하나의 관념이나 순간적인 이미지의 포착만으로도
충분히 한 편의 시가 탄생할 수 있다.
그러나 그렇다고 하더라도 시인은
머릿속에 하나의 이야기를 구성해 놓고 있어야 한다.
그것은 소재에 대한 시인의 장악력이 매우 중요하다는 것을 의미한다.

서정과 서사의 결합

비탈진 달동네 개똥이네 집 지붕이 비만 오면 샌다거나 공장에 나가는 순이의 얼굴이 핼쑥하다는 이야기조차 마음 놓고 할 수 없었던 때가 있었다. 1970년대가 그랬다. 표현의 자유란 애초에 없었으므로 눈앞에 벌어지는 참담한 현실에 대해서도 침묵할 것을 강요받던 시절이었다.

그때 신경림의 시집 『농무』가 솟아나왔다. 이 한 권의 얇은 시집이 조근조근 따지듯이 되새겨낸 세계는 현실의 사실적 묘사 하나만으로도 크나큰 사건이 될 만했다.

징이 울린다 막이 내렸다
오동나무에 전등이 매어달린 가설 무대
구경꾼이 돌아가고 난 텅빈 운동장
우리는 분이 얼룩진 얼굴로
학교 앞 소주집에 몰려 술을 마신다
답답하고 고달프게 사는 것이 원통하다
꽹과리를 앞장세워 장거리로 나서면
따라붙어 악을 쓰는 건 쪼무래기들뿐

처녀애들은 기름집 담벽에 붙어서서
철없이 킬킬대는구나

—「농무」 부분[92]

얻어 쓴 조합 빚과 술집 색시의 분 냄새와 담뱃진내 나는 화투판이 소외의 장막을 활짝 걷어 젖히고 신선한 시어가 되어 한국문단의 주류를 형성하기 시작했다. 그리하여 "못난 놈들은 서로 얼굴만 봐도 흥겹다"(「파장」)는 화두를 접한 '못난 놈' 들이 비로소 소주잔을 들이키며 당당히 어깨를 흔들 수 있게 되었다.

『농무』가 아직 내 책꽂이에 꽂히기 전, 까까머리 나는 이른바 고등학생 문단을 들락거리며 어깨에 힘을 주고 다니던 문학소년이었다. 쥐뿔도 없는 내가 잘난 척할 수 있었던 것은 어린 나이에 어른들의 입맛에 맞는 시를 척척 써낼 수 있었기 때문인데, 그 기술을 나에게 전수한 것은 요샛말로 모더니즘이었다. 나는 가증스러울 정도로 치밀하게 언어를 계산하는 데 몰두했다. 삶의 남루와 슬픔을 함부로 까발리지 않아야 한다는 창작의 원칙 같은 것도 나름대로 정해두고 있었다. 나는 그저 향기롭기만 한 시를 쓰고자 했다.

그런데 갑자기 눈물겨운 풍경들이 내 속으로 쏟아져 들어온 것이다. 전에는 나와 어울려 놀았으나, 내가 까마득하게 잊어버린, 빛바랜 흑백사진 속에 담겨 있던 풍경들이 생생하게 다시 인화가 되어 나타났다. 나는 깜짝 놀랐다. "우리는 가난하나 외롭지 않고, 우리는/무력하나 약하지 않다"(「시골 큰집」)는 시집 속의 평범한 좌우명 하나가 실제로 시골 큰집 내 사촌형의

92 신경림, 『농무』, 창비, 1975, 16~17쪽.

책상 앞에 붙어 있을 것만 같았다. 쓸쓸하고 고단한 줄로만 알았던 하찮은 세계가 한 권의 시집 속에 그렇게 눈부신 똬리를 틀고 들어앉아 있다니! 게다가 구태여 말을 비비꼬지 않더라도 시가 태어날 수 있으며, 한 토막의 이야기도 서정을 만나면 시가 될 수 있다는 사실을 나는 새롭게 배웠다.

서정과 서사의 결합, 즉 시에다 이야기를 담는 우리 시의 전통은 1930년대로 거슬러 올라간다. 임화의 「우리 오빠와 화로」에 대하여 김기진은, 이 작품이 "생생한 소설적 사건"과 "현실, 분위기, 감정의 파악이 객관적, 구체적"임을 근거로 '단편서사시'라는 개념으로 설명하였다. 그는 객관적인 현실을 형상화해야 하는 프롤레타리아 시의 창작방법론으로 이 용어를 제시한 것이다.

날로 밤으로
왕거미 줄치기에 분주한 집
마을서 흉집이라고 꺼리는 낡은 집
이 집에 살았다는 백성들은
대대손손에 물려줄
은동곳도 산호관자도 갖지 못했니라

재를 넘어 무곡을 다니던 당나귀
항구로 가는 콩실이에 늙은 둥글소
모두 없어진 지 오랜
외양간엔 아직 초라한 내음새 그윽하다만
털보네 간 곳은 아모도 모른다

찻길이 뇌이기 전
노루 멧돼지 쪽제비 이런 것들이
앞뒤 산을 마음놓고 뛰어다니던 시절
털보의 세째아들은
나의 싸리말 동무는
이 집 안방 짓두광주리 옆에서
첫울음을 울었다고 한다

　"털보네는 또 아들을 봤다우
　송아지래두 불었으면 팔아나 먹지"
마을 아낙네들은 무심코
차그운 이야기를 가을 냇물에 실어보냈다는
그날 밤
저릎등이 시름시름 타들어가고
소주에 취한 털보의 눈도 일층 붉더란다

갓주지 이야기와
무서운 전설 가운데서 가난 속에서
나의 동무는 늘 마음졸이며 자랐다
당나귀 몰고 간 애비 돌아오지 않는 밤
노랑고양이 울어 울어
종시 잠 이루지 못하는 밤이면
어미 분주히 일하는 방앗간 한구석에서
나의 동무는
도토리의 꿈을 키웠다

그가 아홉 살 되던 해
사냥개 꿩을 쫓아다니는 겨울
이 집에 살던 일곱 식솔이
어데론지 사라지고 이튿날 아침
북쪽을 향한 발자옥만 눈 우에 떨고 있었다

더러는 오랑캐령 쪽으로 갔으리라고
더러는 아라사로 갔으리라고
이웃 늙은이들은
모두 무서운 곳을 짚었다

지금은 아무도 살지 않는 집
마을서 흉집이라고 꺼리는 낡은 집
제철마다 먹음직한 열매
탐스럽게 열던 살구
살구나무도 글거리만 남았길래
꽃피는 철이 와도 가도 뒤울 안에
꿀벌 하나 날아들지 않는다

이용악의 「낡은 집」이다.[93] 이야기가 담긴 서정시의 대표 격이라 할 수 있는 시다. 이 시에서 이용악은 초근목피의 세월이 우리 민족의 생존을 송두리째 뒤흔들던 1930년대의 상황을 어린 화자의 눈을 통해 절실하게 보여주었다. 그 당시 민중들의 생활상을 마치 단편소설처럼 펼쳐 그려낸 것이다.

93 이용악, 『이용악시전집』, 창비, 1988, 70～72쪽.

이 한 편의 시 안에는 오랜 세월 동안 한 가족이 겪어야 했던 슬픈 이야기가 들어앉아 있다. 아이들은 축복도 받지 못하고 태어나 가난하게 살아야 했고, 가장은 가장대로 식솔들을 먹여 살리기 위해 야반도주를 감행해야 했다. 떠나지도 못하고 남아 있는 사람들은 '북쪽을 향한 발자옥만 눈 우에 떨고' 있는 것을 바라보아야 했다.

달빛 밟고 머나먼 길 오시리
두 손 합쳐 세 번 절하면 돌아오시리
어머닌 우시어
밤새 우시어
하아얀 박꽃 속에 이슬이 두어 방울

역시 이용악의 「달 있는 제사」다.[94] 전체 5행으로 구성되어 있는 아주 짧은 시다. 언뜻 보면 이 시에는 세부적인 사건도 없고, 특정한 사회상을 구체적으로 드러내는 인물이나 배경도 존재하지 않는다. 장중한 서사적 뼈대를 갖추고 있는 것도 아니다. 하지만 이 짧은 시에도 이야기가 들어 있다. 아버지의 부재로 인한 어머니의 상실감을 아프게 바라보는 화자가 선명하게 이야기를 이끌어 가고 있는 것이다. 어머니의 슬픔은 '이슬이 두어 방울' 속에 집약되어 있다. 이 두어 방울의 이슬은 이슬의 양이나 슬픔의 무게를 말하는 게 아니다. 이 두어 방울은 현실의 슬픔이 감당할 수 없이 벅차다는 것을 말하기 위한 반어라고 할 수 있다. 또한 슬픔을 이겨내려는 안

94 위의 책, 86쪽.

간힘의 표상이기도 하다. 아마도 이용악은 '달빛 · 박꽃 · 이슬'이라는 전통적인 자연서정에다 당대 민중의 보편적인 삶의 고통을 '두어'라는 관형사로 압축하고 싶었으리라.

시에 하나의 사건이나 이야기를 들어앉히는 이 방법은 1970년대 김지하에 의해 '담시'라는 형식으로 발전했고, 신경림의 『농무』를 거쳐 1980년대에는 최두석 등이 '이야기 시'라는 개념으로 확대해서 정리한 바 있다.

시에 숨어 있는 기승전결

> 왜 사는가?
>
> 왜 사는가……
>
> 외상값.
>
> — 황인숙, 「삶」 전문[95]

단 석 줄로 삶을 간명하게 정리하는 이 시는 자꾸 읽어볼수록 아프다. 문장의 끝에 찍은 물음표와 말줄임표, 그리고 마침표를 유심히 보기 바란다. 첫 행의 물음표는 삶에 대한 근본적인 의문, 두 번째 행의 말줄임표는 이루어지지 않는 꿈의 좌절과 스스로에 대한 실망감, 그리고 마지막 행의 마침

95 황인숙, 『슬픔이 나를 깨운다』, 문학과지성사, 1990, 34쪽.

표는 삶의 어찌할 수 없음으로 인한 체념, 혹은 그래도 살아가야 할, 살아가지 않을 수 없는 이유 따위로 읽을 수 있을 것이다. 또한 이 시에서 외상값의 의미도 읽는 사람에 따라 여러 가지로 확대해서 생각해볼 수 있다. 부모에 대한 빚, 사랑하는 사람에 대한 빚, 이웃에 대한 빚……. 그런 외상값 때문에 사는 것, 그게 삶이라는 것을 이 시는 말하고 있다.

이렇듯 아무리 짧은 시라도 한 편의 시에는 이야기가 들어 있다. 사건의 전개와 인물의 배치에 관심을 두는 서사지향의 시를 말하는 게 아니다. 때로는 하나의 관념이나 순간적인 이미지의 포착만으로도 충분히 한 편의 시가 탄생할 수 있다. 그러나 그렇다고 하더라도 시인은 머릿속에 하나의 이야기를 구성해 놓고 있어야 한다. 그것은 소재에 대한 시인의 장악력이 매우 중요하다는 것을 의미한다.

기사를 쓸 때처럼 시에 도식적인 육하원칙이 반드시 필요한 것은 아니다. 그것은 시의 독자가 바라는 바도 아니다. 그러나 시인의 머리는 매우 세밀한 육하원칙을 바탕으로 시를 통제해야 한다. 시는 이야기를 구성하는 게 목적이 아니라 감정을 구성하는 것이기 때문이다. 감정을 구성한다는 것은 드러내고 싶은 감정의 순서를 정하는 것을 말한다. 그러기에 시도 하나의 구조물이라고 하며 시에도 기승전결이 있다고 하는 것이다. 시의 기승전결 구조가 겉으로 보이지 않고 시 속에 숨어 있는 것처럼 시인은 머리와 가슴속에 이야기를 쟁여두고 시를 구성해야 하는 것이다.

이런 얘기를 들었어. 엄마가 깜박 잠이 든 사이 아기는 어떻게 올라갔는지 난간 위에서 놀고 있었대. 난간 밖은 허공이었지. 잠에서 깨어난 엄마는 난간의 아기를 보고 얼마나 놀랐는지 이름을 부르려 해도 입이 떨어지지 않았어. 아가, 조금만, 조금만 기다려. 엄마는 숨을 죽이며 아기에게로 한걸음 한걸음 다가갔어. 그러고는 온몸의 힘을 모아 아기를 끌어안았어. 그런데 아기를 향해 내뻗은 두 손에 잡힌 것은 허공 한줌뿐이었지. 순간 엄마는 숨이 그만 멎어버렸어. 다행히도 아기는 난간 이쪽으로 굴러떨어졌지. 아기가 울자 죽은 엄마는 꿈에서 깬 듯 아기를 안고 병원으로 달렸어. 아기를 살려야 한다는 생각 말고는 아무 생각도 할 수 없었지. 얼마 지나지 않아 아기는 울음을 그치고 잠이 들었어. 죽은 엄마는 아기를 안고 집으로 돌아와 아랫목에 뉘었어. 아기를 토닥거리면서 곁에 누운 엄마는 그후로 다시는 깨어나지 못했지. 죽은 엄마는 그제서야 마음놓고 죽을 수 있었던 거야.

이건 그냥 만들어낸 얘기가 아닐지 몰라. 버스를 타고 돌아오면서 나는 비어 있는 손바닥을 가만히 내려다보았어. 텅 비어 있을 때에도 그것은 꽉 차 있곤 했지. 속없이 손을 쥐었다 폈다 하면서 그날밤 참으로 많은 걸 놓아주었어. 허공 한줌까지도 허공에 돌려주려는 듯 말야.

— 나희덕, 「허공 한줌」 전문[96]

이 시에는 두 개의 이야기가 있다. 판타지의 힘을 빌린 아기 엄마 이야기 하나와 그 이야기를 듣고 옮기는, 귀가하는 화자의 이야기가 그것이다. 죽음으로 아기를 살리는 모성도 감동적이지만 삶의 어떤 집착으로부터 풀려나는 한 인간(화자)의 모습이 시를 읽는 독자까지도 시의 자장 안으로 끌어들여 해방시킨다. 시인의 뛰어난 소재 장악력이 감동을 낳았다.

96 나희덕, 『어두워진다는 것』, 창비, 2001, 32쪽.

|18|

가슴으로도 쓰고 손끝으로도 써라

시를 가슴으로 쓸 것인가, 손끝으로 쓸 것인가?

작품의 진정성(가슴)을 중요하게 여길 것인가, 표현기술(손끝)에 심혈을 기울일 것인가?

굳이 나누자면 나는 손끝의 문학을 먼저 배운 축에 속한다.

스무 살이 된 나에게 세상은 손끝으로 시를 만드는 일을 회의하게 만들었다.

대학 선배들은 이렇게 말했다.

"가슴으로 쓴 시가 진짜 시다."

또 이런 말도 했다.

"시를 쓰는 게 중요한 게 아니라 시를 살아야 해."

아아, 시를 쓰지도 못하는데 시를 살아야 한다니!

진정성이냐, 기술이냐

"살 것인가, 아니면 죽을 것인가, 그것이 문제다"라고 외친 햄릿의 고민은 펜을 들고 백지 앞에 앉은 시인의 고민이기도 하다. 시를 써야겠다는 그 순간부터 시인은 햄릿처럼 고민을 안고 살아가게 된다. 꿈과 현실 사이에서, 집단과 개인 사이에서, 성자와 창녀 사이에서, 수다와 침묵 사이에서, 욕망과 해탈 사이에서, 감성과 지성 사이에서, 내용과 형식 사이에서, 관조와 참여 사이에서, 예술성과 대중성 사이에서, 무거움과 가벼움 사이에서, 시인은 정처 없이 흔들리면서 고민하는 자다. 그 어느 쪽으로도 기울지 못하고 어정쩡하게 서서 갈등하는 사람, 그가 시인이다.

시를 가슴으로 쓸 것인가, 손끝으로 쓸 것인가? 습작기에 이런 주제를 두고 누구나 한번쯤 입씨름을 해봤을 것이다. 사소하지만 쉽게 해답을 찾기 어려운 화두 중의 하나다. 작품의 진정성(가슴)을 중요하게 여길 것인가, 표현기술(손끝)에 심혈을 기울일 것인가?

굳이 나누자면 나는 손끝의 문학을 먼저 배운 축에 속한다. 시에 처음 눈을 뜬 고등학교 시절이 그랬다. 나는 시를 '쓰는' 소년이 아니라 '만드는' 소년이었다. 어쩌다 새로이 하나의 단어와 문장을 만나면 그것들이 주는 울림 때문에 몇 날 며칠 아팠다. 어떤 단어는 환각제 같았고, 어떤 문장은 하느님 같았다. 그것들은 나를 꽁꽁 묶어 꼼짝달싹 못하게 했고, 목마르게 했고, 그러다가 어느 때는 또 하염없이 나를 해방시켰다. '측백나무' 라는 말을 만나면 나는 측백나무의 모양과 빛깔과 향기에 취해 다른 나무들을 볼 수가 없었다. '이마' 라는 말도 그 무렵 나를 사로잡은 말 중의 하나다. 어느 날 이 말이 나를 강타했다. 이마는 "얼굴의 눈썹 위로부터 머리털이 난 아래까지의 부분"이라는 사전적인 의미를 훨씬 뛰어넘어 나를 설레게 했다. 이마는 때로 '밝다' 라는 형용사의 변형된 명사형이었고, 햇빛이 비치는 아침의 연못이었고, 내가 좋아하는 여자아이의 찰랑이는 머리카락이었다. 언어가 아니라 마치 무슨 환상의 기호 같았다. 나는 말에 사로잡혀 말을 벗어날 수 없었다. 나는 말의 감옥 속에서 행복했으므로 거기를 벗어나기 싫었다. 나는 말이 지시하는 대로 손끝으로 또닥또닥 시를 만들 뿐이었다.

1980년, 스무 살이 된 나에게 세상은 손끝으로 시를 만드는 일을 회의하게 만들었다. 대학 선배들은 이렇게 말했다.

"가슴으로 쓴 시가 진짜 시다."

시를 합평하는 자리에서도 술집에서도 나는 그 말을 들었다. 선배들은 또 이런 말도 했다.

"시를 쓰는 게 중요한 게 아니라 시를 살아야 해."

아아, 시를 쓰지도 못하는데 시를 살아야 한다니! 손끝으로 시를 만지작거리던 나는 난처해서 얼굴이 붉어졌다. 삶과 시의 일치를 강조하던 그 시기에 나는 선배들의 조언이 문학적 허영의 표현에 불과하다면서 슬쩍 대들어보기도 했다. 그런 나를 향해 선배들은 일침을 가했다.

"자네 시는 뒷심이 약해!"

이때 들은 '뒷심'이라는 말 때문에 나는 거의 1년 동안 뒷심이 강한 시란 뭘까, 하고 혼자 고민을 거듭했다. 나를 고민 속으로 몰아넣은 그 선배는 심각한 얼굴로 이런 말도 했다.

"도스토옙스키의 『죽음의 집의 기록』을 어제 다 읽었는데 말이야, 삶의 고통이 뭔지, 죽음이 뭔지 이제 조금 알 것 같아."

그리하여 나는 서서히 문학의 무거움 속으로 빠져들어갔다. 늘 손에 들고 있던 박목월과 서정주와 김춘수와 정현종 시집을 내려놓고 선배들이 권하는 역사와 사회과학책들을 집어 들었다. 시집으로는 고은과 신경림과 김지하와 이시영의 이름이 든 것을 탐했다. 그리고 시학 강의실에 일찌감치 와 앉아 있던 보들레르와 바슐라르 같은 서양 친구들과 어울리는 일이 잦아졌다. 꼭 그런 것도 아닌데 왠지 그렇게 해야만 시를 가슴으로 쓸 수 있을 것 같았다.

작가 황석영이 한 인터뷰 자리에서 자신은 "소설을 엉덩이로 쓴다"고 했던 말이 떠오른다. 그것은 작가가 소설에 투여하는 집중적인 시간과 인내의 중요성을 말한 것일 터이다. 어찌 소설뿐이랴. 시를 쓰려거든 당신은 가슴으로도 쓰고, 손끝으로도 쓰고, 엉덩이로도 쓴다고 생각하라. 가슴으로는 붉고 뜨거운 정신을 찾고, 손끝으로는 푸르고 차가운 언어를 매만질 것이며, 엉덩이를 묵직하게 방바닥에 붙이고 시에 몰두하라.

감성을 앞세워 쓸 것인지, 지성을 바탕으로 쓸 것인지도 고민하지 마라. 김춘수는 "일상 속에서 무엇을 얼마만큼 느끼느냐 하는 능력"을 감성이라 하고, "비교하고 대조하는 작용"을 지성이라 한다면 그 어느 한쪽으로도 치우치면 안 된다고 하였다. 당신은 감성이 녹슬지 않게 신체의 감각기관을 항상 활짝 열어두고, 지성이 바닥나지 않게 책읽기를 밥 먹듯이 하라.

그리하여 시를 쓸 때는 감성과 지성이 비빔밥이 되도록 골고루 비벼라.

시의 내용과 형식에 대한 고민도 끝까지 당신을 따라다닐 것이다. 추사 김정희는 문장을 배우는 사람은 먼저 형식을 배우라고 권한다. 그는 문체의 종류를 '신神 · 리理 · 기氣 · 미美 · 격格 · 율律'의 여덟 가지로 나누면서 앞쪽의 넷이 문장의 내용을 이루고 나머지 넷이 형식을 이룬다고 설명한다. 문장을 배우는 자는 옛사람의 글에서 처음에는 형식을 만나고 중간에는 내용을 만나고 마지막으로 내용에 따라 형식을 버리기도 한다는 것이다. 형식이라는 틀을 버릴 수 있을 때까지 형식에 대해 공부해야 한다는 것이다.[97]

온몸의 시학

기성자라는 사람이 임금을 위해서 싸움닭을 기르는데, 열흘이 되자 임금은 물었다.

"이제 싸울 만한가?"

"아직 멀었습니다. 지금 한창 되지 못하게 사나워, 제 기운을 믿고 있습니다."

열흘이 지나 임금은 다시 물었다.

"아직 멀었습니다. 아직도 다른 닭소리를 듣고 그림자만 보아도 곧 달려들려고 합니다."

열흘이 지나 임금은 또 물었다.

97 김정희, 『완당전집 II』, 민족문화추진회, 1988, 367~368쪽.

"아직 안 되었습니다. 다른 닭을 보면 곧 눈을 흘기고 기운을 뽐내고 있습니다."

열흘이 지나 임금은 또 물었다.

"이제는 거의 되었습니다. 다른 닭이 소리를 쳐도 아무렇지도 않아서, 마치 나무로 만든 닭과 같습니다. 그 덕이 온전하기 때문에 다른 닭은 감히 가까이 오지 못하고, 보기만 해도 달아나버리고 맙니다."[98]

『장자』에 나오는 이야기다. 미혹에 빠지지 말고 필요 없는 기운을 버려야 진정한 자유에 이르게 실현된다는 말이다. 그렇게 정신을 한곳으로 모으면 외부의 어떠한 간섭에도 흔들리지 않는 창조적 세계가 펼쳐질 수 있다. 또 『장자』에는 한 사람의 목수가 자신의 뛰어난 솜씨가 어디에서 연유하는지 말하는 고사가 나온다. 목수 경慶이라는 사람이 나무를 깎아 거(鐻 : 종이나 북을 거는 나무)를 만드는데 그 솜씨가 마치 귀신의 솜씨 같았다. 무슨 기술로 그렇게 신묘하게 만드는가 하고 노후魯候가 묻자 그는 이렇게 대답했다.

나는 목수라 무슨 술이 있겠습니까? 그러나 오직 한 가지가 있습니다. 나는 처음에 거를 만들려고 할 때에는, 아직 한 번도 기운을 감손시킨 적이 없었습니다. 그래서 반드시 먼저 재를 해서 마음을 고요하게 하는 것입니다. 사흘 동안의 재를 마치면, 누구의 상이나 벼슬을 바라는 생각이 없어지고, 그 다음 닷새 동안의 재를 마치면, 남의 비

98 장자, 앞의 책, 266~267쪽.

방이나 칭찬이나 잘되고 못되는 것을 걱정하는 생각이 없어지며, 그 다음 이레 동안의 재를 마치면, 문득 내게 사지四肢나 몸뚱이가 있는 것을 잊어버리는 것입니다. 이렇게 되면 그때에는 나라나 관청을 위한다는 생각조차 없어져서, 안으로는 기술이 온전하고 밖으로는 물物의 어지러움이 없어지는 것입니다. 비로소 산으로 들어가 나무의 천성을 살펴보아서 모양이 갖추어진 나무를 본 뒤에는, 장차 되어질 것을 눈앞에 그리어보고, 그 다음에야 비로소 손을 대어 일을 시작하는 것입니다. 그러나 만일 그러한 나무가 보이지 않을 때에는 그만두는 것이니, 이것은 곧 하늘로써 하늘에 합한다는 것입니다. 내가 만든 물건이 신의 솜씨가 아닌가 의심되는 것은 이 까닭입니다.[99]

'하늘로써 하늘에 합한다' 는 말은 자신의 천성을 나무라는 자연의 천성과 합치시킨다는 뜻이다. 비유와 과장의 힘을 빌린 고사이기는 하지만 예술적 창조에 이르기 위해 시인이 지녀야 할 자세를 명쾌하게 제시하고 있는 이야기다. 우리 문학사에서 시 쓰는 자가 취해야 할 태도를 가장 통쾌하게 정리한 시인은 김수영이다. 저 유명한 '온몸의 시학' 이 바로 그것이다. 그는 「시여, 침을 뱉어라」에서 이렇게 자신을 연다.[100]

사실은 나는 20여 년의 시작생활을 경험하고 나서도 아직도 시를 쓴다는 것이 무엇인지를 잘 모른다. 똑같은 말을 되풀이하는 것이 되

99 장자, 앞의 책, 268~269쪽.

100 김수영, 『김수영 전집 2』, 민음사, 1981, 249~250쪽.

지만, 시를 쓴다는 것이 무엇인지를 알면 다음 시를 못 쓰게 된다. 다음 시를 쓰기 위해서는 여직까지의 시에 대한 사변思辨을 모조리 파산을 시켜야 한다. 혹은 파산을 시켰다고 생각해야 한다.

이 말은 시가 무엇인지 규정을 하기 좋아하는 사람들에 대한 김수영 식 비판이다. 그는 시에 대한 모든 고정관념을 무너뜨리는 데서 새로운 시가 탄생한다고 믿었다. 시인이란 끊임없이 이탈하는 자임을 스스로 보여줌으로써 그 어느 문법에도 갇히지 않는 변화와 갱신의 의지를 내비치고 있는 것이다. 그는 이어 말한다.

말을 바꾸어 하자면, 시작詩作은 '머리' 로 하는 것이 아니고, '심장' 으로 하는 것도 아니고, '몸' 으로 하는 것이다. '온몸' 으로 밀고 나가는 것이다. 정확하게 말하자면, 온몸으로 동시에 밀고 나가는 것이다. 그러면 온몸으로 동시에 무엇을 밀고 나가는가. 그러나—나의 모호성을 용서해준다면— '무엇을' 의 대답은 '동시에' 의 안에 이미 포함되어 있다고 생각된다. 즉 온몸으로 동시에 온몸을 밀고 나가는 것이 되고, 이 말은 곧 온몸으로 바로 온몸을 밀고 나가는 것이 된다. 그런데 시의 사변에서 볼 때, 이러한 온몸에 의한 온몸의 이행이 사랑이라는 것을 알게 되고, 그것이 바로 시의 형식이라는 것을 알게 된다.

시작詩作은 '온몸' 으로 밀고나가는 것이라는 말을 통해 김수영은 시인의 창작행위가 어떠한 방법으로 이루어져야 하는가를 역설한다. 시를 쓰는 시인 자신이 창조의 주체임을 깨닫고 철저히 인식의 전복을 꾀하는 일이 '온몸의 이행' 이라는 것이다. 이는 정신과 육체를 모두 대지와 신께 바치는 오체투지의 자세와 다를 바 없다. 시를 창작하는 일은 온몸으로 하는 반성의 과정이며, 현재진행형의 사랑이며 고투이기에 김수영의 말은 오늘날까지도 여전히 유효하다.

> 예술과 생활이 통일과 조화를 얻도록 노력하기 위하여, 시인들은 항상 현실과 이상의 중간에 자신을 던져 놓아, 마치 물 따라 나아가는 배가 그에 거슬러 거꾸로 부는 바람의 시련에 저항하듯, 자신의 생명을 불안정과 흔들림 속에서 나아가게 한다.

아이칭의 시론 중 한 구절이다. 시인에게 현실과 이상 사이에서 끝없이 긴장할 것을 주문하는 목소리는 오늘의 한국시단에도 여전히 유효하다. 정현종이 "가지에 부는 바람의 푸른 힘으로 나무는/자기의 생生이 흔들리는 소리를 듣는다"(「사물의 꿈 1」)고 노래할 때의 그 나무가 바로 시인이다. 그렇게 흔들리는 기쁨을 소설가 박범신은 이렇게 표현했다. "문학, 목매달아 죽어도 좋을 나무"라고.

|19|

단순하고 엉뚱한 상상력으로 놀아라

시를 쓰기 위해 책을 뒤져 억지로 은유를 배우지 마라.
은유를 잘못 배우면 말을 요리조리 비틀고 무슨 문장이든 꾸미려 하고
교묘하게 꼬는 일이 시의 전부인 줄 알게 된다.
말을 비틀고 교묘한 표현을 일삼는 이들에 대한 비판에 일찍이 허균도 가세했다.
그는 문장과 도리가 둘로 쪼개져 어렵고 교묘한 말로 글을 꾸미는 일을 개탄하면서
그것이야말로 '문장의 재앙' 이라고 했다.

비유의 덧칠

비유는 일상적 언어 규범에서 일탈해 새로운 의미를 형성하는 언어 용법이다. 은유 · 직유 · 제유 · 환유의 뒷글자인 '유喩'는 "말하다"는 뜻의 '구口'와 "옮기다"는 뜻을 가진 '유兪'의 결합이다. 즉 비유란 말의 원래 뜻을 옮겨 다르게 표현하는 것이라는 뜻이다. '개나리꽃은 노랗다'는 일상 언어를 '개나리꽃은 병아리 부리다'라는 비유적 표현으로 바꿔보자. 이 '병아리 부리' 속에는 노란 색깔 이외에도 개나리꽃의 모양, 꽃잎의 연약함, 봄의 이미지 등이 첨가된다. '노랗다'는 일상 언어의 평이함이 전면 확장되어 의미의 전이가 이루어지는 것이다.

산비탈 가시덤불 속에 찔레 열매가 빨갛게 익어 있다
잡풀 우거진 가시덤불 속에 맺혀 있어서일까?
빛깔은 더 붉고 핏방울 돋듯 선명해 보인다
겨울 아침, 허공의 가지 끝에 매달린 까치밥처럼 눈에 선연해
눈이라도 내리면, 그 빛깔은 더욱 고혹적일 것이다
날카로운 가시들이 담장의 철조망처럼 얽혀 있는 찔레 덤불 속
손가락 하나 파고들 틈이 없을 것 같은 가시들 속에서

추위에 젖은 손들이 얹히는 대합실의 무쇠난로처럼 익고 있는 것은
아마, 날개를 가진 새들을 위한 단장일 터
마치磨齒의 입이 아닌, 부드러운 혀의 부리를 가진 새들을 기다리는 화
장일 터
공중을 나는, 그 새들의 눈에 가장 잘 띄일 수 있도록
그 날개를 가진 새들만 다가올 수 있도록
열매의 채색彩色을 운영해왔을 열매
영실營實이라는 이름의 열매

새의 날개가 유목의 천막인 열매
새의 깃털 속이 꿈의 들것인 열매

얼마나 따뜻하고 포근했을까, 그 유목의 천막에 드는 일
새의 복부腹部 속에 드는 일
남의 눈에는 영어囹圄 같겠지만, 전략 같겠지만
누구의 배고픔 속에 깃들었다가 새롭게 싹을 얻는 일, 뿌리를 얻는 일
그렇게 새의 먹이가 되어, 뱃속에서 살은 다 내어주고 오직 단단한 씨
하나만 남겨
다시 한 생을 얻는 일, 그 천로역정을 위해
산비탈의 가시덤불 속에서 찔레 열매가 빨갛게 타고 있다
대합실의 무쇠난로처럼 뜨겁게, 뜨겁게 익고 있다

— 김신용, 「영실營實」 전문[101]

이 시는 가시덤불 속 찔레 열매를 직유와 은유 등의 비유를 활용해 그 의

---

101 김신용, 『도장골 시편』, 천년의시작, 2007, 72~73쪽.

미를 확장하고 있다. 먼저 찔레 덤불 속의 붉은 열매를 대합실의 무쇠난로처럼 익고 있다고 표현한다. 그 붉은 빛깔은 새들의 눈에 잘 띄기 위한 단장이요 화장이다. 보통 사람들은 열매가 새의 먹이가 된다는 것은 감옥 속으로 들어가는 일이고 생의 전락이라고 생각한다. 하지만 시인은 '새의 날개가 유목의 천막인 열매/새의 깃털 속이 꿈의 들것인 열매'라고 비유함으로써 찔레 열매를 일거에 새로운 의미의 주체로 전환시킨다.

여러 가지 비유 중에 은유는 차별성 속에서 동일성을 찾는 수사법 중의 하나다. 옥타비오 파스는 『활과 리라』에서 "시는 대립적인 것들의 역동적이고 필연적인 공존뿐만 아니라, 그들 사이의 최종적인 동일성을 선언한다"고 말했다.[102] 누가 뭐래도 시는 은유의 덩어리다. 은유적 표현을 한정해서 말하는 게 아니라 시라는 양식이 은유에 기대어 태어났고 성장하고 있는 존재다.

그런데 때로 은유의 폐해를 지적하는 연구도 우리의 흥미를 끌어당긴다. 구모룡의 『제유의 시학』에 따르면 근대적 개념인 세계의 자아화나 동일성으로만 시를 설명하기에는 한계가 있다는 것이다. 그는 서정이라는 것이 근대의 산물인 자아중심주의의 발현이라는 생각에 회의를 품는다. 은유는 다른 대상을 자기화하는 수사학이어서 대상과 대상을 강제적으로 연결한다. 어느 하나가 다른 하나를 억압하는 논리이다. 이러한 은유적 욕망이 근대에 와서 주체중심주의, 이성중심주의, 남성중심주의를 낳았다는 진단이다. 이처럼 타자에게 폭력적인 은유에 대한 대안으로 유기론을 바탕으로 하는 제유 시학의 가능성을 제시하기에 이른다.[103]

102 옥타비오 파스, 앞의 책, 133쪽.

나도 땅을 가지고 싶다.
내가 좋아하는 민병하 선생님도
수원 근처에 오천 평이나 가졌는데……

싼 땅이라도 좋으니
한 평이라도 땅을 가지고 싶다.
땅을 가졌다는 것은 얼마나 좋으랴……

땅을 가지고 싶지만,
돈이 있어야 한다.
돈을 많이 벌어야겠다.

땅을 가지고 있으면,
초목을 가꾸고,
꽃을 심겠다.

— 천상병, 「땅」 전문[104]

시인은 가진 땅이 한 평도 없어 '나도 땅을 가지고 싶다' 고 직설적으로 욕망을 드러낸다. 땅을 가지기 위해 '돈을 많이 벌어야겠다' 는 소유욕을 숨기지 않는다. 그것은 인간의 보편적인 욕망이라 할 만하다. 어떤 이들은 도대체 이런 게 무슨 시인가, 되묻고 싶을 것이다. 이 시에는 시적인 비유도 없고 시적인 발견도 없다고, 이런 시라면 하룻밤에도 수십 편을 쓰겠다

103 구모룡, 『제유의 시학』, 좋은날, 2000, 35~42쪽.
104 천상병, 『아름다운 이 세상 소풍 끝내는 날』, 미래사, 1991, 61쪽.

고 투덜댈지도 모르겠다. 천상병이라는 유명한 시인이 쓴 것이니까 좋은 시라고 추켜세우는 게 아니냐고 볼멘소리를 할지도 모르겠다. 그러나 땅을 소유하고자 하는 시인의 욕망은 초목을 가꾸고 꽃을 심겠다는 아주 작지만 근원적인 꿈을 이루기 위해서다. 땅을 가진 뒤에 땅값이 오르기를 기다리거나 거기에 부동산을 짓겠다는 투기 욕망 따위는 일절 없다. 오히려 그런 심리를 비웃기라도 하듯 시인은 그저 초목과 꽃을 심겠다고 한다(그러다 보면 땅값이 오르겠지, 하고 의심한다면 당신은 정말 속물이다). 이러한 단순성의 미학이 천상병이라는 시인을 만들었다.

이 시에서 무욕의 욕망을 읽고 은유 아닌 은유를 읽을 줄 아는 사람이라면 그가 바로 은유의 성채 입구에 도달한 사람이다. 그러니 시를 쓰기 위해 책을 뒤져 억지로 은유를 배우지 마라. 은유를 잘못 배우면 말을 요리조리 비틀고 무슨 문장이든 꾸미려 하고 교묘하게 꼬는 일이 시의 전부인 줄 알게 된다. 말을 비틀고 교묘한 표현을 일삼는 이들에 대한 비판에 일찍이 허균도 가세했다. 그는 문장과 도리가 둘로 쪼개져 어렵고 교묘한 말로 글을 꾸미는 일을 개탄하면서 그것이야말로 '문장의 재앙'이라고 했다.[105] 나는 그것을 '비유의 덧칠'이라고 부른다. 비유를 덧칠하지 않고 단순한 상상력의 깊이를 아는 사람은 저녁에 술 마시러 나갈 때 천상병의 이런 시 구절을 흥얼거릴지도 모른다. "저녁 어스름은 가난한 시인의 보람인 것을……"(「주막에서」 부분).

105 고전연구회 사암 엮음, 『조선 지식인의 글쓰기 노트』, 포럼, 2007, 123쪽.

소를 들어올린 꽃

내 늙은 아내는

아침저녁으로

내 담배 재떨이를 부시어다가 주는데,

내가

「야 이건

양귀비 얼굴보다도 곱네.

양귀비 얼굴엔 분때라도 묻었을 텐데?」

하면,

꼭 대여섯 살 먹은 계집아이처럼

좋아라고 소리쳐 웃는다.

그래 나는

천국이나 극락에 가더라도

그녀와 함께

가 볼 생각이다.

— 서정주, 「내 늙은 아내」 전문

미당이 작고하기 두 해 전, 『현대문학』 1998년 1월호에 발표한 시 「내 늙은 아내」다. 그 한 해 전에 나온 시집 『80소년 떠돌이의 시』(시와시학사)도 그렇지만 말년에 미당은 여든을 훨씬 넘은 나이에 놀랍게도 소년의 목소리를 얻었다. 어른은 복잡하게 얽히고설킨 세상사에 대해 이것저것 따지고 분석하는 사람이다. 그러나 소년은 단순하게 세상을 읽으려고 한다. 삶의 갈등과 고뇌에 물들지 않았기 때문이다. 미당의 시에 나타나는 이 단순성은 이 세상을 한 바퀴 휘휘 돌아본 뒤에 마침내 다다른 시선詩仙의 경지라고 해도 좋을 것이다. 문학과 인생의 산전수전 끝에 미당은 천진성이라는 새로운 문학적 눈을 갖게 된 것이다.

내 아내는 여기 등장하는 '늙은 아내'와 달리 내 담배 재떨이를 아침저녁으로 비워본 적이 별로 없었다. 집에서 내 재떨이는 담배꽁초뿐만 아니라 아이들이 버린 휴지 조각, 방바닥에서 집어낸 머리카락, 손톱 따위들을 담는 쓰레기통쯤으로 취급되어 왔었다. 나는 이 시를 아내에게 보여주었다. 아내는 시를 보고 뭔가 찔리는 게 있었던 모양이다. 그 다음 날부터는 정말 내 재떨이도 확연히 달라졌다. 아침저녁으로 담뱃재 하나 묻어 있지 않은 재떨이를 보면서 나는 아내에게 말했다.

"야 이건 양귀비 얼굴보다도 곱네. 양귀비 얼굴엔 분때라도 묻었을 텐데?"

담배 재떨이는 대체로 둥글다. 그 둥근 모양과 부부 관계가 알맞게 버물어진 이 시를 읽으면서 나는 보름달을 떠올린다. 모자라는 것도, 더 채워야 할 것도 없는 보름달의 원형은 우리가 궁극적으로 가 닿아야 할 사랑의 종착지를 상징한다.

> 아 내곁에 누어있는 여자여.
> 네 손톱 속에 떠오르는 초생달에
> 내 戀人의 꿈은 또 한 번 비친다.
>
> —「눈 오시는 날」 부분[106]

106 서정주, 『미당시전집 1』, 민음사, 1994, 197쪽.

그동안 미당의 시에 숱하게 등장하던 초생달의 이미지는 이 시에 이르러 비로소 환한 보름달로 가득 차올랐다. 미당은 자연스럽게 보름달의 세계를 갖게 되었다. 단순함의 힘이다.

햇살 가득한 대낮
지금 나하고 하고 싶어?
네가 물었을 때
꽃처럼 피어난
나의 문자
"응"
동그란 해로 너 내 위에 떠 있고
동그란 달로 나 네 아래 떠 있는
이 눈부신 언어의 체위

— 문정희, 「"응"」 부분[107]

유쾌한 말장난이다. 우리말 '응'은 상대의 질문에 대해 무엇이든 긍정하는 언어다. 시인은 자신의 휴대전화 문자메시지로 '응'이라는 글자를 쳐놓고 오래 들여다봤던 모양이다. 이 글자의 형상이 마치 위아래로 해와 달이 떠 있는 것처럼 보였을 것이다. 그런데 시를 시작하자마자 거두절미하고 대낮에 '하고 싶어?'라는 문자가 왔다고 대담하게(?) 밝히는 건 무슨 뜻일까? 이것 역시 독자를 시 앞으로 잡아당겨 두려는 시인의 노련한 유인술이

---

107 문정희, 『나는 문이다』, 뿔, 2007, 72~73쪽.

다. 들어보나마나 외설은 아닐 것이다(하지만 독자인 우리는 시인에게 넘어가줄 준비가 되어 있다).

> 비누는 가늘게 내리는 가랑비 가랑비 내리던 아침 그대와 길을 떠났지 비누를 가방에 넣고 떠났던가? 오늘도 가랑비 온다 가늘게 내리는 가랑비 밤이면 하얀 눈발 어둠 속에 비누가 반짝인다 비누는 마루에 있고 거실에 있고 화장실 거울 앞에 있지만 비누는 과연 어디 있는가? 비누는 씨앗도 아니고 열매도 아니다 아마 추운 밤 깊은 산 속에 앉아 있으리라
>
> — 이승훈, 「비누」 전문[108]

이 시에서 비누의 상징이나 비유를 찾으려고 끙끙댄다든지 말과 말 사이의 연관을 짚어보기 위해 분석을 시도하는 일은 부질없다. 시인은 '나'라는 자아도 없고 대상도 없고 언어만 남는, 그러나 언어마저도 버려야 한다고 한 산문에서 말한다. 기존의 언어체계에 구멍을 뚫는 일이 시쓰기의 본질이라고 강조한다. 그에 따르면 "언어에는 무슨 본질, 깊이, 심오한 의미가 있는 게 아니라 언어는 오직 교통을 위해 잠시 빌려 쓰는 도구"일 뿐이기 때문에 언어를 버림으로써 자유로운 정신에 도달하게 된다는 것이다.[109]

> 나주 들판에서
> 정말 소가 웃더라니까
> 꽃이 소를 웃긴 것이지
> 풀을 뜯는

---

108 이승훈, 『비누』, 고요아침, 2004, 12쪽.

109 이승훈, 『현대시의 종말과 미학』, 집문당, 2007, 63~65쪽.

소의 발밑에서
마침 꽃이 핀 거야
소는 간지러웠던 것이지
그것만이 아니라
피는 꽃이 소를 살짝 들어 올린 거야
그래서,
소가 꽃 위에 잠깐 뜬 셈이지
하마터면,
소가 중심을 잃고
쓰러질 뻔한 것이지[110]

윤희상의 「소를 웃긴 꽃」이다. 근래 이 시를 읽고 한참 동안 행복했다. 특정한 개념과 틀에 갇히지 않은 상상력이 이런 유쾌한 시를 생산했다. 엉뚱함의 힘이다. 꽃이 소를 웃겼다고, 소의 발바닥을 간질였다고, 연약한 꽃이 육중한 소를 살짝 들어 올렸다고 한다. 정말 소가 웃을 일이다. 세상에 시인이 아니면 누가 이런 엉뚱한 발언을 하랴.

110 윤희상, 『소를 웃긴 꽃』, 문학동네, 2007, 36쪽.

|20|

없는 것을 발명하지 말고 있는 것을 발견하라

시인은 기발한 아이디어를 가진 '발명가'가 아니라
'발견자'에 가깝다고 생각하라.
이미 이 세상에 와 있으나 그 누구도 거들떠보지 않은 것들이 있다.
보물인데도 보물로 보지 못하고,
숨겨진 의미가 있는데도 의미를 찾지 못한 것들이 있다.
그것을 찾아내는 사람이 시인이다.
그러므로 당신은 머리를 굴리며 하늘에서 뚝 떨어지는 시를 기다리지 마라.
발명하려고 하지 말고 발견하도록 애써라. 살갗을 보지 말고 뼛속을 보라.

그 누구도 거들떠보지 않은 것들

생텍쥐페리의 『어린왕자』에 "가장 중요한 것은 눈에 보이지 않는다"는 말이 있다. 이 말을 바꿔보면, 가장 중요한 진실은 사막의 우물처럼 어디엔가 숨어 있다는 것이고, 그것을 마음의 눈으로 보아야 한다는 것이다.

나는
보이는 것보다
보이지 않는 것을 믿는 사람,
눈부신 꽃잎 뒤에 숨어 있는
겨울날의 눈보라와
그 속을 홀로 걸어간 사람을
기억하며

아직 꽃피우지 못한 나뭇가지에
가만히 내 숨결을
불어넣는다

— 전동균, 「보이지 않는 것을 믿는 사람」 부분[111]

시인은 보이는 것보다 보이지 않는 것을 믿는 사람이다. 봄날에 눈부시게 피어난 꽃잎을 보며 경탄하는 사람이 아니라 그 꽃잎의 눈부심을 위해 혹한의 겨울, 꽃잎의 언저리로 눈보라가 지나갔음을 기억할 줄 아는 사람이다. 마음의 눈은 꽃피우지 못한 나뭇가지의 꽃도 피운다. 동아시아의 시학도 이 마음의 눈을 강조한다. 사물의 껍질보다 본질을 꿰뚫어 보라는 것이다. 이른바 '관물론觀物論'이 그것이다.

> 관물론은 사물을 어떻게 바라볼 것인가의 문제로 귀결된다. 어떻게 볼 것인가? 거기서 무엇을 읽을 것인가? 누구나 보고 있지만 못 보는 사실, 늘 지나치면서도 간과하고 마는 일상 사물에 담긴 의미를 읽어 낯설게 만들기, 나아가 그 낯설음으로 인해 그 사물과 다시금 새롭게 만나기, 이것이 관물론이 시학과 만나는 접점이다. 시인은 격물格物 또는 관물의 정신에서 한 발짝도 물러서서는 안 된다. 그래야만 주변 사물이 끊임없이 발신하고 있는 의미를 늘 깨어 만날 수 있다. …… 시인은 반란자다. 그의 눈이 포착하는 모든 것은 언제나 새롭다. 새로워야 한다.[112]

우리의 연암도 그림의 리얼리티가 단순히 사실적 묘사에서 오는 게 아니라고 말한다. "좋은 그림은 그 물건과 꼭 닮게만 하는 데 있지 않다. 정신이 깃들어 있지 않고는 훌륭한 그림이랄 수 없다. 잣나무를 그리려거든 잣나

---

111 전동균, 『함허동천에서 서성이다』, 세계사, 2002, 23~24쪽.

112 정민, 앞의 책, 380~381쪽.

무 형상에 얽매이지 마라. 그것은 한낱 껍데기일 뿐이다. 마음속에 푸르른 잣나무가 서 있지 않고는, 천 그루 백 그루의 잣나무를 그려 놓더라도 잎 다 져서 헐벗은 나목과 다를 바가 없다. 정신의 뼈대를 하얗게 세워라. 마음의 눈으로 보아라."[113] 또 청대의 시인 심덕잠沈德潛도 유사한 말을 남겼다. "대나무를 그리는 자는 반드시 완성된 대나무의 모습이 가슴속에 있어야 한다"고.

그렇다. 시인은 사물과 풍경을 바라보는 방식을 고민하는 사람이다. 그에게는 가장 중요한 것을 눈으로 발견해야 하는 의무가 있기 때문이다. 그러면 이 세상에 없는 멋진 이미지와 새로운 의미를 도대체 어디에서 찾을 것인가?

시인은 기발한 아이디어를 가진 '발명가'가 아니라 '발견자'에 가깝다고 생각하라. 이미 이 세상에 와 있으나 그 누구도 거들떠보지 않은 것들이 있다. 보물인데도 보물로 보지 못하고, 숨겨진 의미가 있는데도 의미를 찾지 못한 것들이 있다. 그것을 찾아내는 사람이 시인이다. 그러므로 당신은 머리를 굴리며 하늘에서 뚝 떨어지는 시를 기다리지 마라. 발명하려고 하지 말고 발견하도록 애써라. 살갗을 보지 말고 뼛속을 보라.

어린 눈발들이, 다른 데도 아니고
강물 속으로 뛰어 내리는 것이
그리하여 형체도 없이 녹아 사라지는 것이
강은,

113 정민, 『비슷한 것은 가짜다』, 태학사, 2000, 100쪽.

안타까웠던 것이다
그래서 눈발이 물위에 닿기 전에
몸을 바꿔 흐르려고
이리저리 자꾸 뒤척였는데
그때마다 세찬 강물 소리가 났던 것이다
그런 줄도 모르고
계속 철없이 철없이 눈은 내려,
강은,
어젯밤부터
눈을 제 몸으로 받으려고
강의 가장자리부터 살얼음을 깔기 시작한 것이었다

나의 시 「겨울 강가에서」 전문이다.[114] 이 시의 소재는 겨울 강가에 눈이 내리는 풍경이다. 실제로 어느 겨울날 나는 강 가장자리에 살얼음이 깔리기 시작하는 섬진강을 갔고, 그 전날 내린 눈이 살얼음을 하얗게 덮고 있는 것을 보았다. 그때 문득 얼음 위에 내린 눈은 왜 녹지 않을까, 라는 생각이 들었다. 강물과 눈송이 사이에 어떤 약속이라도 있었던 게 아닐까 궁금했다. 그 둘 사이의 관계를 곰곰 생각하다보니 이런 시 한 편이 태어났다.

시의 중간에 등장하는 '세찬 강물 소리'는 신문에서 읽은 과학상식 기사에서 힌트를 얻었다. 모든 물소리는 물방울들이 깨지면서 내는 소리가 모인 거라고 했다. 폭포 소리가 큰 것은 물방울들이 더 많이 깨지기 때문이고, 여울에서는 물방울들이 돌멩이에 걸려 깨지기 때문에 물소리가 난다는

---

114 안도현, 『그리운 여우』, 창비, 1997, 8쪽.

것이다. (나는 초등학생들이 보는 과학이나 생물 관련 책을 자주 뒤적거린다. 거기에는 과학적 탐구의 대상인데도 시적 영감을 불러일으키는 것들이 무궁무진하다. 나무가 새로 잎을 피워내거나 떨어뜨릴 때는 인간이 상상할 수 없을 정도의 에너지를 필요로 한다는 것, 나무를 노끈으로 묶거나 필요 이상으로 밤에 불빛을 쪼이면 나무가 극심한 스트레스를 받는다는 것 등은 얼마나 매력적인 시의 소재들인가.)

참붕어는 산란할 때의 구애 동작이 특이하기로 유명하다. 산란기는 우리나라 삼남 지방에서는 5~6월경이다. 구름 낀 날이나 비 오는 날에 산란하는 습성을 가지고 있다. 이 산란기가 되면 수놈은 자색 띤 회흑색으로 변하는 동시에 산란장을 마련하기 위하여 호숫가의 맑은 물에 잠겨 있는 자갈이나 조개껍데기를 찾아다닌다. 자갈이나 조개껍데기가 깔린 맑은 물 속에서 산란하기에 적당한 장소가 물색되면 그곳에 약 15cm 가량의 원을 그리면서 원 안의 자갈돌에 낀 물때를 깨끗이 청소한다. 청소가 끝난 산란장은 갈색으로 분명하게 나타난다. 청소된 둥근 산란장 주위는 여전히 녹색으로 남아 있기 때문이다. 이리하여 깨끗한 산란장이 마련되면 수놈은 그곳을 떠나 암놈이 있는 곳에 찾아가서 한 마리의 암놈을 데리고 온다. 아름다운 산란장이 새로 마련되었으니까 같이 가서 한번 봐달라고 애원한 결과인 것 같다.[115]

어류학자의 이러한 관찰은 단지 참붕어의 산란이라는 생태적 사실의 기

115 정문기, 『어류박물지』, 일지사, 1974, 44쪽.

록에만 그치지 않는다. 건조한 설명 문장 사이사이에 분명히 시적인 것이 스며들어 있다. 산란장의 묘사는 투명하고, 수놈 참붕어의 구애 모습에는 왠지 인간의 냄새가 묻어 있다.

> 닭은 크기가 쥐보다 열 배가 된다. 쥐가 닭을 씹어 뱃속까지 뚫고 들어가도 닭은 피할 줄 모르고 움직이지도 않으면서 두 눈을 멀뚱히 뜨고 아무 일이 없는 듯하다. 뱀은 지네보다 백 배나 크다. 지네가 뱀을 쫓으면 뱀은 달아나지 못하고 기운이 빠져 바보처럼 입을 벌리고 엎드려 있다. 지네가 입으로 들어가면 곧 뱀이 죽는다. 지네는 뱀의 살이 모두 썩어야 나온다. 쥐가 또 거위와 오리를 뚫는데 그것들이 피할 줄을 알지 못한다. 돼지 · 고양이 · 오리가 모두 뱀을 즐긴다. 닭은 두꺼비 새끼를 통째로 삼키기를 물마시듯 한다. 거미 오줌이 지네에게 닿으면 지네가 물이 되고, 달팽이 침이 지네에게 묻으면 지네의 발이 다 떨어진다. 달팽이는 전갈도 제압한다.[116]

조선시대 이덕무의 산문이다. 이 글을 읽다가 나는 모골이 송연해졌다. 사실의 묘사가 핍진하여 나를 압도하는 것이었다. 그러다가 어떤 쾌감이 이마를 바람처럼 서늘하게 핥고 지나갔다. 이덕무의 실사구시는 단순한 실용주의가 아니라 이렇게 시적인 기운을 품고 있었다. 세상에 그 어떤 시가 있어 이러한 기운에 대적할 것인가?

---

116 이덕무, 『국역 청장관전서 VIII』, 민족문화추진회, 1989, 48~49쪽.

꽉 차 있는 물과 완전하게 비어 있는 먼지가 만나 수평선을 이루었다. 터지기 직전까지 차 있는 물과 지치고 지칠 때까지 털어낸 먼지가 만나 둥그런, 아주 둥그런 수평선을 만들었다. 저것들은 원래 만나서는 안 될 어떤 사이였다는 시를 읽은 적이 있다. 그렇다면 우리가, 우리에게 용서하지 못할 것들이 어디에 남아 있단 말인가. 물리적인 어떠한 힘으로도 절대 나눌 수도 쪼갤 수도 없는 저 수평선 앞에서.[117]

유용주가 쓴 산문의 한 구절이다. 이 글은 망망대해 한가운데에서 수평선을 바라본 자의 사유가 만들어낸 문장이다. 수평선에 대한 철저하고도 고독한 관찰이 문장 이전에 수행되었음을 우리는 알아야 한다.

포구는 평소에도 시끄럽습니다. 딱딱한 길을 버리고 출렁거리는 길로 넘어가는 곳이라 그런가봅니다. 고체의 길이나 액체의 길 중 한 길을 택해야 하는 곳이라 그런가봅니다. 포구는 섬의 문입니다. 섬의 끝이며 바다의 시작이고 바다의 끝이고 섬의 시작입니다. 뭍에서 포구로 가는 길은 이 길 저 길이 부챗살처럼 모여들고 바다에서 포구로 돌아오는 뱃길은 깔때기처럼 모여집니다. 포구는 뱃사람들이 회사인 바다로 출근하는 길이며 퇴근하는 정문입니다.[118]

함민복의 산문이다. 포구라는 대상을 중심으로 펼쳐지는 상상력은 이미 시와 산문의 구별을 무색하게 한다. 시에서 무슨 대단한 발언을 해야 한다

117 유용주, 『쏘주 한잔 합시다』, 큰나, 2005, 76쪽.

118 함민복, 『말랑말랑한 힘』, 문학세계사, 2005, 126쪽.

고 믿는 사람은 이런 산문에서 배워야 한다. 시적인 것은 관찰하는 눈에서 비롯된다는 것을.

현상의 이면을 보는 눈

시인의 관찰은 과학자의 관찰에 버금가는 것이어야 한다. 아니, 사물의 현상이나 외피에 집중하는 과학자의 관찰을 넘어 시인은 현상의 이면을 보는 눈을 가져야 한다. 과학은 삶을 앞으로 진보시키지만 시는 삶을 반성하게 만드는 양식이기에 더욱 그렇다. 아무도 거들떠보지 않는 것을 세심하게 관찰하는 일은 그 사물의 실체와 본질을 밝히는 첩경이다. 시인은 그것을 누구보다 먼저 발견해서 형상화해야 하는 자이다. 그래야만 독자에게 '아, 나는 왜 그것을 보지 못했을까?' 라는 뒤늦은 후회를 안겨주면서 속으로 득의만만한 웃음을 띠며 우쭐댈 수 있게 된다.

바닷가 고요한 백사장 위에

발자국 흔적 하나 남아 있었네

파도가 밀려와 그걸 지우네

발자국 흔적 어디로 갔나?

바다가 아늑히 품어 주었네

— 김명수, 「발자국」 전문[119]

바닷가 백사장 위에 찍힌 발자국은 누구나 볼 수 있다. 파도가 밀려와 그 발자국을 지우는 풍경도 바닷가에서는 흔하게 보게 된다. 그 당연한 사실에 의문을 가지는 데서 오롯이 시가 생겨난다. 발자국 흔적의 행방을 찾는 이 의문은 '품어주다' 라는 동사를 만나 아연 시적 깊이를 획득한다. 여기에서 우리는 백사장 위의 발자국을 오래 바라보며 관찰하는 시인의 눈을 만나게 된다.

이 시가 실린 시집의 표제작인 다음 시의 제목은 「바다의 눈」이다. 관찰의 초점을 어디에 맞춰야 하는지를 잘 보여주는 이 시에서 '바다의 눈' 은 바로 '시인의 눈' 이다.

> 바다는 육지의 먼 산을 보지 않네
> 바다는 산 위의 흰 구름을 보지 않네
> 바다는 바다는, 바닷가 마을
> 10여 호 남짓한 포구 마을에
> 어린아이 등에 업은 젊은 아낙이
> 가을 햇살 아래 그물 기우고
> 그 마을 언덕바지 새 무덤 하나
> 들국화 피어 있는 그 무덤 보네[120]

세상을 보는 방법에는 여러 가지가 있다. 먼 곳을 보기 위해서는 망원경이 필요하고, 미세한 것을 보기 위해서는 현미경이 필요하다. 거대담론이

---

119 김명수, 『바다의 눈』, 창비, 1995, 28쪽.

120 위의 책, 33쪽.

우리 사회를 지배하고 있던 7~80년대에 시인들은 주로 망원경으로 세상을 보았다. 하지만 90년대 이후 시인들은 현미경으로 사물을 보기 시작했다. 그리하여 미시적 세계에 관심을 가지는 작품들이 쏟아져 나왔다. '광장'을 바라보던 시인의 눈이 '골방'으로 이동을 한 것이다. 광장에 서서 망원경을 들고 군중을 바라보던 '그'가 골방의 '나'로 회귀한 형세라고 할 수 있다. 그것은 외부를 향해 외치던 3인칭의 목소리를 1인칭의 내면 탐구 형식으로 전환했다는 것을 의미한다. 광장의 햇빛을 뒤로 하고 골방의 그늘에 들어앉은 시는 그 이전보다 훨씬 촘촘한 상상력의 밀도를 과시하였다. 그러나 햇빛이 비치지 않는 골방은 음습해서 점점 자폐적 공간으로 바뀌어 가게 마련이다. 광장을 떠나온 자아는 아예 광장을 외면하거나 기억할 수 없게 된 것이다. 여기에서 우리는 현 단계 한국시의 자폐적 경향이 어디에서 비롯되었는지 추측해볼 수 있다.

따라서 우리는 시인의 눈과 자세를 다시 한 번 점검할 때가 되었다. 시인은 옆에 항상 망원경과 현미경을 함께 준비해두어야 하고, 광장과 골방 사이에서 그 어느 한쪽으로 쏠리지 말고 그 둘 사이에서 긴장하는 눈을 가지고 있어야 한다. 시인이란 시를 빚는 사람이면서 자기 자신을 빚는 사람이므로.

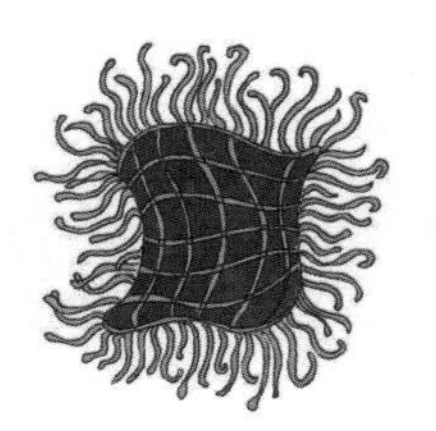

|21|

퇴고를 끊임없이 즐겨라

퇴고의 중요성은 백 번 천 번 강조해도 지나치지 않는다.
습작이란 퇴고의 기술을 익히는 행위인지도 모른다.
그렇다고 퇴고가 외면을 화려하게 만들기 위한 덧칠이 되어서는 안 된다.
진실을 은폐하기 위한 위장술이 되어서도 안 된다.
퇴고를 글쓰기의 마지막 마무리 단계라고 생각하면 오산이다.
퇴고는 틀린 문장을 바로 잡거나 밋밋한 문장을 수려하게 다듬고 고치는 일에 그치지 않는다.
퇴고는 글쓰기의 처음이면서 중간이면서 마지막이면서 그 모든 것이다.

문을 밀까, 두드릴까

잘 알려져 있다시피 ‘퇴고推敲’ 라는 말은 당대의 시인 가도賈島의 고사에서 유래하였다.

가까운 데 이웃이 적어 한가로운데	閑居隣竝少
풀숲의 길은 황량한 들판으로 들어가네.	草徑入荒園
새들은 연못가 나무 위에 잠들고	鳥宿池邊樹
스님이 달빛 아래 문을 두드리네.	僧敲月下門

이 시의 마지막 행 두 번째 글자인 ‘고敲’ 는 “두드리다”는 뜻이다. 시인은 애초에 이 글자가 들어간 자리에 “민다”는 뜻의 ‘퇴推’ 를 썼다고 한다. 스님이 문을 민다고 해야 할지, 두드린다고 해야 할지 고심을 거듭하던 그는 어느 날 노새를 타고 가면서도 ‘퇴推’ 로 할지, ‘고敲’ 로 할지 골똘하게 생각에 빠져 있었다. 그러다가 그만 길을 지나던 고관의 행차와 부딪치고 말았다. 고관 앞에 끌려간 가도는 글자 한 자를 결정하지 못해 실수를 범했노라고 아뢰었다. 그 고관은 당시의 최고 문장가 한유韓愈였다. 그는 호쾌하게

웃으며 잠시 생각하더니 '퇴推' 보다는 '고敲' 가 낫겠다는 의견을 내놓았다. 그때부터 둘은 절친한 사이가 되었고, 그 이후 글을 수정할 때 퇴고라는 말을 쓰게 되었다.

그러면 한유는 왜 '퇴推' 보다 '고敲' 의 손을 들어주었던 것일까? 이것을 단순히 취향에 의한 단어 선택의 문제로 보면 곤란하다. 새들도 잠든 한가하고 고요한 밤에 스님이 문을 '밀고' 집 안으로 들어가면 그 뒤엔 아무 일도 일어나지 않는다. 새로운 이야기도 사건도 등장인물도 필요 없다. 문을 밀고 들어가는 것은 자신의 거처이므로 스님은 발 닦고 이불 펴고 잠들면 그만이다. 자신의 집이 아니라고 해도 주인과 미리 약속이 되어 있으므로 거리낌 없이 들어가면 될 뿐이다. 긴장이 없는 정황은 울림이 없는 시를 만들고 만다.

그러나 스님이 낯선 집의 대문을 두드리게 되면 그 대문까지 걸어온 탁발의 고된 길이 보이고, 문 두드리는 소리에 놀란 새들이 날개를 푸덕이는 소리가 들린다. 또 집 안에서 누군가 걸어 나와 스님을 맞이할지도 모른다. 문을 두드리는 순간에 시가 역동성을 가지게 되는 것이다. (스님을 맞이하는 이가 수염이 덥수룩한 산적 같은 사내면 어떻고 어여쁜 여인이면 또 어떻겠는가?)

참담한 기쁨을 느낄 때까지

1940년에 처음 나온 글쓰기 지침서 이태준의 『문장강화』는 모두 제9강으로 짜여 있다. 이 중 다섯 번째를 '퇴고의 이론과 실제' 라는 주제로 할애하고 있다. 그는 "심중엣 것을 그대로 표현하기" 위해 퇴고는 "우연이 아닌, 계획과 노력"이 무엇보다 중요하다는 것을 역설하고 있다. 이태준은 산문 『무서록』에서도 퇴고에 대해 힘주어 말한 적 있다. "아마 조선문단 전체로도 이대로 3년이면 3년을 나는 것보다는 지금의 작품만 가지고라도 3년 동안 퇴고를 해 놓는다면 그냥 나간 3년보다 훨씬 수준 높은 문단이 될 것이다."

퇴고의 중요성은 백 번 천 번 강조해도 지나치지 않다. 습작이란 퇴고의 기술을 익히는 행위인지도 모른다. 그렇다고 퇴고가 외면을 화려하게 만들기 위한 덧칠이 되어서는 안 된다. 진실을 은폐하기 위한 위장술이 되어서도 안 된다. 퇴고를 글쓰기의 마지막 마무리 단계라고 생각하면 오산이다. 퇴고는 틀린 문장을 바로잡거나 밋밋한 문장을 수려하게 다듬고 고치는 일에 그치지 않는다. 퇴고는 글쓰기의 처음이면서 중간이면서 마지막이면서 그 모든 것이다.

시라고 해서 우연에 기댄 착상과 표현을 시의 전부라고 여기면 바보다. 처음에 번갯불처럼 떠오른 생각만이 시적 진실이라고 오해하지 마라. 퇴고가 시적 진실을 훼손하거나 은폐한다고 제발 바보 같은 생각 좀 하지 마라. 처음에 떠오른 '시상' 혹은 '영감'이라는 것은 식물로 치면 씨앗에 불과하다. 그 씨앗을 땅에 심고 물을 주면서 싹이 트기를 기다리는 일, 햇볕이 잘 들게 하고 거름을 주는 일, 가지가 쑥쑥 자라게 하고 푸른 잎사귀를 무성하게 매달게 하는 일, 그 다음에 열매를 맺게 하는 일…… 그 모두를 퇴고라고 생각하라.

내가 쓴 시에 내가 취하고 감동해서 가까스로 펜을 내려놓고 잠자리에 들 때가 있다. 습작기에 자주 경험했던 일이다. 한 편의 시를 멋지게 완성하고 뿌듯한 마음으로 잠든 것까지는 좋았는데 그 이튿날 일어나서 밤늦게까지 쓴 그 시를 다시 읽어보았을 때의 낭패감! 시가 적힌 노트를 찢어버리고 싶고, 혹여 누가 볼세라 태워버리고 싶은 마음이 불같이 일어날 때의 그 화끈거림! 나 자신의 재주 없음과 무지에 대한 자책!

당신도 아마 그런 시간을 경험한 적 있을 것이다. 지금 생각해보면 습작기에 있는 사람에게는 그런 시간이 참으로 소중하다는 것을 느낀다. 한 편의 시를 퇴고하면서 그 시에 눈멀고 귀먹어버린 자가 겪게 되는 참담한 기쁨이 바로 그것이다. 퇴고를 하는 과정에 시에 너무 깊숙하게 침윤되어 잠시 넋을 시에게 맡겨버린 결과다(사랑에 빠진 사람을 콩깍지 씌웠다고 하는 것처럼). 그러나 그렇게 시에 감염되어 있는 동안 당신의 눈은 밝아졌고, 실력이 진일보했다고 생각하라. 하룻밤 만에 객관적인 시각으로 자신의 시를 볼 수 있는 눈으로 변화를 한 것이다.

소월도 3년 동안 고쳤다

김소월의 「진달래꽃」은 1922년 7월 『개벽』에 처음 발표되었다.

나 보기가 역겨워
가실때에는 말업시
고히고히 보내들이우리다.

寧邊엔 藥山
그 진달래꽃을
한아름 다다 가실 길에 부리우리다.

가시는길 발거름마다

뿌려노흔 그 꽃을

고히나 즈려밟고 가시옵소서.

나보기가 역겨워

가실때에는

죽어도 아니, 눈물흘니우리다

이 시는 우리가 익히 알고 있는 「진달래꽃」하고 상당히 다르다. 1925년 12월에 출간한 시집 『진달래꽃』을 준비하면서 소월은 3년 동안 시를 퇴고한 것이다. 시행을 바꿔 전체적으로 리듬을 유려하게 살렸고, '고히고히'는 '고이'로 줄였으며('한아름'은 '아름'으로), '그'라는 불필요한 관형사를 지웠다. 특히 3연은 대폭 손질한 흔적이 뚜렷하다.

가시는 걸음걸음

놓인 그 꽃을

사뿐히 즈려밟고 가시옵소서

앞서 등장한 '길'과 '뿌리다' '고히'라는 말이 3연에 다시 반복되어 있는 것을 보고 언어의 장인인 소월은 못 견뎠을 것이다. '마다'라는 조사는 얼마나 가시처럼 그의 눈에 거슬렸을까? 이러한 퇴고의 노력 덕분에 오늘날 우리는 '걸음걸음'이라는 생동감 넘치는 한국적 언어의 아름다움을 맛볼 수 있게 된 것이다.

당신도 시를 고치는 일을 두려워하지 마라. 밥 먹듯이 고치고, 그렇게 고치는 일을 즐겨라. 다만 서둘지는 마라. 설익은 시를 무작정 고치려고 대들지 말고 가능하면 시가 뜸이 들 때까지 기다려라. 석 달이고 삼 년이고 기다려라.

그리고 시를 어느 정도 완성했다고 생각하는 그 순간, 주변에 있는 사람에게 시를 보여줘라. 시에 대해서 잘 아는 전문가가 아니어도 좋다. 농부도 좋고 축구선수도 좋다. 그들을 스승이라고 생각하고 잠재적 독자인 그들의 말씀에 귀를 기울여라. 이규보도 "다른 사람의 시에 드러난 결점을 말해주는 일은 부모가 자식의 흠을 지적해주는 일과 같다"고 했다. 누군가 결점을 말해주면 다 들어라. 그러고 나서 또 고쳐라.

절망하여 글을 쓴 뒤에 희망을 가지고 고친다고 한 이는 소설가 한승원이다. 니체는 '피로써 쓴 글'을 좋아한다고 했고, 『혼불』의 작가 최명희는 "원고를 쓸 때면 손가락으로 바위를 뚫어 글씨를 새기는 것만 같다"고 말했다. 바로 고심참담과 전전긍긍의 문법이다. 시를 고치는 일은 옷감에 바느질을 하는 일이다. 끊임없이 고치되, 그 바느질 자국이 도드라지지 않게 하라. 꿰맨 자국이 보이지 않는 천의무봉의 시는 퇴고에서 나온다는 것을 명심하라.

|22|

한 편의 시가 완성되기까지

그때 별안간 시 몇 줄이 머릿속으로 날아오셨다.
(나는 책상 앞이 아니라 화장실 변기 위에 앉아 있었다.)
큰소리로 아내를 불러 종이와 펜을 갖다 달라고 했다.
한 편의 시가 어떻게 와서 어떤 과정을 거쳐 시가 되는지
독자들께 낱낱이 보고할 기회를 잡았다고 생각했다.
처음에 떠오른 생각의 씨앗이 무엇이었는지,
메모는 어떤 형태로 남았는지 내 스스로 시작 과정을 한번 기록하고 싶었다.

화장실에서의 메모

6월의 어느 일요일 아침이었다. 나는 화장실 변기에 앉아 있었다. 간밤의 숙취로부터 채 헤어나지 못해 머리는 지끈거렸고, 뱃속은 부글부글 끓었다. 그날은 모처럼 별다른 약속이 없었다. 그렇다고 하루 종일 빈둥거리며 놀 수는 없었다. 「한겨레」에 연재를 막 시작할 무렵이었으니까. 시어머니처럼 엄한 원고 마감 시간을 맞추어야 했다. 나는 매주 적잖이 긴장하고 있었다. 그래서 아예 휴일에 쉬는 일은 접어버리기로 마음을 먹었다. 샤워를 하고 나서 맑은 공기로 머릿속을 좀 헹군 뒤에 학교로 향할 참이었다. 술을 좋아하지만 나는 숙취에서 완전하게 풀려나지 않으면 단 한 줄의 글도 쓰지 못한다.

문득 학교로 가는 것보다 작업실로 가야겠다는 생각이 들었다. 집에서 북쪽으로 가야 학교가 있고, 작업실이라 부르는 전주 근교의 누옥은 남쪽으로 가야 한다. 그 작업실에서 글 쓰는 작업을 하기는커녕 몇 주째 둘러보지도 못했다. 마당에 돋아나 있을 풀들과 툇마루에 쌓여 있을 먼지들을 어떻게 하나? 풀을 뽑고 청소라도 하고 방이 숨을 쉬도록 환기라도 해줘야 할 텐데. 거길 가면 새소리로 내 어지러운 머릿속을 씻어낼 수도 있을 텐데.

돌담 밑에 고추를 몇 주 심고 그 옆에 얼갈이배추씨를 뿌려놓은 게 생각났다. 그것은 농사도 경작도 아니었다. 해마다 버릇처럼 하는 일이었다. 어설프게 흙을 덮어 놓은 얼갈이배추씨앗이 싹을 틔운 것을 본 게 3주 전쯤이었다. 배추는 이제 잎사귀를 한 뼘 정도는 더 내밀었을 것이었다. 아마 애벌레들이 꼬물거리며 연한 배춧잎에다 마음껏 길을 내고 있을지도 몰랐다. 동네 노인들이 이를 보면 또 혀를 차시겠다.

"쯧쯧, 약을 좀 해야지."

손바닥만 한 땅에 약이고 자시고 할 것 없었다. 두어 번 풋것을 뜯어먹을 수 있으면 좋았고, 나중에 꽃대가 올라와서 꽃밭 삼아 바라보는 것도 즐거운 일이라고 여겼다. 자주 들르게 되면 나무젓가락으로 애벌레들을 잡아 줄 수도 있었겠지만.

그때 별안간 시 몇 줄이 머릿속으로 날아오셨다(다시 이야기하지만, 나는 책상 앞이 아니라 화장실 변기 위에 앉아 있었다). 큰소리로 아내를 불러 종이와 펜을 갖다 달라고 했다. 한 편의 시가 어떻게 와서 어떤 과정을 거쳐 시가 되는지 「한겨레」 독자들께 낱낱이 보고할 기회를 잡았다고 생각했다. 처음에 떠오른 생각의 씨앗이 무엇이었는지, 메모는 어떤 형태로 남았는지 내 스스로 시작 과정을 한번 기록하고 싶었다. 그날 아침에 쪽지 위에 적은 메모는 이런 것들이다.

투기, 재테크
한 평 남짓 배추씨를 뿌렸다
한 평 남짓… 나비를 키웠다
배추밭 둘레 허공을 다 차지했다

(나비의 생태-얼마나 날까?)

앉아라, 물러서라

배춧잎을 갉아먹고 사는 애벌레를 잡지 않는다면 그 애벌레들은 틀림없이 나비가 될 것이었다. 나는 한 평 남짓한 땅에 배추를 키우지만, 애벌레는 배춧잎의 넓이만큼만 몸을 움직이며 먹이를 구하지만, 나중에 나비가 되면 애벌레는 배추밭 둘레 허공을 다 차지하고 날아다닐 것이었다. 그러므로 나는 배추를 한 평 키우는 게 아니라 나비를 한 평 키우는 사람이었다. 나는 한 마리의 나비가 날아갈 수 있는 허공의 거리가 얼마나 되는지 나중에 책을 찾아보기로 했다. 내가 키운 나비가 날아갈 그 허공은 모두 나의 것이기도 했다. 이런 욕심이나 호기는 얼마든지 부려도 좋지 않겠는가. 나비를 키움으로써 나는 경계도 말뚝도 박아 놓지 않은 그 허공을 차지할 권리를 갖게 된 것이다. 내 소유의 허공! 변기에 앉아 생각만 해도 신이 났다. 제목을 '투기'로 할 것인지, '재테크'로 할 것인지는 차차 결정하기로 했다.

쩨쩨하고 치사한 시쓰기

나는 시시때때로 메모한 것을 반드시 컴퓨터 속에 있는 '신작시'라는 파일에다 옮겨 둔다. 그 파일을 열어보면 메모의 길이는 대체로 서너 줄. 단어 한두 개로 된 것도 있다. 어제 아침에 옮겨 둔 것도 있고, 조금 전에 떠오른 것을 적어 둔 것도 있다. 7~8년 전에 메모했으나 아직 시로 날개를 달지 못한 것들도 수두룩하다. 수백 개의 그 메모가 옆에 없다면 나는 시인이 아니다. 그 몇 줄의 메모 때문에 여전히 시인이라고 어디 낯을 내며 나다닐 수도 있다. 그것은 매우 조심스럽게 다뤄야 할 알 같은 것이다.

시를 쓰게 되는 날(혹은 어쩔 수 없이 마감에 쫓겨 시를 써야 하는 날), 나는 우선 파일을 열어 메모를 일별한다. 아직 잠에서 깰 생각을 하지 않고 있는 메모가 있는가 하면 자신을 선택해주기를 간절하게 바라는 메모도 있다. 컴퓨터 속 메모와 나와의 관계는 '줄탁동기'를 이루었을 때 비로소 시의 꼴을 갖추기 시작한다. (어미 닭이 알을 품고 있다가 때가 되면 병아리가 안에서 껍질을 쪼게 되는데, 이것을 '줄'이라 하고, 어미 닭이 그 소리에 반응해서 바깥에서 껍질을 쪼는 것을 '탁'이라 한다. 그런데 이 '줄탁'은 어느 한쪽의 힘이 아니라 동시에 일어나야만 병아리가 온전히 하나의 생명체로서 세상 밖으로 나올 수 있다. 만약에 껍질 안의 병아리가 힘이 부족하거나, 반대로 껍질 바깥 어미 닭의 노력이 함께 이루어지지 않는다면 병아리는 죽음을 면치 못하게 된다. 껍질을 경계로 두 존재의 힘이 하나로 모아졌을 때 새로운 세상이 만들어진다는 이 비유를 불가에서는 참다운 사제지간의 관계를 말할 때 곧잘 인용하곤 한다.)

6월 어느 일요일 변기 위에서 한 메모는 두어 달 컴퓨터가 품고 있었다. 박제천은 시를 써내자마자 그 자리에서 달려들어 퇴고를 하는 일은 어리석다고 조언한다. 작품을 써내고 난 뒤에는 일단 눈앞에서 치우고 일주일이나 열흘쯤 묵힌 채 흥분을 가라앉힌 다음 다시 꺼내보라는 것이다.[121] 즉 자신의 작품을 객관적으로 볼 수 있는 눈이 생길 때까지는 시간을 벌어야 한다는 것이다. 그래도 나의 이 메모는 비교적 일찍 알을 깨고 나온 편에 속

121 박제천, 앞의 책, 65쪽.

한다. 아래는 완성된 시이다.

한 평 남짓 얼갈이배추씨를 뿌렸다
스무 날이 지나니 한 뼘 크기의 이파리가 몇 장 펄럭였다
바람이 이파리를 흔든 게 아니었다, 애벌레들이
제 맘대로 길을 내고 똥을 싸고 길가에 깃발을 꽂는 통에 설핏 펄럭이는 것처럼 보였던 것
동네 노인들이 혀를 차며 약을 좀 하라 했으나
그래야지요, 하고는 그만두었다
한 평 남짓 애벌레를 키우기로 작심했던 것
또 스무 날이 지나 애벌레가 나비가 되면 나는 한 평 얼갈이배추밭의 주인이자 나비의 주인이 되는 것
그리하여 나비는 머지않아 배추밭 둘레의 허공을 다 차지할 것이고
나비가 날아가는 곳까지가, 나비가 울타리를 치고 돌아오는 그 안쪽까지가
모두 내 소유가 되는 것

한 편의 시를 고치는 동안 나는 말로 다할 수 없는 쩨쩨하고 치사한 사내가 된다. 창피할 정도로 별의별 짓을 다 한다. 나비도감을 들추고, 포털사이트에서 얼갈이배추에 대해 알아본다. 행을 한 번 바꾸는 데 열 번 정도는 이리저리 붙였다가 뗐다가 해본다. 중간 부분 이후에 '—것' 이라는 어조는 스무 번 정도 썼다가 지웠다가 가까스로 택한 것이다. 왠지 자신감 있는 어조로 마무리를 해야 할 것 같았다.

제목은 부정적인 느낌을 주는 「투기」보다는 「재테크」가 시의적절해 보였다. 재테크에 목숨을 거는 이들에게 나의 재테크 방법을 자랑하고 싶은 심

사도 작용했을 것이다. 수십 차례 고친 뒤에 옆방에 계신 정양 선생님께 보여드렸다. 지금은 기억나지 않지만, 선생님은 중간 행 하나를 지우는 게 어떻겠느냐고 말씀하셨다. 있으나마나 한 행이라는 것이었다. 다시 읽어보니 정말 그랬다. 어디 숨고 싶었다. 두말없이 지웠다.

|23|

시를 쓰지 말고 시적인 것을 써라

당신은 가장 물기 많은 말, 가장 적합한 어휘를 행간에 배치하기 위해 헤매야 한다.
당신이 말하고자 하는 바와 언어가 가장 이상적인 형태로 만날 때까지
찾고, 지우고, 넣고, 비틀고, 쥐어짜고, 흔들기를 마다하지 마라.
적어도 당신 하나쯤은 감동시킬 때까지 언어하고 치고받고 싸워라.
완벽한 세계관과 정돈된 문학적 관점이 훌륭한 시를 생산하는 것이 아니다.
시인은 자신의 언어와 사투를 벌이는 동안 하나씩 껍데기를 벗고 성장하는 존재이다.

새로운 언어, 새로운 인식, 새로운 감동

좋은 시란 어떤 시를 말하는 것일까? 이에 대한 답을 한마디로 정리할 수 있는 사람은 아무도 없다. 좋은 시란 이것이다, 라고 정의하는 순간, 모든 시는 그 낡은 기준에 갇혀버리는 나쁜 운명을 맞게 된다. 시가 늘 새로운 세계를 꿈꾸는 양식이어야 하는 이유가 여기에 있다. 그럼에도 (위험을 무릅쓰고) 좋은 시란 이것이다, 라고 감히 정리해본다면 어렴풋하게나마 다음과 같은 결론을 이끌어낼 수 있을 것이다.

첫째, 새로운 언어로 표현된 시.

둘째, 새로운 인식을 도출하는 시.

셋째, 새로운 감동을 주는 시.

여기에다 시인의 시작 태도가 공자의 말씀대로 '사무사思無邪' 바로 그것이라면 더할 나위 없이 좋은 시라고 할 수 있을 것이다. 시의 감동은 일차적으로 시인과 독자와의 교감, 즉 소통 위에서 이루어진다. 그러나 소통이 이루어졌다고 해서 모든 시가 다 울림을 갖는 것은 아니다. 허망한 소통보다는 고독한 단절이 오히려 서로를 행복하게 할 때도 있으니까 말이다. 시를 보는 미학적 관점과 언어에 대한 경험이 자연스럽게 일치할 때 시적 감동은 증폭될 것이다.

근육은 날자마자
고독으로 오므라든다

날개 밑에 부풀어오르는 하늘과
전율 사이
꽃이 거기 있어서

絕海孤島,
내리꽂혔다
솟구친다
근육이 오므라졌다
펴지는 이 쾌감

살을 상상하는 동안
발톱이 점점 바람 무늬로 뒤덮인다
발 아래 움켜쥔 고독이
무게가 느껴지지 않아서

상공에 날개를 활짝 펴고
외침이 절해를 찢어놓으며
서녘 하늘에 날라다 퍼낸 꽃물이 몇 동이일까

천길 절벽 아래
꽃파도가 인다

— 박형준, 「춤」 전문[122]

"첫 비행이 죽음이 될 수 있으나, 어린 송골매는 절벽의 꽃을 따는 것으로 비행 연습을 한다"는 문장이 제목 밑에 붙어 있는 시다. 이 문장은 시의 본문으로 독자를 안내하는 구실을 한다. 그런데 본문에 쓰인 언어를 보면 '고독' '전율' '쾌감'과 같은 관념어들이 여과되지 않고 돌출해 있다. 그럼에도 관념어들은 그 빛을 잃지 않고 신기하게도 요소요소에 알맞게 자리 잡고 있다. 어린 송골매의 고독과 전율과 쾌감이 독자에게 전이되는 까닭이다. 그 전이는 벼랑과 허공이라는 절대적 공간의 설정, 상황의 긴장감, 언어의 절제미가 서로 어울리면서 이루어진다.

언어란 시인과 독자 사이에 놓인 가교인 동시에 보이지 않는 훼방꾼이기도 하다. 저 유서 깊은 '낯설게 하기'는 그 두 가지 역할을 동시에 수행하고자 할 때 여전히 유효한 시적 방법이다. 독자를 편하게도 하고 불편하게도 하는 시, 이것인가 싶으면 저것인 시, 바른가 싶으면 이미 비뚤어져 있는 시…….

좋은 시를 쓰고 싶다면 당신은 표현의 리얼리티 속에서 감동의 요소를 찾으려고 끙끙대는 일을 두려워해서는 안 된다. 일차적으로 당신은 가장 물기 많은 말, 가장 적합한 어휘를 행간에 배치하기 위해 헤매야 한다. 당신이 말하고자 하는 바와 언어가 가장 이상적인 형태로 만날 때까지 찾고, 지우고, 넣고, 비틀고, 쥐어짜고, 흔들기를 마다하지 마라. 적어도 당신 하나쯤은 감동시킬 때까지 언어하고 치고받고 싸워라. 완벽한 세계관과 정돈된 문학적 관점이 훌륭한 시를 생산하는 것이 아니다. 시인은 자신의 언어와 사투를 벌이는 동안 하나씩 껍데기를 벗고 성장하는 존재이다.

---

122 박형준, 『춤』, 창비, 2005, 10~11쪽.

황지우는 "나는 시를 쓸 때, 시를 추구하지 않고 '시적인 것'을 추구한다. 바꿔 말해서 비시非詩에 낮은 포복으로 접근한다. '시적인 것'은 '어느 때나, 어디에도' 있다"라고 했다. 그리고 "그때그때 시를 쓰고 읽는 사람들이 '시적인 것'의 자격을 부여하는 행위를 통해 '시적인 것'의 틀이 생기며 이 틀에 준해서 사람들은 시를 쓰고, 읽고, 이해하고, 해석하고, 평가한다"라고 했다.[123]

이 말은 이미 '시'로 규정된 모든 규격화된 정의에 대한 부정을 통해 자신과 시를 갱신해 나가겠다는 선언과도 같다. 시라는 규범의 틀에 갇히는 순간, 시는 이미 시가 아닌 것이다. 그러므로 '시적인 것'은 딱히 정의될 수 있는 성질의 것이 아니라 시인에게 모험과 도전을 요구하는 지침으로 이해해야 한다. '시적인 것'은 살아서 꿈틀거리는, 손에 잡는 순간 또 달아나버리는 도마뱀과도 같은 것이다. 이것을 일찍이 간파한 고은 시인은 '시는 심장의 뉴스'라는 멋들어진 화두를 토하기도 했다.

시애틀 추장의 연설

1854년 당시 미국 대통령 프랭클린 피어스는 인디언 부족에게 백인 대표단을 보내 인디언 보호구역을 제공할 테니 땅을 팔라는 요청을 하였다. 이에 인디언 추장 시애틀은 하늘이나 땅의 온기를 사고 팔 수는 없다는 매우 시적인 발언을 하였다. 이것이 그 유명한 「시애틀 추장의 연설-우리는 결

123 황지우, 『사람과 사람 사이의 신호』, 한마당, 1986, 13~17쪽.

국 모두 형제들이다」이다.[124] 이 연설문을 읽고 시적인 감동이 어디에서 오는지를 체감해보기 바란다(한 문장씩 필사를 해봐도 좋을 것이다).

> 워싱턴 대추장이 우리 땅을 사고 싶다는 전갈을 보내 왔다. 대추장은 우정과 선의의 말도 함께 보내 왔다. 그가 답례로 우리의 우의를 필요로 하지 않는다는 것을 잘 알고 있으므로 이는 그로서는 불친절한 일이다. 하지만 우리는 그대들의 제안을 진지하게 고려해볼 것이다. 우리가 땅을 팔지 않으면 백인이 총대를 들고 와서 우리의 땅을 빼앗을 것임을 우리는 알고 있다.
>
> 그대들은 어떻게 저 하늘이나 땅의 온기를 사고 팔 수 있는가? 우리로서는 이상한 생각이다. 공기의 신선함과 반짝이는 물을 우리가 소유하고 있지도 않은데 어떻게 그대들에게 팔 수 있다는 말인가? 우리에게는 이 땅의 모든 부분이 거룩하다. 빛나는 솔잎, 모래 기슭, 어두운 숲 속 안개, 맑게 노래하는 온갖 벌레들, 이 모두가 우리의 기억과 경험 속에서는 신성한 것들이다. 나무 속에 흐르는 수액은 우리 홍인紅人의 기억을 실어 나른다. 백인은 죽어서 별들 사이를 거닐 적에 그들이 태어난 곳을 망각해버리지만, 우리가 죽어서도 이 아름다운 땅을 결코 잊지 못하는 것은 이것이 바로 우리 홍인의 어머니이기 때문이다. 우리는 땅의 한 부분이고 땅은 우리의 한 부분이다. 향기로운 꽃은 우리의 자매이다. 사슴, 말, 큰독수리, 이들은 우리의 형제들이다. 바위산 꼭대기, 풀의 수액, 조랑말과 인간의 체온 모두가 한

---

124 김종철 엮음, 『녹색평론 선집 1』, 녹색평론사, 1993, 16~21쪽.

가족이다.

워싱턴의 대추장이 우리 땅을 사고 싶다는 전갈을 보내온 것은 곧 우리의 거의 모든 것을 달라는 것과 같다. 대추장은 우리만 따로 편히 살 수 있도록 한 장소를 마련해주겠다고 한다. 그는 우리의 아버지가 되고 우리는 그의 자식이 되는 것이다. 그러니 우리의 땅을 사겠다는 그대들의 제안을 잘 고려해보겠지만, 우리에게 있어 이 땅은 거룩한 것이기에 그것은 쉬운 일이 아니다. 개울과 강을 흐르는 이 반짝이는 물은 그저 물이 아니라 우리 조상들의 피다. 만약 우리가 이 땅을 팔 경우에는 이 땅이 거룩한 것이라는 사실을 기억해달라. 거룩할 뿐만 아니라, 호수의 맑은 물 속에 비추인 신령스러운 모습들 하나하나가 우리네 삶의 일들과 기억들을 이야기해주고 있음을 아이들에게 가르쳐야 한다. 물결의 속삭임은 우리 아버지의 아버지가 내는 목소리이다. 강은 우리의 형제이고 우리의 갈증을 풀어준다. 카누를 날라주고 자식들을 길러준다. 만약 우리가 땅을 팔게 되면 저 강들이 우리와 그대들의 형제임을 잊지 말고 아이들에게 가르쳐야 한다. 그리고 이제부터는 형제에게 하듯 강에게도 친절을 베풀어야 할 것이다.

아침 햇살 앞에서 산안개가 달아나듯이 홍인은 백인 앞에서 언제나 뒤로 물러났지만 우리 조상들의 유골은 신성한 것이고 그들의 무덤은 거룩한 땅이다. 그러니 이 언덕, 이 나무, 이 땅덩어리는 우리에게 신성한 것이다. 백인은 우리의 방식을 이해하지 못한다는 것을 우리는 알고 있다. 백인에게는 땅의 한 부분이 다른 부분과 똑같다. 그는 한밤중에 와서는 필요한 것을 빼앗아 가는 이방인이기 때문이다.

땅은 그에게 형제가 아니라 적이며, 그것을 다 정복했을 때 그는 또 다른 곳으로 나아간다. 백인은 거리낌 없이 아버지의 무덤을 내팽개치는가 하면 아이들에게서 땅을 빼앗고도 개의치 않는다. 아버지의 무덤과 아이들의 타고난 권리는 잊혀지고 만다. 백인은 어머니인 대지와 형제인 저 하늘을 마치 양이나 목걸이처럼 사고 약탈하고 팔 수 있는 것으로 대한다. 백인의 식욕은 땅을 삼켜버리고 오직 사막만을 남겨 놓을 것이다.

모를 일이다. 우리의 방식은 그대들과 다르다. 그대들의 도시의 모습은 홍인의 눈에 고통을 준다. 백인의 도시에는 조용한 곳이 없다. 봄 잎새 날리는 소리나 벌레들의 날개 부딪치는 소리를 들을 곳이 없다. 홍인이 미개하고 무지하기 때문인지는 모르지만, 도시의 소음은 귀를 모독하는 것만 같다. 쏙독새의 외로운 울음소리나 한밤중 못가에서 들리는 개구리 소리를 들을 수가 없다면 삶에는 무엇이 남겠는가? 나는 홍인이라서 이해할 수가 없다. 인디언은 연못 위를 쏜살같이 달려가는 부드러운 바람소리와 한낮의 비에 씻긴 바람이 머금은 소나무 내음을 사랑한다. 만물이 숨결을 나누고 있으므로 공기는 홍인에게 소중한 것이다. 짐승들, 나무들, 그리고 인간은 같은 숨결을 나누고 산다. 백인은 자기가 숨 쉬는 공기를 느끼지 못하는 듯하다. 여러 날 동안 죽어 가고 있는 사람처럼 그는 악취에 무감각하다.

그러나 만약 우리가 그대들에게 땅을 팔게 되더라도 우리에게 공기가 소중하고, 또한 공기는 그것이 지탱해주는 온갖 생명과 영기靈氣를 나누어 갖는다는 사실을 그대들은 기억해야만 한다. 우리의 할아버지에게 첫 숨결을 베풀어준 바람은 그의 마지막 한숨도 받아준다. 바람은 또한 우리의 아이들에게 생명의 기운을 준다. 우리가 우리 땅을 팔게 되더라도 그것을 잘 간수해서 백인들도 들꽃들이 향기로워진 바람을 맛볼 수 있는 신성한 곳으로 만들어야 한다.

우리는 우리의 땅을 사겠다는 그대들의 제안을 고려해보겠다. 그러나 제의를 받아들일 경우 한 가지 조건이 있다. 즉 이 땅의 짐승들을 형제처럼 대해야 한다는 것이다. 나는 미개인이니 달리 생각할 길이 없다. 나는 초원에서 썩어 가고 있는 수많은 물소를 본 일이 있는데 모두 달리는 기차에서 백인들이 총으로 쏘고는 그대로 내버려둔 것들이었다. 연기를 뿜어내는 철마가 우리가 오직 생존을 위해서 죽이는 물소보다 어째서 더 중요한지를 모르는 것도 우리가 미개인이기 때문인지 모른다. 짐승들이 없는 세상에서 인간이란 무엇인가? 모든 짐승이 사라져버린다면 인간은 영혼의 외로움으로 죽게 될 것이다. 짐승들에게 일어난 일은 인간들에게도 일어나게 마련이다. 만물은 서로 맺어져 있다.

그대들은 아이들에게 그들이 딛고 선 땅이 우리 조상의 뼈라는 것을 가르쳐야 한다. 그들이 땅을 존경할 수 있도록 그 땅이 우리 종족의 삶들로 충만해 있다고 말해주라. 우리가 우리 아이들에게 가르친 것을 그대들의 아이들에게도 가르치라. 땅은 우리 어머니라고. 땅 위에 닥친 일은 그 땅의 아들들에게도 닥칠 것이니, 그들이 땅에다 침을 뱉으면 그것은 곧 자신에게 침을 뱉는 것과 같다. 땅이 인간에게 속하는 것이 아니라 인간이 땅에 속하는 것임을 우리는 알고 있다. 만물은 마치 한 가족을 맺어 주는 피와도 같이 맺어져 있음을 우리는 알고 있다. 인간은 생명의 그물을 짜는 것이 아니라 다만 그 그물의 한 가닥에 불과하다. 그가 그 그물에 무슨 짓을 하든 그것은 곧 자신에게 하는 짓이다.

그러나 우리는 우리 종족을 위해 그대들이 마련해준 곳으로 가라는 그대들의 제의를 고려해보겠다. 우리는 떨어져서 평화롭게 살 것이다. 우리가 여생을 어디서 보낼 것인가는 중요하지 않다. 우리의 아이들은 그들의 아버지가 패배의 굴욕을 당하는 모습을 보았다. 우리의 전사들은 수치심에 사로잡혔으며 패배한 이후로 헛되이 나날을 보내면서 단 음식과 독한 술로 그들의 육신을 더럽히고 있다. 우리가 어디서 우리의 나머지 날들을 보낼 것인가는 중요하지 않다. 그리 많은 날이 남아 있지도 않다. 몇 시간, 혹은 몇 번의 겨울이 더 지나가면 언젠가 이 땅에 살았거나 숲 속에서 조그맣게 무리를 지어 지금도 살고 있는 위대한 부족의 자식들 중에 그 누구도 살아남아서 한때 그대들만큼이나 힘세고 희망에 넘쳤던 사람들의 무덤을 슬퍼해줄 수도 없을 것이다. 그러나 내가 왜 우리 부족의 멸망을 슬퍼해야 하는가? 부족이란 인간들로 이루어져 있을 뿐 그 이상은 아니다. 인간들은 바다의 파도처럼 왔다가 간다. 자기네 하느님과 친구처럼 함께 걷고 이야기하는 백인들조차도 이 공통된 운명에서 벗어날 수는 없다. 결국 우리는 한 형제임을 알게 되리라.

백인들 또한 언젠가는 알게 되겠지만 우리가 알고 있는 한 가지는 우리 모두의 하느님은 하나라는 것이다. 그대들은 땅을 소유하고 싶어하듯 하느님을 소유하고 있다고 생각할지 모르지만 그것은 불가능한 일이다. 하느님은 인간의 하느님이며 그의 자비로움은 홍인에게나 백인에게나 똑같은 것이다. 이 땅은 하느님에게 소중한 것이므로 땅을 해치는 것은 그 창조주에 대한 모욕이다. 백인들도 마찬가지로 사라져갈 것이다. 어쩌면 다른 종족보다 더 빨리 사라질지 모른다. 계속해서 그대들의 잠자리를 더럽힌다면 어느 날 밤 그대들은 쓰레기 더미 속에서 숨이 막혀 죽을 것이다. 그러나 그대들이 멸망할 때 그대들을 이 땅에 보내주고 어떤 특별한 목적으로 그대들에게 이 땅과 홍인을 지배할 권한을 허락해준 하느님에 의해 불태워져 환하게 빛날 것이다. 이것은 우리에게는 불가사의한 신비이다. 언제 물소들이 모두 살육되고 야생마가 길들여지고 은밀한 숲 구석구석이 수많은 인간들의 냄새로 가득 차고 무르익은 언덕이 말하는 쇠줄(전화선)로 더럽혀질 것인지를 우리가 모르기 때문이다. 덤불이 어디에 있는가? 사라지고 말았다. 독수리는 어디에 있는가? 사라지고 말았다. 날랜 조랑말과 사냥에 작별을 고하는 것은 무엇을 의미하는가? 삶의 끝이자 죽음의 시작이다.

우리 땅을 사겠다는 그대들의 제의를 고려해보겠다. 우리가 거기에 동의한다면 그대들이 약속한 보호구역을 가질 수 있을 것이다. 아마도 거기에서 우리는 얼마 남지 않은 날들을 마치게 될 것이다. 마지막 홍인이 이 땅에서 사라지고 그가 다만 초원을 가로질러 흐르는 구름의 그림자처럼 희미하게 기억될 때라도, 이 기슭과 숲들은 여전히 내 백성의 영혼을 간직하고 있을 것이다. 새로 태어난 아이가 어머니의 심장 고동을 사랑하듯이 그들이 이 땅을 사랑하기 때문이다. 그러므로 우리가 땅을 팔더라도 우리가 사랑했듯이 이 땅을 사랑해달라. 우리가 돌본 것처럼 이 땅을 돌보아달라. 당신들이 이 땅을 차지하게 될 때 이 땅의 기억을 지금처럼 마음속에 간직해달라. 온 힘을 다해서, 온 마음을 다해서 그대들의 아이들을 위해 이 땅을 지키고 사랑해달라. 하느님이 우리 모두를 사랑하듯이.

한 가지 우리는 알고 있다. 우리 모두의 하느님은 하나라는 것을. 이 땅은 그에게 소중한 것이다. 백인들도 이 공통된 운명에서 벗어날 수는 없다. 결국 우리는 한 형제임을 알게 되리라.

시의 네 가지 높은 경지

중국 송대의 시인 강기姜夔는 그의 시론집 『백석도인시설』에서 시에는 네 종류의 높은 경지가 있다고 했다. 첫째는 이치가 높은 경지요, 둘째는 뜻이 높은 경지요, 셋째는 상상력이 높은 경지요, 넷째는 자연스러움이 높은 경지가 그것이다.[125] '시적인 것'을 탐구하는 우리에게 꽤 유익한 사색을 제공해주는 시론이다.

그는 먼저 "막혀 있는 듯하나 실제로는 통하는 것을 이치가 높은 경지"라고 말했다. 여기에서 이치란 인간의 도리와 자연의 섭리를 두루 포괄하는 개념이다. 정경융합情景融合을 중요한 시의 가치로 여긴 동아시아의 시학과 동일성의 미학을 강조한 서양의 시학이 모두 이런 경지를 향한 시적 모색이라 할 수 있겠다.

천둥번개 지나간 곡우날 아침,

125 이병한, 앞의 책, 259쪽.

때아닌 우박과 꽃잎 사이

들숨과 날숨
부딪쳐 살아 오르며

낯선 우박이 자기를 녹여 꽃잎을 깨우네
낯선 꽃잎이 자기를 찢어 우박을 맞네

잘못 든 길을 알아차리고도
설레설레 봄꽃은 번지네

— 이안, 「숨길 1」 전문[126]

우박은 꽃잎을 찢는 공격적 주체가 아니고, 꽃잎은 우박에 찢어지는 방어적 객체도 아니다. 엄연한 자연의 질서 앞에 주체와 객체의 구분은 무의미하다. 우박은 꽃잎을 깨우고 꽃잎은 우박을 맞이할 뿐이다. 낯선 우박과 꽃잎 사이의 작지만 소중한 소통의 숨길이 우주 전체의 봄을 불러온다는 이치를 말하고 있는 시다. 이때 이 시를 읽는 독자의 마음속으로도 분명 '설레설레' 봄의 기운이 스며들 것이다.

두 번째로는 "표현해낸 것이 표면적인 의미를 초월하게 되는 것을 뜻이 높은 경지"라고 했다.

무논에 써레가 지나간 다음 흙물이 제 몸을 가라앉히는 동안

126 이안, 『목마른 우물의 날들』, 실천문학사, 2002, 11쪽.

그는 한 생각이 일었다 사라지는 풍경을 본다

한 획 필체로 우레와 침묵 사이에 그는 있다

— 문태준, 「황새의 멈추어진 발걸음」 전문[127]

표면적으로는 써레질이 끝난 뒤 흙물이 가라앉는 모습이 시의 소재가 되고 있다. 흙물이 그저 가라앉는 게 아니라 '제 몸을 가라앉히는 동안'이라고 말하는 것도 범상하지 않지만, 그것을 '생각이 일었다 사라지는 풍경'으로 확장하는 상상력은 놀랍다. 그리하여 '우레와 침묵 사이에' 있는 존재의 고독과 무상함을 드러내기에 이른다. 여기에서 황새는 단순한 조류가 아니라 드높은 정신주의의 한 표상으로 읽힌다. ('써레'와 '우레'라는 유사한 음성기호가 동일한 의미로 나란히 서 있는 언어유희도 볼 만하다.)

세 번째로 "깊어 분명하지 않은 것을, 마치 연못이 맑아 밑바닥이 다 보이듯이 훤하고 분명하게 써내는 것을 상상력이 높은 경지"라고 했다.

세 자매가 손을 잡고 걸어온다

이제 보니 자매가 아니다

꼽추인 어미를 가운데 두고

두 딸은 키가 훌쩍 크다

어미는 얼마나 작은지 누에 같다

제 몸의 이천 배나 되는 실을

뽑아낸다는 누에,

---

127 문태준, 『맨발』, 창비, 2004, 27쪽.

저 등에 짊어진 혹에서
비단실 두 가닥 풀려나온 걸까
비단실 두 가닥이
이제 빈 누에고치를 감싸고 있다

그 비단실에
내 몸도 휘감겨 따라가면서
나는 만삭의 배를 가만히 쓸어안는다

— 나희덕, 「누에」 전문[128]

두 딸과 꼽추인 어미 사이에 이어진 보이지 않는 실을 이토록 선명하고 감동적으로 부조한 것은 시인의 상상력이다. 그 실은 급기야 모녀를 바라보는 화자에게까지 연결되고, 독자의 가슴을 뭉클하게 하는 것이다. 이처럼 보이지 않는 것을 눈에 보이도록 만드는 사람이 시인이다.

다음 시에서도 우리는 사람과 사람 사이에 연결된 실을 본다.

조선총독부가 있을 때
청계천변 10전 균일 상밥집 문턱엔
거지소녀가 거지장님 어버이를
이끌고 와 서 있었다
주인 영감이 소리를 질렀으나
태연하였다

128 나희덕, 『그곳이 멀지 않다』, 문학동네, 2004, 32쪽.

어린 소녀는 어버이의 생일이라고

10전짜리 두 개를 보였다

— 김종삼, 「장편掌篇 2」 전문[129]

일제 때 10전의 가치가 어느 정도인지는 모르겠으나 밥 한 상에 10전이라니 그리 많지는 않은 액수였을 것이다. 분명 구걸로 얻게 되었을 10전짜리 두 개를 부모의 생일 밥값으로 당당하게, 그러나 가련하게 내미는 어린 소녀의 손목이 보일 듯하다. 그 눈망울도 보일 듯하다. 이렇게 서럽도록 아름다운 시를 읽다가 보면 사랑이니 효도니 인정이니 하는 말들이 얼마나 낡고 뻔뻔한 소리인지 깨닫게 된다. "특이하지도 않고 기이하지도 않으면서 문채를 벗어 떨치고, 그것이 오묘하다는 것만을 느낄 뿐 그 오묘하게 되는 까닭을 알 수 없는 것을 자연스러움이 높은 경지"라고 하는 것이다.

129 김종삼, 『북 치는 소년』, 민음사, 1979, 84쪽.

|24|

개념적인 언어를 해체하라

시를 쓰는 일은 마음속에 상상력 발전소를 차려 가동하는 일이다.
그 발전소에서 당신은 먼저 머리에 입력된 모든 개념적 언어를 해체하라.
정진규의 말처럼 시는 '어머니의 사랑' 이라는 말을 버리고
'어머니의 고봉밥' 이라고 말하는 데서 시작한다.
개념어는 삶을 일반화해서 딱딱하게 만들지만
구체어는 삶을 말랑말랑하고 생기 있게 만든다.

상상력을 풀무질하는 시인

모든 사랑은 상상으로 시작되어 상상으로 막을 내린다. 특히 이성을 만나기 전이나 서로 떨어져 있을 때 상상력의 펌프질은 두뇌 속에서 끊임없이 계속된다. 두 사람의 상상력이 접합 지점을 찾았을 때 우리는 사랑이 이루어졌다고 말한다. 하지만 사랑이 진행되는 동안 둘 사이에는 상상력이 엇갈려 삐걱거릴 때도 있다. 바야흐로 의심이 싹트면서 영원할 줄 알았던 사랑에 금이 가는 시점이 도래하는 것이다. 상상력의 신은 끈질기게 훼방을 놓고 연인들은 심각하게 결별을 고려한다.

처음에 상상력은 채 다듬어지지 않은 생각에서 발생한다. 그것은 재 속에 숨어 있는 불씨와 같아서 눈에 보이지 않을 뿐더러 그 생각의 크기와 밝기도 미약하기 그지없다. "상상력은 대상과 밀착되고 있는 상태를 말해준다. 분석적 관찰의 결과가 아닌 종합적 직관의 결과"라는 이형기의 말이 이를 뒷받침해준다. 시적 상상력은 직관 중에서도 감각적 직관의 도움을 받는다. 이문재는 감각을 일컬어 "몸과 마음의 경계"이면서 "자아와 타자 사이에 있는 가교"라고 말한다. 그에 의하면 시에서 감각이 중요한 이유는 시가 "단순한 보기見가 아니라 꿰뚫어보기觀"이기 때문이다.

시인이 애초부터 뛰어난 상상력의 소유자인 것은 아니다. 시인은 불씨를 꺼뜨리지 않기 위해 상상력을 풀무질하는 자이다. 시인이 불씨를 살려 강철을 구부리고 녹여 만들어낸 연장을 우리는 시라고 부른다.

만약에 그렇게 해서 시인이 하나의 낫을 만들었다고 하자. 우리는 풀과 곡식을 베는 농기구로서 낫의 실용적 가치를 살피기 위해 그 연장을 요모조모 뜯어볼 것이다. 쇠의 강도와 둥그런 날의 각도는 적당한지, 날은 잘 벼려졌는지, 낫자루를 끼우기에 적합한지를 따져볼 것이다. 시인의 상상력이 만들어낸 낫은 실제로 삶을 구체화하고 객관화하는 데 기여한다. 시적 상상력이 허무맹랑한 공상과 구별되는 이유가 거기에 있다.

나아가 우리는 하나의 낫이 농기구가 아니라 인명을 해치는 무기로 사용될 수도 있다는 상상을 할지 모른다. 시인의 상상력이 또 다른 상상력을 촉발시키는 것이다. 여기에 그치지 않는다. 우리는 시인이 만들어낸 낫의 외형을 보면서 그것의 미학적 가치를 따지기도 할 것이다.

질베르 뒤랑은 상상력이란 “세상과 사물을 맺어주는 비밀스러운 끈”이라고 했다.

> 상상된 공간은 매순간 자유롭게 그리고 즉각적으로 존재의 지평과 희망을 영원 속에서 재건립한다. 상상계는 우리의 의식이 궁극적으로 의지하는 존재이며, 영혼이 살아 있는 심장이다. …… 상상력의 기능은 죽어 있는 객관성에 유용성이라는 동화同化적 흥미를 부가하고 유용성에 기분 좋은 것에 대한 만족감을 부가한다.[130]

---

130 질베르 뒤랑, 『상상계의 인류학적 구조들』, 진형준 옮김, 문학동네, 2007, 667~668쪽.

문인수의 「쉬」는 '뜨신 끈'에 대한 이야기다. 시인은 어느 날 정진규 시인한테서 아버지를 안고 오줌 뉜 이야기를 들었다. 그것은 시의 불씨였다. 불씨를 붙잡고 상상력의 풀무질을 계속한 끝에 부자 간의 인연을 오줌발의 '뜨신 끈'이라는 경이로운 상상력으로 재구성해냈다.

> 그의 상가엘 다녀왔습니다.
>
> 환갑을 지난 그가 아흔이 넘은 그의 아버지를 안고 오줌을 뉜 이야기를 들었습니다. 生의 여러 요긴한 동작들이 노구를 떠났으므로, 하지만 정신은 아직 초롱 같았으므로 노인께서 참 난감해하실까봐 "아버지, 쉬, 쉬이, 어이쿠, 어이쿠, 시원허시겄다아" 농하듯 어리광부리듯 그렇게 오줌을 뉘었다고 합니다.
>
> 온몸, 온몸으로 사무쳐 들어가듯 아, 몸 갚아드리듯 그렇게 그가 아버지를 안고 있을 때 노인은 또 얼마나 더 작게, 더 가볍게 몸 움츠리려 애썼을까요. 툭, 툭, 끊기는 오줌발, 그러나 그 길고 긴 뜨신 끈, 아들은 자꾸 안타까이 땅에 붙들어매려 했을 것이고, 아버지는 이제 힘겹게 마저 풀고 있었겠지요. 쉬—
>
> 쉬! 우주가 참 조용하였겠습니다.[131]

시에서 상상력은 비유를 동반할 때가 많다. 바슐라르가 『촛불의 미학』(문예출판사, 1975)에서 "불꽃은 우리에게 상상할 것을 강요한다"고 말할 때 당신도 무작정 상상을 강요당하고 싶은 적이 있는가? 그가 "불꽃은 젖어 있는 불이다"라거나 "불꽃은 위쪽을 향해서 흐르는 모래시계다"라고 했을 때 당신은 그 매혹적인 은유 앞에서 금세 시인이 된 듯 착각에 빠진 적이 있는

---

131 문인수, 『쉬!』, 문학동네, 2006, 14쪽.

가? 그리고 또 그가 "불꽃은 그것을 둘러싸고 있는 어둠 속에서 자신의 아편을 먹는다. 그리고 불꽃은 아무 말 없이 죽는다. 그것은 잠들면서 죽는다"라고 강렬하게 외칠 때, 시의 불꽃에 타서 죽고 싶은 적이 있는가?

시적 상상력과 창의성

상상력은 무엇보다 창의성과 긴밀하게 동거한다. 아동의 창의성 교육에 관한 이론이 일상에서 '시적인 사고'와 '시적인 상상력'을 추출하려는 우리의 관심과 거의 유사한 접근 태도를 보이고 있는 것을 보고 깜짝 놀란 적이 있다. 즉 창의적 사고와 시적 사고는 별개가 아니며 한몸이라는 것을 알게 된 것이다. 현대창의성연구소 소장 임선하 박사에 의하면 창의적 사고의 기능은 크게 다섯 가지로 정리된다.[132]

첫째, 민감성이다. 주변의 환경에 대해 예민한 관심을 보이는 능력을 이른다. 자명한 듯한 현상에서도 문제를 찾아보고, 나와 친숙하지 않은 이상한 것을 친밀한 것으로 생각하는 일이 그렇다.

둘째, 유창성이다. 특정한 상황에서 가능한 한 많은 양의 아이디어를 산출하는 능력이다. 초기의 아이디어가 최선의 아이디어인 경우는 드물기 때문에 보다 많은 아이디어를 얻고자 하는 과정에서 최선의 것을 획득할 수 있다는 것이다. 어떤 대상이나 현상들로부터 많은 것을 연상하기, 문제 상황에서 가능한 해결방안을 있는 대로 많이 찾기 등이 여기에 해당한다.

132 임선하, 『창의성에의 초대』, 교보문고, 1998, 117~121쪽.

셋째, 융통성이다. 고정적인 사고방식이나 시각 자체를 변환시켜 다양한 해결책을 찾아내는 능력이다. 상투적이고 고정적인 사고의 틀을 깨고 발상의 전환을 꾀하는 것이다. 전혀 관계없는 사물들의 유사점을 찾아본다든지, 사물의 구체적인 속성에 주목하는 일과 관련이 있다.

넷째, 독창성이다. 기존의 것에서 탈피하여 참신하고 독특한 아이디어를 산출하는 능력이다. 다른 사람과 같지 않은 나만의 것을 찾고, 기존의 생각이나 가치를 부정하는 사고를 말한다.

다섯째, 정교성이다. 다듬어지지 않은 기존의 아이디어를 보다 치밀한 것으로 발전시키는 능력이다. 헝클어지고 조잡한 생각을 다듬고 그것의 실제적인 가치를 고려해서 발전시키는 활동이다.

이와 함께 이 책에서는 창의적 사고의 성향을 네 가지로 정리하고 있다. 자발성, 독자성, 집착성, 호기심이 그것이다. 이런 용어는 '상상력 · 독창성 · 확산적 사고 · 창조성 · 발명 · 직관 · 모험적 사고 · 창출 · 탐구 · 창안'과 더불어 시를 읽고 쓰며 상상력을 공부하는 우리의 잠든 의식을 적절하게 자극한다.

시인들이 때로 예민한 성격의 소유자이거나 기이한 행동을 일삼는 기인으로 비치기도 하고, 현실에 적응하지 못하는, 덜 떨어진, 철없는 낭만주의자로 인식되는 까닭이 여기에 있다. 그들이 인생의 모범생이 되지 못하고 일탈을 꿈꾸거나 혁명을 갈구하는 까닭도 여기에 있다.

겨울산을 오르다 갑자기 똥이 마려워
배낭 속 휴지를 찾으니 없다
휴지가 될 만한 종이라곤

들고 온 신작시집 한 권이 전부
다른 계절 같으면 잎새가 지천의 휴지이련만
그런 궁여지책도 이 계절의 산은
허락지 않는다
할 수 없이 들려온 시집의 낱장을
무례하게도 찢는다
무릎까지 바지를 내리고 산중턱에 걸터앉아
그분의 시를 정성껏 읽는다
읽은 시를 천천히 손아귀로 구긴다
구기고, 구기고, 구긴다
이 낱장의 종이가 한 시인을 버리고,
한 권 시집을 버리고, 자신이 시였음을 버리고
머물던 자신의 페이지마저 버려
온전히 한 장 휴지일 때까지
무참히 구기고, 구기고, 구긴다
펼쳐보니 나를 훑고 지나가도 아프지 않을 만큼
결이 부들부들해져 있었다
한 장 종이가 내 밑을 천천히 지나간다
아, 부드럽게 읽힌다
다시 반으로 접어 읽고,
또다시 반으로 접어 읽는다

고영민의 「똥구멍으로 시를 읽다」 전문이다.[133] 소재는 시집을 찢어 똥을 닦는 화장지로 쓰는 이야기다. 겉으로 보면 시인과 시에 대한 결례도 이만

---

133 고영민, 『악어』, 실천문학사, 2005, 10쪽.

저만이 아니다. 하지만 '낱장의 종이가 한 시인을 버리고,/한 권 시집을 버리고, 자신이 시였음을 버리고/머물던 자신의 페이지마저 버려/온전히 한 장 휴지' 가 되는 변화의 과정을 읽으며 우리는 어떤 통쾌한 울림이 몸을 감싸는 것을 느낀다. 또 시인은 이 휴지로 밑을 닦는다고 말하지 않는다. '읽는다' 고 한다. 항문이 시를 읽는다는 것이다. 항문만큼도 깨끗하지 않은 눈으로 시를 읽어서는 안 된다는 것을 말하고 싶었던 것일까? 아니면 휴지로나 쓰일 시 따위는 쓰지 말라는 뜻일까? 이 시의 해학과 세계에 대한 비판적 안목 역시 상상력의 도움 없이는 불가능하다.

시를 쓰는 일은 마음속에 상상력 발전소를 차려 가동하는 일이다. 그 발전소에서 당신은 먼저 머리에 입력된 모든 개념적 언어를 해체하라. 정진규의 말처럼 시는 '어머니의 사랑' 이라는 말을 버리고 '어머니의 고봉밥' 이라고 말하는 데서 시작한다. 개념어는 삶을 일반화해서 딱딱하게 만들지만 구체어는 삶을 말랑말랑하고 생기 있게 만든다.

나는 바람의 말을 알아들을 수 있었습니다
내가 계산이 되기 전에는

나는 비의 말을 새길 줄 알았습니다
내가 측량이 되기 전에는

나는 별의 말을 이해할 수 있었습니다
내가 해석이 되기 전에는

나는 대지의 말을 받아적을 수 있었습니다

내가 부동산이 되기 전에는

나는 숲의 말을 알아들을 수 있었습니다
내가 시계가 되기 전에는

이제 이들은 까닭없이 심오해졌습니다
그들의 말은 난해하여 알아들을 수 없습니다
내가 측량된 다음 삶은 터무니없이
난해해졌습니다

내가 계산되기 전엔 바람의 이웃이었습니다
내가 해석되기 전엔 물과 별의 동무였습니다
그들과 말 놓고 살았습니다
나도 그들처럼 소용돌이였습니다

백무산의 「나도 그들처럼」 전문이다.[134] 여기에서 '바람 · 비 · 별 · 대지 · 숲 · 물'은 물기를 가진 구체어라면 '계산 · 측량 · 해석 · 부동산 · 시계'는 딱딱한 개념어다. 구체어는 따뜻한 이웃이면서 살가운 동무지만 개념어는 저 혼자 심오한 척, 난해한 척한다. 시인의 표현대로라면 개념은 '소용돌이' 없는 생, 즉 상상력 없는 삶을 구성할 뿐이다.

때로 상상력 발전소가 이유 없이 정전이 되는 수도 있을 것이다. 그렇다고 어둠 속에서 두려워하거나 조급한 마음을 가져서는 안 된다. 나는 글렀어, 하고 체념하거나 포기해서도 안 된다. 어둠 속에서는 어둠을 오래 바라

134 백무산, 『거대한 일상』, 창비, 2008, 92~93쪽.

보라. 시각이 닫히면 청각이나 후각이 열릴지도 모른다.

당신은 상상력을 위해 자신에게 맞는 필기구를 준비해두고 자신만의 장소를 찾아갈 필요가 있다. 가지고 있는 것의 절반쯤을 과감하게 버릴 필요도 있다. 상상력을 위해서 며칠 동안 세수를 하지 않고 수염을 깎지 않은들 어떠리. 시는 놀이가 아니라 상상력의 게임이니까. 상상력으로 승부를 걸고 싶은 당신은 체 게바라의 말을 상상력 발전소의 연료로 써라.

"우리 모두 리얼리스트가 되자. 그러나 불가능한 꿈을 가지자."

|25|

경이로운 눈으로 세상을 바라보라

강은교 시인은
'소유' 에 대한 시인의 마음가짐이 남달라야 한다고
매우 이색적인 의견을 제출한다.
즉 시의 성취를 맛보려면 약간의 결핍현상이 있어야 한다는 것이다.
매사 풍요한 상태에선 시가 나오기 힘들기 때문에 시인이 되려는 사람은
너무 많은 것을 소유하려고 해선 안 된다는 것!

시인으로서의 고뇌

"시인은 진실을 말해야 한다"

중국의 현대시인 아이칭의 『시론』에 나오는 제일 첫 문장이다. 모든 사람들은 자신의 마음속에 언어를 다는 저울을 하나씩 가지고 있으므로 시인은 양심을 속이거나 거짓됨이 없어야 한다는 것이다. 그는 한편으로 "표연히 흩어지거나 순간에 지나가버리는 일체의 것을 고정시켜 선명하게, 마치 종이 위에 도장을 찍듯이 또렷하게 독자의 면전에 드러나게" 하는 시의 기교를 함께 강조한다. 내용과 형식의 조화를 중시하는 이러한 견해는 오래전부터 내려온 중국시론의 전통에서 크게 벗어나지 않는다. '정경융합론'을 펼친 왕부지王夫之의 시론이 그 대표적인 예이다.

> **정情과 경景은 이름은 둘이지만, 실제로 그것은 분리될 수 없다. 시를 묘하게 지을 수 있는 사람들은 양자를 자연스럽게 결합시킬 수 있어 가장자리를 남기지 않는다. 정교한 시는 정 가운데 경을 나타내고, 경 가운데 정을 나타낼 수 있다.[135]**

조선 정조 때의 실학자 이덕무도 문장이란 "굳세면서도 막히지 않고, 통창하면서도 넘치지 않으며, 간략하면서도 뼈가 드러나지 않고, 상세하면서도 살찌지 않아야 한다"[136]는 말로 조화와 통합의 문장론을 내세웠다. 이는 에리히 프롬이 시적인 언어를 "내적인 경험, 감정 및 사고들이 마치 외적 세계에서의 감각적 체험과 사건들인 것처럼 표현된 언어"라고 한 것과 같은 맥락으로 이해해도 좋을 것이다.

마음/말, 진실/기교, 내용/형식, 정/경, 강함/부드러움, 내적 경험/외적 표현 등 모든 이항대립적인 요소들이 유기적으로 조화와 결합을 이룰 때 좋은 시가 태어나는 법이다. 심지어 시인의 재능/노력도 서로를 격려하고 고무하는 유동적인 것이지 어느 한쪽으로 고정되어 있는 게 아니다. 한 편의 시는 이처럼 시인들의 고뇌의 집적이며 총화라고 할 수 있다.

몇 가지의 시작법

그렇다면 시인들은 시를 창작하는 사람들에게 어떤 방식으로 시를 쓰라고 말하고 있을까? 시작법에 관한 우리 시인들의 조언을 몇 가지 경청해보자.

강은교 시인은 첫째, 장식 없는 시를 쓰라고 한다. 시는 관념만으로 되는 것이 아니라 관념이 구체화되고 형상화되었을 때 시가 될 수 있으므로 묘사하는 연습을 많이 하라고 한다. 둘째, 시는 감상이 아니라 경험이라는 것

135 유약우, 『중국시학』, 이장우 옮김, 명문당, 1994, 150쪽.

136 이덕무, 『국역 청장관전서 III』, 민족문화추진회, 1979, 110쪽.

을 강조한다. 시적 경험이라는 것은 '나'를 넘어선 '나의 시'를 쓸 때 발현된다는 것. 셋째, 시가 어렵고 힘들게 느껴지는 순간엔 처음 마음으로 돌아가서 시가 처음 다가왔던 때를 돌아보며 시작에 대해 믿음을 가지라고 조언한다. 넷째, 좋은 시에는 전율을 주는 힘이 있으므로 늘 세상을 감동 어린 눈으로 바라볼 것을 주문한다. 다섯째, 자유로운 정신nomade을 가질 것을 당부한다. 정신의 무정부 상태, 틀을 깬 상태, 즉 완전한 자유에서 예술의 힘이 탄생한다는 것이다. 여섯째, '낯설게 하기'와 '침묵의 기법'을 익히라고 제안한다. 상투의 틀에 붙잡히지 말 것, 무엇보다 많이 쓰고 또 그만큼 많이 지우라고 한다. 끝으로 '소유'에 대한 시인의 마음가짐이 남달라야 한다고 매우 이색적인 의견을 제출한다. 즉 시의 성취를 맛보려면 약간의 결핍현상이 있어야 한다는 것이다. 매사 풍요한 상태에선 시가 나오기 힘들기 때문에 시인이 되려는 사람은 너무 많은 것을 소유하려고 해선 안 된다는 것![137]

떠나고 싶은 자
떠나게 하고
잠들고 싶은 자
잠들게 하고
그러고도 남는 시간은
침묵할 것.

또는 꽃에 대하여

137 강은교 홈페이지(http://river.namoweb.net) 참조.

또는 하늘에 대하여

또는 무덤에 대하여

서둘지 말 것

침묵할 것.

— 강은교, 「사랑법」 부분[138]

상대방을 자유롭게 함으로써 스스로 자유로워지려는 화자의 자세는 시인의 시론을 반영하는 듯하다. 한국의 연시 중에서 이만한 품격과 절제의 미학을 갖춘 시가 또 있을까? 어설픈 연시는 대체로 그리움과 외로움을 과장해서 전달하기에 급급할 뿐이다. 눈물이 강을 이루고 울음소리가 하늘 끝에 닿고 아픔이 살을 찢는다고 너스레를 떤다. 정말 사랑 앞에서는 서둘지 말 것, 침묵할 것.

최영철 시인은 시는 특별한 것이 아니라 '느낌'이므로 이런 느낌들을 그냥 흘려버리지 말고 마음속으로 되새겨보는 게 시창작의 첫 단계라고 한다. 바람이 시원하다는 느낌이 들면 속으로 '바람이 시원하다'고 한번 중얼거려 보라고, 그 다음 단계는, 바람이 어떻게 시원한지를 느껴보라고 한다. "막혔던 가슴속 응어리를 뚫어 주듯이 시원하다" "바람에 실려 그리운 사람의 향기가 전해져 오는 것 같다"처럼. 눈앞에 보이는 모든 사물과 현상들 모두에게 어떤 느낌을 가지려고 노력하다가 보면 그것들에게 새로운 가치와 생명을 부여하는 시인이 되어 있을 것이라고 한다. 그리고 "어떻게 하면 글을 잘 쓸 수 있는가"를 고민하지 말고 "어떻게 하면 글을 남과 다르게

---

138 강은교, 『풀잎』, 민음사, 1974, 90~91쪽.

쓸 수 있는가"라는 질문으로 바꾸라고 권한다. 그 또한 자신감을 강조한다. 글감을 먼 곳에서 찾지 말고 주변에서부터 찾을 것이며, 자신의 부끄럽고 추한 부분, 인간이기 때문에 어쩔 수 없이 치미는 미세한 감정의 변화까지도 숨김없이 보여주어야 독자는 흥미와 감동을 느낀다고 말한다. 좀 비정상적이다 싶을 정도로 잡념이 많은 것도 괜찮은 일이며, 연속극이나 신문기사 한 줄에도 쉽게 눈시울을 적시는 사람이 오히려 시를 쓸 자격이 있다고 등을 두드린다. 대상을 향한 열린 시각, 치우침 없는 균형 감각, 부분을 보더라도 전체 속에서의 관계를 조망하는 태도, 그리고 무엇보다 세계를 향한 무조건적인 사랑을 앞세운다.

> 못 가득 퍼져간 연잎을 처음 보았을 때
> 저는 그것이 못 가득 꽃을 피우려는
> 연잎의 욕심인 줄 알았습니다
> 제 자태를 뽐내기 위해
> 하늘 가득 내리는 햇살 혼자 받아먹고 있는
> 연잎의 욕심인 줄 알았습니다
> 그러나 연잎은 위로 밖으로 향하고 있는 게 아니라
> 아래로 안으로 향하고 있다는 걸 알았습니다
> 아직 덜 자라 위태위태해 보이는 올챙이 물방개 같은 것들
> 가만가만 덮어주고 있다는 걸 알았습니다
> 위로 밖으로 비집고 나오려고 서툰 대가리 내미는 것들
> 아래로 안으로 꾹꾹 눌러주고 있다는 걸 알았습니다
>
> —최영철, 「어머니 연잎」 부분[139]

---

139 최영철, 『호루라기』, 문학과지성사, 2006, 112~113쪽.

연못을 가득 채운 연잎이 '위로 밖으로' 향하고 있지 않고 '아래로 안으로' 향하고 있다는 발견이 시의 중심내용이다. 그 발견은 대상을 사랑의 눈으로 바라보는 따스한 모성과 관계된다. 시의 궁극적 목표는 수직으로 밖을 향해 상승하는 게 아니다. 수평의 세계관으로 내면을 탐구하는 일이다.

장옥관 시인은 시적 발상을 획득하는 방법을 다음과 같이 제시한다. 첫째, 일상생활 속에서 다가오는 수많은 느낌을 그냥 흘려보내지 않고 그것을 붙잡아야 감수성 훈련이 된다. 둘째, 사물들이 항복을 할 때까지 애정과 관심을 가지고 집중적으로 마음의 눈을 열어야 한다. 셋째, 어린아이의 눈처럼 사물과 현상을 난생처음 보는 것처럼 바라보는 태도에서 출발해야 상상력이 커진다. 나의 관점을 버리고 대상의 눈으로 나를 보라는 것. 넷째, 자신의 숨기고 싶은 이야기에서 출발해야 한다. 다섯째, 가까운 곳에서 시를 찾는 눈이다.

길에도 등뼈가 있었구나

차도로만 다닐 때는 몰랐던
길의 등뼈

인도 한가운데 우둘투둘 뼈마디
샛노랗게 뻗어 있다

등뼈를 밟고
저기 저 사람 더듬더듬 걸음을 만들어내고 있다
밑창이 들릴 때마다 나타나는

생고무 혓바닥

거기까지 가기 위해선
남김없이 일일이 다 핥아야 한다

비칠, 대낮의 허리가 시큰거린다
온몸으로 핥아야 할 시린 뼈마디
내 등짝에도 숨어 있다

—장옥관, 「걷는다는 것」 전문[140]

실제로 장옥관 시인이 시로 형상화하는 소재는 대단히 특별한 것들이 아니다. 이를테면 벚꽃 아래로 지나가는 개, 자신이 누는 오줌, 포도를 껍질째 먹는 일, 아스팔트에서 본 죽은 새, 옛 애인에게서 걸려온 보험 들어달라는 전화……. 그러나 이것들이 시인의 눈에 포착되면 경이로운 존재의 실감을 여지없이 드러내며 빛을 뿜는다. 시인은 길을 걷다가 장애인을 인도하는 노란 안내선을 보며 놀랍게도 밑창으로 하나하나 핥으며 걷는 길의 등뼈를 발견한다. 신발의 밑바닥이 길을 핥는다는 통찰을 통해 시적 발상이 어떻게 발화하는지 보여주는 시다.

---

140 장옥관, 『달과 뱀과 짧은 이야기』, 랜덤하우스, 2006, 12~13쪽.

|26|

시를 완성했거든 시로부터 떠나라

"물고기를 잡고 나서는 통발을 잊으라得魚而忘筌"

"토끼를 잡고 나서는 올무를 잊으라得兎而忘蹄" 고 한 것은 장자의 가르침이다.

그러니 마음에 드는 한 편의 시를 완성했거든

그 순간 그 자리에서 그 시를 잊어버려라.

당신은 그 시로부터 미련 없이 떠나라.

시를 간섭하지 않는 시인

고등학교 시절, 여학교 시화전에 가기 전에 문예반 선배들은 우리를 세워놓고 이렇게 명령했다.

"반드시 여학생 하나를 울리고 와야 한다."

선배들의 사주를 받은 우리는 바지주머니에 두 손을 찔러 넣고 어깨를 으쓱거리며 그럴싸하게 악동의 표정을 연기했다. 시에 대해 질문이 있다는 핑계로 한 여학생을 불러놓고, 말도 되지 않는 논리로 그 여학생의 시를 집요하게 칼질했다. 여학생은 도마 위에 올려진 한 마리 가여운 생선이었다. 악동들의 파상적인 질문 공세에 파들파들 떨다가, 주춤거리며 대답하다가, 얼굴이 빨개져서는 급기야 울음을 터뜨리고 말았다. 여학생이 운 게 아니라 우리가 그 울음을 끄집어냈던 것이다. 시화전시장을 상갓집으로 만들어놓은 뒤에 우리는 휘파람을 불며 유유히 그곳을 빠져나왔다(그때 우리들이 파놓은 질문의 수렁에 빠져 울음을 터뜨리고 말았던 교복들이여, 부디 용서하시라).

차라리 그 여학생, 아무 대답도 하지 않았더라면 악동들의 공세를 피할 수 있었을 텐데! 그 친절한 여학생은 자신의 시에 대해 이러쿵저러쿵 해설을 하면서 우리들의 마수에 걸려들었던 것. 이 시를 쓴 계기가 무엇이라거나, 무엇을 집중적으로 표현하고자 했다거나, 시어가 내포하고 있는 의미가 무엇이라거나 하는 것들을 그 여학생은 순진하게 진술했을 것이다. 분명히 자신의 시에 대한 겸손하고 친절한 답변을 통해 그 시의 감동을 높이려고 애를 썼을 것이다. 그러나 그것이야말로 시의 감동이 아니라 시의 몰락을 불러오는 변명이고 화근임을 여학생은 알아차리지 못하고 있었다.

"내가 말하고 싶은 것은 시 속에 다 있어요."

그냥 이렇게 한마디 내뱉고 쌀쌀하게 돌아섰더라면 좋았을 것을! 그러면 뻘쭘해진 우리 악동들이 오히려 두 손 들고 줄행랑쳤을 것을!

말라르메는 시인이 언어를 소유해서 부리는 게 아니라 시인 자체가 언어라고 보았다. 그에 의하면 시인이 '말하는 사람'이 아니었다. 시인은 언어가 하고 싶은 말을 대신하는 자일 뿐이었다. 롤랑 바르트는 텍스트에서 저자의 권위를 빼앗고 독자의 탄생을 선언한 바 있다. 그렇게 보면 시인이 시를 창조하는 게 아니라 완전한 시는 독자에 의해 창조되는 것이라는 결론에 이르게 된다.

시를 창작하는 사람은 시인의 개인적인 삶과 시를 별개로 보는 태도를 가져야 한다. 삶은 엉망진창으로 살되 건강한 시를 쓰라는 말이 아니다. 시라는 텍스트의 자율성을 존중해야지 창작자의 사사로운 체험이나 느낌을 가지고 시를 간섭하지 말라는 말이다. 한 편의 시는 한 사람의 시인이 쓴 것이지만 그 시는 시인의 것이 아니다. 시인은 우주가 불러주는 감정을 대필하는 사람일 뿐이다. 시에다 쓴 언어는 그 언어를 사용하는 민족의 것이며 독자의 것이지 시인의 개인 소유물이 아니다.

침묵도 말이다

"물고기를 잡고 나서는 통발을 잊으라得魚而忘筌" "토끼를 잡고 나서는 올무를 잊으라得兎而忘蹄"고 한 것은 장자의 가르침이다. 그러니 마음에 드는 한 편의 시를 완성했거든 그 순간 그 자리에서 그 시를 잊어버려라. 당신은 그 시로부터 미련 없이 떠나라. 그래야 동아시아의 시학에서 누누이 강조하는 "말은 다했어도 의미는 끝이 없는言有盡而意無窮" 경지에 도달하게 된다. 그래야만 이덕무의 말처럼 좋은 계절의 아름다운 경치를 만나면 시흥詩興으로 어깨가 산처럼 솟아오르고, 눈에는 물결이 일게 되며, 두 볼에서는 향기가 생기고, 입에서는 꽃이 피게 되는 법이다.

바닥난 통파

움속의 降雪

꼭두새벽부터

降雪을 쓸고

동짓날

시락죽이나

끓이며

휘젓고 있을

귀뿌리 가린

후살이의

木手巾

— 박용래, 「시락죽」 전문[141]

시인은 갔어도 우리는 오늘도 이 시의 언어를 우리 자신의 것으로 여기며 시를 읽는 즐거움을 맛본다. 시를 읽을 때마다 행과 행 사이의 건너뜀이 왜 이런 보폭을 가지게 되었는지 생각하고, 한자 '降雪'은 왜 한자어 '강설'로 바꿔 쓰면 안 되는지, '후살이'는 왜 세간의 '세컨드'와 다른 의미인지 생각하고, 꼭두새벽부터 일어나 빗자루로 간밤에 내린 눈을 쓰는 마음을 생각하고, 목수건에 오른 때를 생각하고, 지금은 옆에 없는 이 여인의 남자를 생각한다.

시가 다다라야 할 언어의 절제력과 고밀도의 기품이 어디에서 나오는지 우리는 박용래 시인에게 물어볼 수 없다. 아니, 설령 시인이 살아 있다 해도 물어보는 우를 범해선 안 되리라(만약에 어떠한 연유로 쓴 시인지를 우리가 묻는다면 시인은 구구절절 설명하는 대신에 술이나 한잔 하자고 아이처럼 칭얼대시겠지).

어리벙벙한 시인은 대체로 자신의 언어가 투명하다고 착각한다. 시인이

141 박용래, 앞의 책, 166~167쪽.

명징하게 말을 한다고 해서 독자에게 언어가 다 명징하게 통하는 것은 아니다. 언어가 말을 하기 때문이다. 말하지 못하고 그대로 둔 침묵, 혹은 말과 말 사이의 침묵도 모두 결국은 말이라는 것을 명심해야 한다.

"시인의 말은 그것이 태어났던 침묵과 자연적으로 연관되어 있을 뿐만 아니라, 말 안에 깃든 정신을 통해서 스스로 침묵을 생산하는 능력을 가지고 있다." 막스 피카르트는 "형상은 침묵하고, 침묵하면서 무엇인가를 말하고 있다"고 『침묵의 세계』에서 쓰고 있다. 그에 의하면 형상, 즉 이미지는 '말하는 침묵' 이다.[142] 시가 언어를 통한 표현 수단 중의 하나라고 생각하는 이들에게 이는 매우 도발적인 지적이지만 귀담아 들어둘 만하다.

> 글이 잘되고 못되고는 내게 달려 있고 비방과 칭찬은 남에게 달려 있는 것이니, 비유하자면 귀가 울리고 코를 고는 것과 같다. 한 아이가 뜰에서 놀다가 제 귀가 갑자기 울리자 입을 다물지 못한 채 기뻐하며, 가만히 이웃집 아이더러 말하기를,
>
> "너 이 소리 좀 들어봐라. 내 귀에서 앵앵 하며 피리 불고 생황 부는 소리가 나는데 별같이 동글동글하다."
>
> 하였다. 이웃집 아이가 귀를 기울여 맞대어 보았으나 끝내 아무 소리도 듣지 못하자, 안타깝게 소리치며 남이 몰라주는 것을 한스럽게 여겼다.
>
> 일찍이 어떤 촌사람과 동숙한 적이 있는데, 그 사람의 코 고는 소리가 우람하여 마치 토하는 것도 같고, 휘파람 부는 것도 같고, 한탄

142 막스 피카르트, 『침묵의 세계』, 최승자 옮김, 까치, 1996, 90~93쪽.

하는 것도 같고, 숨을 크게 내쉬는 것도 같고, 후후 불을 부는 것도 같고, 솥의 물이 끓는 것도 같고, 빈 수레가 덜커덩거리며 구르는 것도 같았으며, 들이쉴 땐 톱질하는 소리가 나고, 내뿜을 때는 돼지처럼 씩씩대었다. 그러다가 남이 일깨워주자 발끈 성을 내며 "난 그런 일이 없소" 하였다.

아, 자기만이 홀로 아는 사람은 남이 몰라줄까봐 항상 근심하고, 자기가 깨닫지 못한 사람은 남이 먼저 깨닫는 것을 싫어하니, 어찌 코와 귀에만 이런 병이 있겠는가? 문장에도 있는데 더욱 심할 따름이다.[143]

연암 박지원의 한탄이다. 자신이 써놓은 글에 스스로 도취해 남들더러 제발 알아달라고 하소연하는 사람은 이명이 있는 아이요, 글의 결점을 남들이 진지하게 알려줘도 버럭 화를 내기만 하는 사람은 코를 고는 시골 사람인 것이다.

시인이여, 누군가 당신 시의 결점을 지적하면 겸손하게 귀를 열고 가만히 들을 일이다. 얼토당토 않는 비판이라도, 돼먹지 못한 소리라도, 개 풀 뜯어먹는 소리라 해도 달게 들어야 한다. 독자가 당신의 시를 오독한다고 독자를 가르치려고 대들지 말 것이며, 제발 어느 날짜에 쓴 시라고 시의 끝에다 적어 두지 마라. 당신에게는 그 시를 완성한 날이 대단한 의미가 있을지 몰라도 독자는 그따위를 알려고 당신의 시를 읽지 않는다. 당신이 완성했다는 그 시는 당신의 마음속에서 완성된 것일 뿐, 독자의 마음속으로 들

143 박지원, 『연암집』, 신호열 · 김명호 옮김, 민족문화추진회, 2005, 295~296쪽.

어가 언제든지 변화하고 성장할 준비가 되어 있는 유기체인 것이다. 당신의 이름을 지우고 보더라도 분명히 당신의 시임을 알게 하는 게 최선임을 잊지 말라.

ㄱ

ㄴ

ㄷ

ㅅ

ㅇ

ㅈ

ㅊ

ㅌ

ㅍ

ㅎ